THE QUEEN OF CRIME
繁體中文版
20 週年
紀念珍藏

鴿群裡的貓

著——阿嘉莎・克莉絲蒂

譯——伍纓

Agatha Christie®

Cat Among the Pigeons

策畫者的話

通俗是一種功力

吳念真（導演、作家）

通俗是一種功力。絕對自覺的通俗更是一種絕對的功力。

這樣的話從我這種俗氣的人的嘴巴說出來，大概很多人要笑破褲底了。不過，笑完之後請容我稍稍申訴。這申訴說得或許會比較長一點，以及，通俗一點。

小時候身材很爛，各種遊戲競爭完全任人宰割，唯一隱遁逃避的方法是躲起來看書或聽大人瞎掰。那年頭窮鄉僻壤的小孩能看的書不多，小學二年級時最喜歡的是超大本的《文壇》，老師借的。看著看著，某天老師發現我的造句竟出現：「捧著：朝陽捧著一臉笑顏為群山剪綵」這樣亂七八糟的文字，就拒絕再讓我看那些超齡的東西了。

老師的書不給看，我開始抓大人的書看。一種是厚得跟磚塊一樣的日文書，對我來說那完全是天書，但插圖好看，經常有限制級的素描。另一種書是比較薄的，通常藏得很嚴密，只是裡面有太多專有名詞、重複的單字和毫無限制的標點，比如「啊啊啊」、「……！！」

老讓我百思不解。有一天，充滿求知欲地詢問大人竟然換來一巴掌後，那種閱讀的機會和樂趣也隨著消失了。

所幸這些閱讀的失落感，很快從大人的龍門陣中重新得到養分。講到這裡，我似乎先得跟一個村中長輩游條春先生致敬，並願他在天之靈安息。

我所成長的礦區，幾乎全是為著黃金而從四面八方擁至的冒險型人物，每人幾乎都有一段異於常人的傳奇故事。這些故事當事人說來未必精采，但一透過游條春先生的嘴巴重現，有時連當事人都聽得忘我，甚至涕泗縱橫，彷彿聽的是別人的故事。

條春伯沒當過日本兵，可是他可以綜合一堆台籍日本兵的遭遇，一如連續劇般從入伍、受訓、逃亡荒島，面對同鄉同袍的死亡，並取下他們的骨骸寄望帶回故鄉，乃至骨骸過多搞不清哪是誰的等等，讓聽的人完全隨他的敘述或悲或笑，彷彿跟他一起打了一場太平洋戰爭。此外他也可以把新聞事件說得讓一個三、四年級的小孩，到現在仍記得當時腦中被觸動的畫面。例如當年瑠公圳分屍案的凶手做案之後帶著小孩到安東街吃麵（這讓我一直以為台北的安東街是條專門賣麵的街道），還有甘迺迪總統被暗殺、賈桂琳抱住她先生、安全人員跳上飛快的車子保護賈桂琳……當然，這記憶全來自條春伯的嘴巴而不是報紙。我的記憶全是畫面，有畫面，是因為條春伯說得精采，說得有如親臨他至死都還搞不清地理位置的達拉斯命案現場。

於是這小孩長大後無條件地相信：通俗是一種功力，絕對自覺的通俗更是一種絕對的功力。透過那樣自覺的通俗傳播，即使連大字都不識一個的人，都能得到和高階閱讀者一樣的感動、快樂、共鳴，和所謂的知識、文化自然順暢的接軌。也許就是因為這些活生生的例子，俗氣的自己始終相信：講理念容易講故事難，講人人皆懂、皆能入迷的故事更難，而能隨時把這樣的故事講個不停的人，絕對值得立碑立傳。

條春伯嚴格地說是有自覺的轉述者，至於創作者，我的心目中有兩個。一個是日本導演山田洋次，一個是推理小說家阿嘉莎．克莉絲蒂。

山田洋次創造了寅次郎這個集合所有男人優點跟缺點的角色，在以《男人真命苦》為名的系列下，總共完成百部左右的電影。它們的敘述風格、開頭、結尾的方法不變，唯一改變的是故事，是時代，是遍歷日本小鄉小鎮的場景。數十年來，看《男人真命苦》幾已成為日本人每年的一種儀式，一如新春的神社參拜。

數十年前訪問過山田導演，他說，當他發現電影已然有它被期待的性格時，電影已經不是導演自己的。他說：當所有人都感動於美人魚的歌聲時，你願意為了讓她擁有跟你一樣的腳，而讓她失去人間少有的嗓音嗎？

人間少有的嗓音與動人的歌聲，都來自山田導演絕對自覺的通俗創造。

再如阿嘉莎．克莉絲蒂，如果我們光拿出她說過的故事和聽過她故事的人口數字，就足以嚇死你。五十多年的寫作生涯，她總共寫出六十六本長篇推理小說，外加一百多篇短篇小說和劇本。其中有二十六本推理小說被改編，拍了四十多部電影和電視劇集。作品被翻譯成一百零三種文字的版本，銷量超過二十億本。

夠了。你還想知道什麼？知道二十億本的意義是什麼嗎？二十億本的意義是全世界平均三個人就有一個人讀過她的書，聽過她說的故事。

說來巧合，她和山田洋次一樣，創造出個性鮮明的固定主角（當然，前前後後她弄出來好幾個），然後由他（或是她）帶引我們走進一個犯罪現場，追尋真正的罪犯。

故事就這樣？沒錯，應該說這是通常的架構。那你要我看什麼？不急，真的不急，克莉絲蒂會慢慢冒出一堆足夠讓你疑惑、驚嚇、意外，甚至滿足你的想像力、考驗你的耐心和智商的事件來。

推理小說不都是這樣嗎？你說得沒錯，大部分是這樣，不一樣的是……對了，她像條春伯，像山田洋次，她真會說，而且她用文字說。

文字的敘述可以讓全世界幾代的人「聽」得過癮、「聽」個不停，除了聖經，也許就是克莉絲蒂。她不是神，但她真的夠神。

數十年前，台灣剛剛出現她的推理系列中譯本，那時是我結婚前，常有同齡的文藝青年來我租住的地方借宿，瞄到我在看克莉絲蒂，表情詭異地說：「啊？你在看三毛促銷的這個喔？」

我只記得他抓了一本進廁所，清晨四點多，他敲開我的房門說：「幹，我實在很討厭那個白羅……再拿一本來看看，我跟你說真的，要不是你的書，我真的很想把那個矮儸壓到馬桶吃屎！」

我知道他毀了，愛吃又假客氣，撐著尊嚴騙自己。克莉絲蒂再度優雅地撕破一個高貴的知識份子的假面具，她的手法簡單，那手法叫通俗，絕對自覺的通俗，無與倫比、無法招架的功力。

昔日的文藝青年如今跟我一樣，已然老去，但不時還會看到他寫一些充滿理念和使命感極重的文章，在報紙和雜誌上出現。我知道他要說什麼，只是常常疑惑他想跟誰說；同樣，我記得他說過什麼，但轉眼間忘記他說了什麼。但請原諒我，幾十年前那個晚上，他在我家看完的那兩本克莉絲蒂的小說內容，我可還記得清清楚楚。

也許有一天再遇到他的時候，我會問他之後是否還看過克莉絲蒂其他的書，如果沒有，我會跟他說，想讀要趁早，因為你會老、會來不及。至於白羅那個矮儸，大概永遠不會消失。哦，對了，還有一個叫瑪波，你說不定會來不及認識……

老派偵探之必要

冬陽（推理評論人，台灣推理作家協會理事長）

「讀者非常喜歡白羅這個人物，表示『那個開朗的小個子，過氣的比利時名偵探』。顯然白羅是這本小說受歡迎的一個原因，雖然白羅可能不贊同用『過氣』二字來形容他。」知名編輯兼作家經紀人約翰．柯倫（John Curran）在《阿嘉莎．克莉絲蒂的秘密筆記》一書如是說，文中提到的「這本小說」，正是克莉絲蒂初試啼聲、名偵探赫丘勒．白羅優雅登場的《史岱爾莊謀殺案》，一部於一個世紀前出版的偵探推理作品。

百年光陰的淬鍊顯然證明了白羅絕無過氣的疲態，連帶讓我聯想起電影《金牌特務》（*Kingsman*）上映後，大眾熱議西裝如何能帥氣俊挺歷久不衰——或許可以從這個切入角度，在這裡跟老書迷、新讀友探究這個蛋頭翹鬍子偵探（我沒有影射哪款洋芋片食品喔）的魅力所在。

且讓我們話說從頭。

「我敢打賭你寫不出好的推理小說。」一九一六年，阿嘉莎．米勒（克莉絲蒂婚前的舊姓）在媽媽的打字機上敲擊，打算回應姐姐梅姬這挑釁的話語。她努力嘗試，但故事寫得不好，於是改從身旁熟悉的事物著手——比方說毒藥。阿嘉莎在藥房工作過，曾在某個夜裡驚醒，匆匆回到調劑室重新配置，因為她不記得有沒有漏做一個重要步驟，否則病患就要去見閻王了——噢，這似乎是個謀殺好點子。

阿嘉莎還記得姨婆對她的叮嚀：要注意他人覬覦她珍藏的首飾，時時留意是不是有人偷偷拉長了耳朵聽她們的竊竊私語。小阿嘉莎不但執行得徹底，還把這個習慣寫進小說裡。同時她還注意到，因為世界大戰爆發，家鄉托基湧入許多比利時難民，不如讓一個逃難到英國的比利時退休警官擔任偵探？一定很有趣！

啊，偵探小說顧名思義，只要塑造出一個教人印象深刻的偵探，大概就成功一半。這個人物必須要有特色、有個性，甚至是怪癖，而且聰明又自負。好幾個名字浮現在她腦海裡：莫里斯．盧布朗（Maurice Leblanc）筆下的怪盜紳士亞森．羅蘋、卡斯頓．勒胡（Gaston Leroux）創造的新聞記者胡爾達必，當然還有那最最知名的夏洛克．福爾摩斯——連帶創造一個華生型的助手好了。該怎麼安排呢……

於是，一位偵探的樣貌漸漸成形：五呎四吋的小個兒，蛋型臉上蓄著保養得宜、梳理有型的鬍子，衣著一塵不染，漆皮鞋擦得錚亮。他有嚴重的潔癖，說話不時夾雜法語，喜歡成雙成對的東西，喜歡方的不喜歡圓的（雞蛋為什麼不是方的呢？），口頭禪是「動動灰色的腦細胞」。阿嘉莎心想，他應該要有個像福爾摩斯一樣響亮的名字，取名「赫丘勒斯」怎麼樣？希臘神話中的大力士。姓氏叫白羅，不過搭赫丘勒斯這個名字好像不配……改一下，赫丘勒．白羅好像不錯？就這麼定了吧！

白羅很聰明，懂得觀察入微沒錯，但這並不表示他就得是台獨尊腦袋、缺乏情感的冰冷思考機器，尤其要在人物關係錯綜複雜的莊園宅邸查案追凶，交際手腕得高明些才行。他不是在謀殺發生、屍體出現後才開始像頭獵犬四處嗅聞，而是憑藉旺盛的好奇心與強烈的同理心接觸各種人事物，進而探入被害者、犯罪者、各個看似無辜但多少都和事件沾上邊的關係者的心靈深處，佐以現今稱作鑑識、法醫等等科學鐵證（哎，證據人人知道，可是要怎麼跟真相合理地連結到一塊，這就是名偵探的功力啦），讓原本叫人束手無策的事件得以畫下完美句點。也因此，白羅偶爾能預測進而制止罪案的發生，甚至對殘酷但值得憐憫的罪行網開一面，這樣才合乎人性不是嗎？

婚後以阿嘉莎．克莉絲蒂為名，推出《史岱爾莊謀殺案》後深獲好評，相隔六年的《羅傑艾克洛命案》更是引發街談巷議，而克莉絲蒂全球暢銷前十大作品中，還包括《東方快車謀殺案》、《尼羅河謀殺案》、《ABC謀殺案》、《藍色列車之謎》、《底牌》、《五隻小豬之歌》，合計八部皆由白羅擔綱演出。讀者不只喜愛這個聰明角色，還臣服於平實流暢的文筆及相對顯得衝突的複雜劇情，冷酷的謀殺動機隱藏在細膩的人際關係裡，穿透看似單純、帶點童話氣息的表象後，端賴名偵探明察秋毫、撥亂反正。尤其讓一個比利時人在英國土地上辦案，是克莉絲蒂的小心思，因為「英國人總是不信任外國人，也不相信睿智」（語出英國偵探俱樂部主席馬丁・愛德華茲〔Martin Edwards〕），讀者同凶手一樣輕忽不設防，卻也得到了參與鬥智競賽的意外驚奇和美好滿足。

這樣的閱讀感受，我稱之為「老派偵探之必要」，因為它純粹簡約，經得起反覆咀嚼，猶如前述的西裝革履，在潮流更迭的時間長河裡維持恆久的優雅風範——呼應吳念真先生寫在「策畫者的話」中的一段文字，那不是惺惺作態的高傲睥睨，而是「絕對自覺的通俗，無與倫比、無法招架的功力」所致。

不信？往下讀去就知道。而且我敢打賭，你有很高的比例會將整個白羅系列嗑完，然後是瑪波小姐系列以及其他系列，當然也不可能錯過像名列暢銷首位的《一個都不留》這類獨立之作……

註　克莉絲蒂推理全集一至三十八冊為「神探白羅系列」，三十九至五十二冊為「神探瑪波系列」，五十三至八十冊包含鬼豔先生、湯米與陶品絲、雷斯上校、巴鬥主任等名探故事。

獻詞

阿嘉莎・克莉絲蒂是世界讀者最眾，也最廣受喜愛的女作家。
身為克莉絲蒂的孫兒，我相信奶奶會非常樂見這次出版，
因為她極以自己作品中的趣味與娛樂為豪。
歡迎所有喜歡本系列的台灣新讀者參與這場饗宴！

——馬修・培察（Mathew Prichard）

前話／夏季學期

這是芳草地女子中學夏季學期的開學日。午後的斜陽照在校舍前面一條寬闊的石子路上。校門敞開，歡迎著家長和學生。門裡站著范希坦小姐，頭髮一絲不亂，衣裙剪裁合身，無可挑剔，其氣派和喬治王朝時期的大門十分相稱。

一些不了解情況的家長把她誤認成赫赫有名的包士卓小姐本人，他們不知道包士卓小姐照例是退隱在她那間聖潔的書房裡，只有少數特選的人才會受邀進去。

喬薇小姐站在范希坦小姐的旁邊，略朝另一個方向接待來客。喬薇小姐落落大方，學問淵博，是芳草地中學的重要成員，你無法想像學校裡少了她會如何。她從未離開過芳草地。包士卓小姐和喬薇小姐兩人一同創辦了這所芳草地女子中學。喬薇小姐戴著夾鼻眼鏡，腰有些彎，穿著土氣，說話含糊但態度親切，而且還是個厲害的數學家。

范希坦小姐彬彬有禮地不斷歡迎、問候大家，聲音在校舍裡迴盪。

「您好嗎，阿諾德太太？啊，莉迪亞，乘船遊覽希臘玩得痛快嗎？多好的機會呀！拍了些好照片嗎？」

「是啊，加尼德夫人，包士卓小姐收到您問及美術課的信了，一切都安排妥當了。」

「您好嗎，伯德太太……嗯？我想包士卓小姐今天找不出時間討論這個問題。如果您想和羅恩小姐談這件事，她就在附近。」

「帕梅拉，我們把你的寢室換了。你搬到側邊靠近蘋果樹那裡……」

「是啊，的確如此，維奧雷特夫人，今年春天天氣一直很不好。這是您最小的孩子嗎？你叫什麼名字啊？赫克特？赫克特，你的飛機好漂亮喔，赫克特！」

「Très heureuse de vous voir, Madame. Ah, je regrette, ce ne serait pas possible, cette après-midi. Mademoiselle Bulstrode est tellement occupèe.[1]」

「午安，教授。您又挖出一些更有趣的東西了嗎？」

§

在二樓的一間小房間裡，包士卓小姐的祕書安恩・沙普蘭正效率十足地飛快打字。安恩三十五歲，是個漂亮的年輕女子，頂著一頭黑綢帽似的頭髮。要是她願意，她可以打扮得很動人，但是生活教會她「效率和能力」往往收益更豐，而且能避免那些使人痛苦的麻煩事。

眼下，她正專心致志於成為知名女校校長的稱職祕書。

每當她打完一張紙，重新把一張紙塞進打字機的時候，便會朝窗外望去，興致勃勃地看著到學校來的人。

「天哪！」安恩自言自語，她愣住了。「真沒想到英國還有這麼多的汽車司機！」看到一輛很氣派的勞斯萊斯開走，接著開來一輛很小的破奧斯汀時，她不由得笑了。一位顯得心緒不寧的父親和他女兒下了車，那女兒看上去比父親沉著得多。

當他遲疑不決地停下腳步時，范希坦小姐從大樓裡走出來接應他們。

「哈格夫少校嗎？這就是艾莉森吧？請到裡面去。我想請您親自看看艾莉森的房間。我……」

安恩笑了笑，又開始打字。

「范希坦這老太婆真行，閃耀的替身。」她自言自語，「包士卓的那一套她都能依樣畫葫蘆。實際上，她的話她都能倒背如流了！」

一輛巨大、富麗堂皇、漆成可笑的莓紅和天藍雙色凱迪拉克開上車道（由於車身太長，開得頗困難），停在阿里斯泰．哈格夫少校閣下那輛老奧斯汀後面。

1　法語，意思是「真高興見到您，夫人。啊，很抱歉，今天下午不可能。包士卓小姐真的很忙」。

司機跳下車來開門。一位身材高大、蓄鬍、黑膚、身穿阿拉伯式無袖寬袍的男子跨出車門，他的後面跟著走出一位穿著巴黎流行時裝的婦女，然後是一位身段苗條、皮膚黝黑的少女。

「這恐怕就是那個什麼什麼公主吧，」安恩尋思。「真無法想像她穿上制服是個什麼模樣，可是我想明天奇蹟就會出現……」

這一回是范希坦小姐和喬薇小姐兩人同時出馬迎接。

「他們會被帶至御前謁見。」安恩這樣肯定。

接著她又想，說來也真奇怪，大家都不會想拿包士卓小姐開玩笑。包士卓小姐真是個人物。

「我的小姐，所以你還是謹慎小心為妙。」她對自己說，「好好把這些信打完，一個字也別出錯。」

這並不是說安恩常常打錯字。曾經有許多祕書職位可以任她挑選。她當過一家石油公司總裁的私人助理；當過默文．托德亨特爵士的私人祕書……這位爵士以博學、易怒、字跡潦草著稱。在她的雇主當中，有過兩位內閣大臣、一位重要文職官員。可是總體看來，她的工作始終是和男人打交道。誠如她自己所說，她想知道自己「完全混在女人堆裡」會變成什麼模樣。唉，這都是經驗啊！而且還有一直都在的丹尼斯！忠心耿耿的丹尼斯，無論是從馬來半島回來、從緬甸回來、從世界各地回來，他總是依然如故，愛情專一，再一次向她求婚。

可愛的丹尼斯！可是和丹尼斯結婚太乏味了。

不久，她就會懷念起與男人相處的時光。這裡都是些女性教職人員，除了一個八十歲左右的園丁，半個男人都沒有。

可是這時出現一件令安恩意料不到的事。當她再次朝窗外張望時，她發現一個男人正在修剪車道外邊的矮樹籬……顯然是個園丁，可是離八十歲還遠得很。他年輕、黝黑、英俊。安恩心裡感到納悶……是有聽說要添一個人手，但這人不像是鄉巴佬。哦，是了，現在的人什麼工作都肯做。有些年輕人想賺錢來實現某種計畫，或者單純是為了維持生計。不過他修剪矮樹籬很在行。說不定他真是個園丁！

「看起來，」安恩自言自語，「看起來好像很風趣……」

她很高興地發現到，她只剩下一封信要打。打完信之後，也許可以到花園走走。

§

舍監強森小姐正在樓上忙著分配房間，歡迎新生，問候舊生。

她很高興又開學了。一放假，她就不知道做些什麼好。她有兩個結了婚的姐妹，她可以輪流住在她們家裡；不過，她的姐妹們當然對自己的事情和家庭比對芳草地中學更有興趣。強森小姐對她的姐妹雖然不乏手足之情，但她真正關心的還是芳草地。

是啊，開學了，實在太好啦！

「強森小姐？」

「什麼事，帕梅拉。」

「強森小姐，我想我的箱子裡有東西破了。流得到處都是。我猜是髮油。」

「嘖，嘖！」強森小姐說著連忙走過去幫忙。

§

新來的法語教師白朗琪小姐在石子路汽車道外的草坪上走著。她以欣賞的目光看著那個修剪矮樹籬的健壯青年。

「Assez bien [2]。」白朗琪小姐心裡想。

白朗琪小姐身材瘦小，膽小如鼠，缺乏引人注意的地方，然而她自己卻是什麼東西都注意。

她的目光轉向朝校舍門前開過去的一連串汽車。她估算這些汽車值多少錢。這所芳草地女校確實 formidable [3]！她在腦子裡計算了包士卓小姐可以賺到的利潤。

是啊，真的！棒透了！

§

教英語和地理的李奇小姐快步朝大樓走去，腳不時絆來絆去，因為她像往常一樣，又忘了注意路面。她的頭髮也一如往常，從髮髻裡鬆了下來。她的臉看來急切醜陋。她自言自語著：「又回來了！回到這裡……好像隔了好多年……」

一把釘耙把她絆倒，年輕的園丁伸出手臂說：「走穩啊，小姐。」

艾琳·李奇說了聲「謝謝你」，看都沒看他一眼。

§

羅恩小姐和布萊克小姐這兩位低年級教師正漫步走向體育館。羅恩小姐個子瘦小，皮膚黝黑，積極認真；布萊克小姐則是白白胖胖。她們在熱烈討論她們前不久的佛羅倫斯之旅，討論看過的圖畫、雕刻、花果樹，以及兩位年輕義大利紳士的大獻殷勤（倒希望他們是不懷

2 法語，意思是「還不錯」。

3 法語，意思是「棒透了」。

好意）。

「當然，義大利人會做出什麼，」布萊克小姐說，「大家心裡有數。」

「他們無拘無束，」學過經濟學及心理學的羅恩小姐說，「讓人覺得他們十分健康，沒有心理壓抑。」

「可是朱塞培知道我在芳草地教書時，立刻肅然起敬，」布萊克小姐說，「變得規矩起來。他有個表妹想到這裡來上學，可是包士卓小姐還不能確定是否有空額。」

「芳草地是一所極具聲望的學校。」羅恩小姐高興地說，「說真的，這座新體育館看起來雄偉極了。想不到它能準時蓋好。」

「包士卓小姐說過，新體育館必須要準時蓋好。」布萊克小姐用斬釘截鐵的聲調說。

「哦……」接著她有點吃驚地叫了一聲。

體育館的門突然打開，出現一個瘦巴巴、薑黃色頭髮的年輕女人。這個女人朝她們無禮地盯了一眼，就很快走開了。

「這一定是新來的體育教師，」羅恩小姐說，「真粗魯！」

「多了她這麼個同事可令人不太愉快，」羅恩小姐說，「以前丘安斯小姐是那麼友好，那麼和藹可親。」

「她絕對是在瞪我們。」布萊克小姐忿忿地說。

兩人都火冒三丈。

§

包士卓小姐的客廳兩端都有窗戶，一端望出去是車道和車道外邊的草坪，另一端朝著房子後面的山杜鵑花叢。這是一間很氣派的房間，而包士卓小姐更是一位氣派雍容的女人。她身材高大、神態高貴，斑白頭髮梳理得很仔細，灰色眼睛飽含著溫暖，唇形給人一種堅毅感。她經營的學校之所以成功（芳草地是英國辦得最成功的女子學校之一），完全要歸功於校長的品格。這是一所收費昂貴的學校，但這不是重點。說得貼切些，雖然你付的學費高昂，你卻能夠得到你想要的東西。

你的女兒是按照你所希望的方式來教育，也是按照包士卓小姐希望的方式來教育，這兩者加在一起似乎頗能相得益彰。由於收費高昂，包士卓小姐能夠聘請足夠的教職員。這所學校並非以出產人才著稱；但這所學校強調個性，同時也注意紀律。既注意紀律，又不會制式化，這就是包士卓小姐的座右銘。她認為紀律能保護年輕人，使她們有一種安全感；而制式化則會引起反感。她的學生各式各樣，其中有一些名門出身的外國學生，她們往往是外國的王室成員。也有英國顯貴富豪的女孩，她們必須接受文化與藝術的訓練，獲得生活知識和社交本領；她們將變得優雅悅人、教養得體，能就任何題目進行有見解的討論。有些女孩想用功學習，通過入學考試，最後取得學位；她們要做到這些，只需要有教師好好指導、給予特別關心就行了。也有些女孩不能適應傳統的學校生活。包士卓小姐有她自己的原則。她不收低能兒和少年犯；她比較喜歡收她所欣賞的家長的女孩，和經她本人看出有發展前途的女孩。她的學生年齡差別很大，有些女孩在過去會被稱為是「超過學齡」，也有些孩子比幼兒大不了多少。有些女孩的父母在外國，對於這些學生，包士卓小姐有計畫地為她們安排充實的假日。總之，校內一切事務最後都要經過包士卓小姐同意，才能定奪。

現在她正站在壁爐旁邊聽著潔拉．霍普太太略帶哀傷的聲音。她很有先見，沒有請霍普太太坐下。

「您知道，韓莉達非常容易緊張。是啊，非常容易緊張。我們的醫生說……」

包士卓小姐點了點頭，有禮貌地打消霍普太太的顧慮，努力克制住她偶爾想脫口而出的尖刻話語，「你這個笨蛋，難道你不知道每個傻女人都是這樣敘說她的孩子嗎？」

她深表同情地說：「霍普太太，您放心好了。我們的教師羅恩小姐是位受過正式訓練的心理學家。在這裡讀了一兩個學期之後，我相信韓莉達（她是個聰明的好孩子，你根本不配做她的母親）的改變會讓您訝異。」

「啊，這我知道。你們奇蹟般改造了蘭貝思家的孩子，簡直是奇蹟！所以我很高興。我……哦，對，我忘了。再過六個星期，我們要到法國南方去。我想我會帶韓莉達去。這可以讓她稍微休息一下。」

「這恐怕不可能。」包士卓小姐說，語調輕快，帶著動人的微笑，似乎是在答應，而不是在拒絕人家的請求。

「哦！可是……」霍普太太懦弱易怒的臉上露出猶疑不定的表情，她有點生氣。「說真的，我一定要堅持。畢竟，她是我的孩子。」

「是沒錯。可是這是我的學校。」包士卓小姐說。

「只要我高興，我當然可以隨時從學校裡把孩子接走吧？」

「哦，沒錯，」包士卓小姐說，「您可以把她接走，當然可以。可是呢，我不會讓她再回來。」

霍普太太現在真的生氣了。

「我付了昂貴的學費……」

「正是如此。」包士卓小姐說，「是您要把女兒送來我的學校，不是嗎？請接受學校的規定，不然就退出好了。正像您身上這套非常漂亮的巴蘭夏加名牌時裝一樣，買不買是由您自己決定……這是巴蘭夏加，對吧？遇到有衣著品味的女人，真叫人愉快。」

她抓住霍普太太的手握了握，然後不著痕跡地把她送到門口。

「請您別擔心。啊，韓莉達在這兒等著您呢。」她讚許地看著韓莉達，她是個情緒穩定而聰明的好孩子，非常難得，這個孩子應該有個更好的媽媽。「瑪格麗特，帶韓莉達．霍普到強森小姐那裡去。」

包士卓小姐回到她的客廳，幾分鐘後她說起法語來。

「當然，閣下，您的侄女可以學現代社交舞。這在社交場合非常重要。還有各種語言，也是非常必要。」

下一位，人還未到，就先襲來一陣濃烈的名貴香水味，差點把包士卓小姐薰倒。想必她身上每天要灑上一整瓶這種東西，包士卓小姐一面心裡這樣估量，一面去迎接這位服裝精美、皮膚黝黑的女人。

「Enchantèe, Madame[4]。」

這位夫人咯咯咯笑得非常燦爛。

一位身穿東方服裝、留著鬍子、身材高大的男子托起包士卓小姐的手，俯身一吻，用極好的英語說：「我很榮幸地把謝絲塔公主帶到您這裡來。」

包士卓對這位從瑞士某所學校轉來的新生知之甚詳，但對於陪同她來的人是誰，就不太清楚了。她斷定他不是元帥本人；也許是位大臣，或者是位代辦。像往常有疑問的時候一樣，她採用了「閣下」這個無往不利的尊稱，並請他放心，說謝絲塔公主一定會得到最好的照料。

謝絲塔彬彬有禮地微笑著。她同樣服裝入時，灑了香水。包士卓小姐知道她今年十五歲，但是就像許多東方國家和地中海沿岸國家的女孩那樣，她看起來年齡較大，相當成熟。包士卓小姐和她談了她的學習計畫，發現她能用極好的英語迅速作答，而且並未傻笑，這使包士卓小姐放了心。她的舉止比許多十五歲的英國女學生要優雅得多。包士卓小姐時常這樣想：把英國女孩子送到近東國家去學習禮貌，應該是個極好的做法。雙方又講了些客套話，然後房間又空了，可是仍然充滿濃烈的香氣，包士卓小姐把兩頭的窗戶全都打開，讓香氣散出去。

下一個來訪的是奧仲夫人和她的女兒茱莉亞。

奧仲夫人是個年近四十、平易近人的少婦，她的頭髮黃中帶紅，臉上有雀斑，戴了頂不大合適的帽子，顯然是她習慣不戴帽子出門，只是為了這個嚴肅的場合才做了讓步。

茱莉亞是個相貌平平、臉上有雀斑的孩子，她的前額顯得有智慧，看起來個性隨和。開場的對話很快就結束。茱莉亞由瑪格麗特帶去找強森小姐，她離開時開心地說：「再見啦，媽媽。你點煤氣爐的時候可要小心啊，現在我不能替你點啦。」

包士卓小姐轉向奧仲夫人，臉上帶著微笑，可是沒請她坐下。儘管茱莉亞看起來開朗而懂事，但可能她的媽媽也會說一堆「我女兒非常容易緊張」的話。

「關於茱莉亞，您有什麼特別的話要交代嗎？」她問。

奧仲夫人開心地回答：「哦，沒有，我沒有什麼話要交代。茱莉亞是個很普通的孩子，很健康，一切正常。我認為她也相當聰明，可是我想，做媽媽的看自己的小孩都是這樣，不是嗎？」

4　法語，意思是「幸會，夫人」。

「做媽媽的不是人人都一樣！」包士卓小姐冷冷地說。

「她能到這兒上學真是太好了，」奧仲夫人說，「是我阿姨付的學費，或者說，由她資助。我自己付不起。但我高興極了，茱莉亞也很開心。」她走到窗口，帶著羨慕的口氣說，「你們的花園真美麗，而且這麼整潔。想必你們用了很多在行的園丁。」

「我們有三個園丁。」包士卓小姐說，「可是我們的人手還是不夠，雇用了當地的人來幫忙。」

「這年頭的麻煩是，」奧仲夫人說，「叫作園丁的人往往不是園丁，只不過是個想兼差找點事做的牛奶送貨員，要不然就是個八十歲的老頭。我有時想……」奧仲夫人驚叫了一聲，仍然注視著窗外。「好奇怪啊！」

對這突然的一聲驚叫，包士卓小姐本來應該予以注意，可是她沒有。因為此刻她自己正好從面對山杜鵑花叢的那扇窗戶看到一幕極為討厭的景象……薇若妮卡．科頓桑威夫人搖搖晃晃地沿著小路走來，她那頂大黑絲絨帽歪戴在一邊，一邊走一邊喃喃自語，顯然醉得相當厲害。

薇若妮卡夫人是個出了名的麻煩人物。她是個漂亮的女人，非常疼愛她的一對孿生女兒。大家都說，當她清醒時，她很討人喜歡……但是很遺憾，在許多難以預料的時候她常常都不清醒。她的丈夫，科頓桑威少校，對付這種局面相當有一套。他有個表姐和他們住在一起，這位表姐經常隨侍在側注意薇若妮卡夫人，必要時就阻止她亂來。那次開運動會，薇若妮卡夫人在科頓桑威少校和表姐的密切照顧下來到學校，她完全清醒，穿著華麗，一舉一動就像個模範母親。

但是，有時候，薇若妮卡夫人會從好心照料她的人身旁溜掉，猛灌黃湯，然後直接奔來探望她的兩個女兒，向她們表示母愛。這一對孿生姐妹才在今天早上乘火車到達，誰都沒料到，薇若妮卡夫人也跟了來。

奧仲夫人還在說話，可是包士卓小姐並沒在聽。她在盤算應該採取哪些行動，因為她看出薇若妮卡夫人就快要發酒瘋了。但突然間，老天有眼，喬薇小姐氣喘吁吁地快步走來。包士卓小姐心想，忠心的喬薇。不管是遇到交通阻塞還是家長酒醉，她總是可以迎刃而解。

「真不像話，」薇若妮卡夫人高聲對喬薇小姐說，「想不讓我知道……不讓我到這裡來？我總算騙過了艾迪絲。我去休息，把汽車開出來，從老傻瓜艾迪絲身邊溜走……不折不扣的老處女，沒有男人願意看她第二眼……在路上我和警察吵了一架……說我不適合開車，胡扯……我打算告訴包士卓小姐，我要接孩子們回家……我要她們待在家裡，這是出於母愛。母愛，最了不起的感情……」

「好極了，薇若妮卡夫人，」喬薇小姐說，「您來了我們很高興。您一定要去看看新落成的體育館，保證您會喜歡。」

她機敏地把薇若妮卡夫人踉蹌的腳步引向相反的方向，帶她離開大樓。

「我猜您會在體育館裡找到您的女兒，」她笑容滿面地說，「很棒的體育館啊，新的寄物櫃，還有一間晾乾游泳衣的房間……」

她們的聲音漸行漸遠。

包士卓小姐看著她們兩人。薇若妮卡夫人一度打算掙脫，朝大樓走回來，可是喬薇是個強力的對手。她們轉過山杜鵑花叢，朝偏僻無人的新體育館走去。

包士卓小姐鬆了一口氣，放下心來。了不起的喬薇。那樣值得信賴！她作風保守，腦筋遲鈍——除了數學以外——可是一有麻煩，她總是能及時來解圍。

她嘆了一口氣，帶著內疚的心情轉向奧仲夫人。這位夫人已滔滔不絕了好一陣子。

「當然，」她說著，「並不是那種真槍實彈的間諜工作。不是跳降落傘從天而降，或是搞破壞，或是遞送情報。我可沒有那種膽量。大部分的任務都很枯燥，是坐辦公室的工作。還有進行策畫。我是指在地圖上標繪，進行策畫，不是小說裡講的那種策畫。當然有時候也很夠刺激，十分有趣。就像我剛才說的，在日內瓦，所有的情報人員都是你追蹤我、我追蹤你，大家兜來兜去，見了面彼此都認得，而到頭來常常會在同一個法庭上碰面。當然，那時候我還沒結婚。真是十分有趣。」

她突然住了口，友善地微笑著，表示抱歉。

「對不起，我講得太多了，占用了您的時間。您有那麼多人要接待。」

她伸出手，說了聲「再見」後離去。

包士卓小姐站了一會兒，皺著眉頭。某種本能向她提出警告，好像她錯過了一些很重要的訊息。

她把這種感覺拋在一邊。這是夏季開學的第一天，她還有許多家長要接待。她的學校從來沒有像現在這樣受歡迎，這樣成功。芳草地正處於全盛時期。

她絲毫不知道，在幾星期之內，芳草地就會陷入成堆的麻煩之中……混亂、不安和謀殺陰影將籠罩整個學校。某些事端已經開始啟動……

01
拉馬特革命

大約在比芳草地夏季學期的開學日早兩個月的時候，某些事件發生了，這些事件將在那所著名的女子學校裡引起意想不到的反響。

在拉馬特的王宮裡，有兩個年輕人一面坐著吸菸，一面在考慮著近在眼前的未來。其中一個年輕人皮膚黝黑，光滑的橄欖色臉上長著一雙憂鬱的大眼睛。他是阿里．玉素福親王，拉馬特的世襲酋長。拉馬特國土雖小，卻是中東最富有的國家之一。另一個年輕人頭髮黃中帶紅，臉上長著雀斑，他是阿里．玉素福親王的私人飛機駕駛員。他的薪水豐厚，但出身貧困。儘管地位不同，他們彼此之間是完全平等的。他們曾在同一所公立學校念過書，從那時起到現在一直是朋友。

「包柏，他們朝我們開火。」阿里親王說，他感到這幾乎令人難以置信。

「他們確實是朝我們開火。」包柏．羅里森說。

「他們是存心的。他們存心推翻我們。」

「這群渾蛋確實如此。」包柏冷酷地說。

阿里考慮了一下。

「再試一次勝算不大吧？」

「這次我們的運氣可能不會那麼好。老實說，阿里，事情拖延得太久了。我們兩星期前就該走了，這我跟你說過。」

「沒人願意逃離祖國。」拉馬特的統治者說。

「我明白你的意思。可是記得吧，莎士比亞或是哪個詩人說過：『活著逃走，日後再來戰鬥』。」

「一想到，」年輕的親王激動地說，「我花了多少心血把這裡變成一個福利國家，醫院、學校、保健設施……」

包柏・羅里森打斷了他的話，不讓他再列舉下去。

「我們的大使館不能做點什麼嗎？」

阿里・玉素福生氣地脹紅了臉。

「到大使館避難？絕對不行。極端份子們說不定會襲擊大使館……他們不會尊重什麼外交豁免權。而且如果我這樣做，就真的一切都完了！他們加給我的罪名就是『親西方』。」

他嘆了一口氣。「真叫人弄不懂。」他企望地說，感覺比他二十五歲的年紀要年輕一些。

「我的祖父是個殘暴的人，一個暴君。他有好幾百名奴隸，而且對待他們很殘酷。在部族戰爭中，他殘忍地屠殺了他的敵人，用恐怖的酷刑將他們處決掉。只要輕聲地提到他的名字，就會嚇得人人臉色發白。可是……他現在仍然是個傳奇人物！受人仰慕，為人尊敬！大家稱他為偉大的艾哈梅德．阿布杜拉！而我呢？我做了些什麼？建造醫院、學校，創辦社會福利，解決住房問題，做的都是人們需要的東西。他們難道不需要這些嗎？難道他們寧可要我祖父的那種恐怖統治嗎？」

「是呀，」包柏．羅里森說，「這似乎不大公平，但就是這麼回事。」

「可是為什麼，包柏？為什麼？」

包柏嘆了一口氣，他扭動著身體，努力想說明他的感覺。他費了好大的勁，可是表達不出自己的想法。

「嗯，」他說，「他很擅長製造壯觀的場面……我想原因就在這裡。如果你明白我的意思，他這人有點……戲劇性。」

包柏朝他的朋友看了一眼，他這位朋友真的是一點戲劇性也沒有。一個善良安靜的正直小夥子，誠懇而害羞，阿里就是這樣的人，正是因此包柏才喜歡他。他外貌既不驚人，性格也不粗暴。在英國，外貌驚人、性格粗暴的人會使人反感、惹人討厭，可是在中東，包柏相當肯定，情況並非如此。

「可是民主……」阿里又開始說。

「啊，民主……」包柏揮動他的菸斗，「這字眼在不同的地方有不同的意義。有一點可以肯定，它所指的從來就不是古希臘人原先用它指涉的意義。我可以打賭……賭什麼都行，如果他們把你從這裡趕走，一些暴發戶、愛吹牛的生意人就會接掌權力，大喊大叫地自我吹噓，把自己塑造成至高無上的神，將敢於發表不同意見的人……逮捕或殺頭。而他們，你聽好，會說這就是民有、民享的民主政府。我猜人民也會喜歡這種政府。他們感到夠刺激，有大量的流血事件。」

「可是我們並非野蠻人！我們也變文明了。」

「文明有各種不同的類型……」包柏含糊不清地說，「而且，我認為我們都保留著一些野蠻人的性格，如果我們能找到一個適當的藉口，就會把野性發洩出來。」

「也許你是對的。」阿里陰鬱地說。

「如今最不受大家歡迎的，就是具有常識的人。」包柏說，「我從來不是一個聰明人，阿里，這點你清楚得很，可是我經常想，這個世界真正需要的東西，不是別的，而是最起碼的常識。」他把菸斗放在一邊，在椅子上坐直。「可是先別管這些。現在重要的是我們怎樣把你送出拉馬特。在軍隊裡有你真正信得過的人嗎？」

阿里．玉素福親王緩慢地搖了搖頭。

「兩星期前，我會說有。可是現在，我不知道，我無法確定……」

包柏點了點頭。

「麻煩就在這裡。就說你的這座王宮吧，它挺叫我心驚肉跳的。」

阿里面無表情地默認了。

「對，王宮裡到處都是奸細，他們什麼都聽得見，他們什麼都知道。」

「甚至在飛機棚裡……」包柏突然停頓一下。「老艾哈邁德很厲害，他有某種第六感。他發現有個機師想在飛機上搗鬼……這個機師我們會發誓說他完全可靠。阿里，如果你打算出國，就得趕快行動。」

「我知道，我知道。我想，我現在非常肯定……如果我不走就會遇害。」

他說話時既不動感情，也不流露出任何驚慌，而是略帶一種超然的意味。

「不管怎樣，我們都很可能遇害。」包柏向他提出警告。「你知道，我們必須從北面飛出去。他們不能從那個方向攔截我們。可是這表示要飛越群山，而且是在這個季節……」他聳了聳肩。「你應該明白，這非常冒險。」

阿里．玉素福看起來很苦惱。

「如果你遇到什麼事情，包柏……」

「哦，別為我擔心，阿里，我不是這個意思。我不要緊，反正不管怎樣，我這種人遲早都要送命。我老是在做瘋狂的事。要緊的是你。我不想提這提那來說服你。如果軍隊裡有一部分人是忠誠的……」

「我不喜歡這種逃走的想法。」阿里乾脆地說，「可是我也不想做個殉難者，讓暴徒把我砍成碎片。」

他沉默了一會兒。

「那麼，好吧，」阿里終於嘆了一口氣說，「我們來試一試。什麼時候？」

包柏聳了聳肩。

「愈快愈好。我們必須用不啟人疑竇的方法把你弄到簡易機場[5]……就說你打算視察艾賈薩爾的築路工程，你看怎麼樣？臨時起意。今天下午去。然後，你的汽車經過簡易機場時，就停在那裡。我把飛機準備好，發動起來，說是要從空中視察築路工程，明白嗎？然後我們起飛，馬上飛走！當然，我們不能帶任何行李。一切都必須像是臨時決定似的。」

「我沒有什麼想帶的，除了一樣東西……」

他微笑了，這微笑突然改變了他的面容，使他變成另外一個人。他不再是那個嚮往現代化的西化年輕人……這微笑裡面包含著他民族性中的狡詐和詭譎，就是這種狡詐和詭譎，使他的歷代祖先得以生存下去。

「你是我的朋友，包柏，你可以看。」

他的手在他的襯衫裡摸索，然後遞給包柏一個羚羊皮的小口袋。

5　簡易機場（airstrip），戰時或動亂時期使用的臨時機場。

「這個？」

包柏皺著眉頭，不明白是怎麼回事。

阿里從他手裡拿回小口袋，解開縛在袋口的繩子，把袋裡的東西倒在桌上。

包柏屏住氣，然後輕輕吐口氣吹了聲口哨。

「天哪，這些是真的嗎？」

阿里似乎給逗樂了。

「當然是真的囉。大部分都是我父親的。他每年都會添購一些。我也是這樣。這些珠寶來自世界各地，由可靠的人替我們家族到倫敦、加爾各答或者南非去買。這是我們的家族傳統，以應付不時之需。」他若無其事地加上一句：「按照今天的價格計算，這些大約值七十五萬英鎊。」

「七十五萬英鎊！」包柏吹了聲口哨，抓起一些寶石，讓它們從指縫間流過。「真不可思議，像童話故事一樣。這會改變一個人。」

「對。」這位皮膚黝黑的年輕人點了點頭，他那古老民族的困倦面容又出現在他臉上。「見到珠寶，人就變了。這種東西後面總是跟隨著一連串的暴力血腥，死亡，流血，凶殺。對女人尤其不利。因為女人愛珠寶，不僅在於珠寶的價值，有時候是由於珠寶本身。美麗的珠寶會使女人瘋狂。她們想要占有珠寶，把珠寶戴在脖子上、別在胸前。我不會把珠寶託付給任何女人。我要託付給你。」

「我？」包柏瞪大了眼睛。
「是的。我不希望這些寶石落到敵人手裡。我不知道反抗我的暴動什麼時候會發生。可能就在今天。今天下午我可能無法活著到達簡易機場。你把珠寶拿去，盡力而為。」
「可是，聽我說……這我不明白，我怎麼處理這些珠寶？」
「想個什麼辦法，把它們安全地帶出拉馬特。」阿里平靜地注視著他那心煩意亂的朋友。
「你的意思是，你要我帶這些珠寶而不是帶你出去？」
「可以這麼說。可是我認為，你會想出更好的辦法把珠寶帶到歐洲。」
「可是，聽我說，阿里，我根本不知道該怎麼處理這種事。」
阿里靠在椅背上。他安靜地微笑著，有點給逗樂了。
「你有常識，而且誠實。打從你開始當我的小跟班學弟起，你就總能想出巧妙的主意……我給你一個人的姓名和地址，這個人專門替我處理這類事情……也就是說，萬一我不能活下來時。不要這樣愁眉不展，包柏，盡力而為，我只要求你這一點。如果你失敗了，我不怪你。這是真主的旨意。對我來說，原因很簡單。我不希望他們從我身上拿走珠寶，至於其餘的事……」他聳了聳肩。「就像我說過的，一切遵照真主的旨意。」
「你瘋了！」
「不，我是個宿命論者，僅此而已。」
「可是，阿里，你剛才說我誠實，但這是七十五萬英鎊……你難道不認為它也會讓我變得不誠實嗎？」

阿里．玉素福深情地看著他的朋友。

「很奇怪，」他說，「我對你的品行有信心。」

02 陽台上的女人

包柏．羅里森沿著王宮裡的大理石走廊走著，走廊裡發出回聲。他這輩子從未這樣難受。知道自己的褲袋裡帶著七十五萬英鎊，使他極為苦惱。他覺得他遇見的每個宮廷官員似乎都知道這件事。他甚至感覺到，人家可以從他面容看出他身上帶著值錢的東西。如果他知道他那長著雀斑的臉上一如平時般和氣而愉快，那他就會放下心來。

門口的衛兵卡嚓一聲舉槍敬禮。包柏走上了拉馬特擁擠的大街，他的腦子還是很迷亂。他要到哪裡去？他打算做些什麼？他自己也不知道。而時間卻很緊迫。

這條大街和中東的大多數街道一樣，是骯髒破舊和壯麗豪華的混合體。新建的幾家銀行雄偉地聳立著。數不清的小商店陳列著廉價的塑膠製品，兒童穿的短靴和廉價的打火機很不相稱地並列在一起，還有縫紉機和汽車零件。一些藥房裡擺著生了蛆的專利商標藥品，還有各種形式的青黴素和形形色色的抗生素廣告牌。沒有幾家商店會有你想買的東西……最新式樣的瑞士手錶是個例外，幾百只手錶擠滿一櫥窗，款式多得讓人眼花撩亂，嚇得人打消購買的念頭。

包柏仍然有些精神恍惚地走著，全憑那些身穿本地或歐洲服裝的人推來推去。他定一定神，再次問自己，他到底要到哪裡去？

他走進一家咖啡館，點了一杯檸檬茶。在喝茶的時候，他開始慢慢清醒過來。這家咖啡館裡的氣氛使人鎮靜。他對面的一張桌子有個年長的阿拉伯人在靜靜地撥動一串琥珀念珠，他後面則有兩個人在下十五子棋。這是一個可以坐下來思考的好地方。

他必須思考。價值七十五萬英鎊的珠寶交給了他，他得想出計策把珠寶帶出拉馬特，而且動作得快，暴動隨時會發生……

當然，阿里簡直瘋了。就那樣隨隨便便把七十五萬英鎊扔給一個朋友，然後平靜地坐在椅子裡，把一切託付給真主。包柏沒有那樣的神可以求助。包柏的上帝賜予信徒以力量，要求他們盡最大的力量自己做出決定、自己採取行動。

他究竟該怎樣處理那些該死的珠寶呢？

他想到了大使館。不行，他不能把大使館牽連進去。大使館絕對不願蹚這趟渾水。

他需要找到一個人，一個極為平常的人，這個人可用極為平常的方式離開拉馬特。最好是個商人，或是個觀光客。這種人沒有政治牽連，他的行李最多是馬馬虎虎地檢查一下，或者根本不必檢查。當然要考慮到另一邊的情況……很可能在倫敦機場會引起騷動，還有企圖走私七十五萬英鎊珠寶的種種後續變數。必須冒險……

某個平凡的人，一個真正的旅客。突然，包柏狠狠地責怪自己是個傻瓜。瓊安不正是理想的人選嗎？他的姐姐瓊安．薩克利。瓊安帶著女兒珍妮佛來到這裡有兩個月了，珍妮佛患了一場肺炎，醫生說她需要陽光和乾燥的氣候，所以再過四、五天她們就要乘船回去了。

瓊安是個理想人選。阿里是怎麼說女人和珠寶的？包柏暗自發笑。好姐姐瓊安！她見了珠寶不會失去理智，可以相信她會保持清醒。沒錯，他可以信任瓊安。

且慢！儘管這樣……他能信任瓊安嗎？她是十分誠實，沒錯，可是她謹慎嗎？包柏惋惜地搖了搖頭。瓊安會講出去，她憋不住話；甚至更糟糕，她會露出口風：「我帶回來一件很重要的東西，但我不能對任何人吐露一個字，這件事真夠刺激……」

瓊安從來就守不住話，可是如果人家這樣說她，她又會生氣。所以，不能讓瓊安知道她帶的是什麼，這樣對她來說安全多了。他最好把寶石裝成小包裹，一個看起來普普通通的小包裹；然後編個故事，說是帶給誰的禮物……還是說受人之託？他得想好跟她說什麼……

包柏看了看手錶，站起身來。時間一分一秒過去。

他在街上大步走著，忘記了正午的炎熱。一切狀似正常，表面看不出有什麼動靜。只有在王宮裡才會感覺到大火正在燃燒，感覺到有人在窺探、在竊竊私語，軍隊……一切要看軍隊如何決定。誰忠誠，誰不忠誠？必定有人企圖發動一場政變。政變會成功還是會失敗？

走進拉馬特的第一流旅館時，包柏皺了皺眉。這家旅館謙虛地自稱為「麗池薩伏」飯店，有個雄偉的現代化門面。這家旅館三年前聲勢浩大地開張，聘了一位瑞士經理、一位維也納大廚和一位義大利領班。那時這裡的一切都很棒。後來維也納大廚首先不幹了，然後是瑞士經理走人，現在義大利領班也辭職了。裡面供應的飲食仍然講究氣派，但是很難下嚥；服務差得令人心寒，高價買來的水管設備也大部分都壞了。

櫃檯後面的旅館職員和包柏很熟，朝他笑臉相迎。

「早安，中隊長。來看你的姐姐？她帶著小女兒去野餐了。」

「去野餐？」

包柏一愣，偏偏在這個時候去野餐。

「和石油公司的赫斯特夫婦一同去的。」這位職員提供消息似的說。大家都無所不知。

「他們到卡拉迪瓦水壩去了。」

包柏低聲罵了一句。瓊安要好幾個鐘頭才會回來。

「我上樓到她房間去。」

包柏說，並伸出手，那位職員把鑰匙交給了他。

他打開房門走了進去。那是一間寬敞的雙人房，像往常一樣，房間裡很亂。瓊安．薩克利不是一個愛整潔的女人。高爾夫球棒橫放在椅子上，網球拍扔在床上，到處都是衣服，桌上凌亂地放著底片、明信片、平裝書和一批從南方買來的本地珍玩……其中大部分是在伯明罕和日本製造的。

包柏環視四周，看著那些手提箱和提包。他面臨著一道難題。在他帶著阿里飛出拉馬特之前不可能和瓊安見面。沒時間到水壩後再趕回來。他可以把那個東西裝成包裹，寫張便條把包裹留下……但他立刻搖了搖頭。他清楚知道，每時每刻都有人跟蹤他。很可能他從王宮到咖啡館，從咖啡館到這裡，都有人在跟蹤。他並未發現任何人跟蹤他，可是他知道他們跟蹤的功夫一流。他到旅館來看姐姐，並沒有引人疑心之處；可是如果他留下包裹和便條，那麼他們就會偷看便條、打開包裹……

時間，時間，他沒有時間。

價值七十五萬英鎊的珠寶就在他褲袋裡放著。

他向房間裡四面打量了一下。

然後，他咧開嘴笑了。他從衣袋裡拿出一直隨身攜帶的小工具包。他注意到他的外甥女珍妮佛有一些做模型用的黏土，這東西或許能幫助他解決問題。

他迅速而熟練地動起手來。他一度警覺地抬起頭來朝開著的窗子看了一眼。不，這個房間外面沒有陽台。他只是神經過敏，覺得有人在盯著他看。

他完成了工作，點了點頭，感到滿意。他很有把握，無論是瓊安還是誰，都沒人會發覺到他做了什麼，珍妮佛一定不會，她是一個以自我為中心的孩子，除了她自己，什麼也看不見、什麼也注意不到。

他把碎屑掃乾淨，裝進衣袋……接著他猶豫了，朝四面張望著。

他把薩克利夫人的筆記簿拉過來，皺起眉頭坐著。

他必須給瓊安留個便條。

可是他能說些什麼呢？必須是瓊安看得懂、但偷看便條者卻不懂其中奧妙的話。

這真是不可能的任務！包柏空閒時喜歡看的那些驚悚小說裡，如果你留下一種暗號，最後總會有人破譯出來。而且包柏什麼密碼都想不出……瓊安是那種講求實際的人，你要一點一滴都寫清楚她才能看明白……

接著他皺著的眉頭鬆開了。可以用另外一種方法來寫，使人家不致注意……留一個日常的普通便箋。然後再託人在英國給瓊安帶個口信。

他快速地寫道：

親愛的瓊安：

我來看你，問你今天晚上是否想打一場高爾夫球，可是等你從水壩那裡回來時，你一定累壞了。那明天行嗎？五點鐘在俱樂部等你。

包柏

向一個可能永難再見的姐姐告別，這樣的便條似乎太隨便了……但從某方面來說，愈隨便愈好。絕不能讓瓊安捲入任何是非，甚至連知道都不能讓她知道。瓊安不會裝假，要保護她就得什麼也別讓她知道。

這個便條可以一石二鳥。它也會讓人看不出他——包柏——有離開拉馬特的打算。

他想了一兩分鐘，然後朝電話走去。他報了英國大使館的號碼。很快他就和他那位擔任三等祕書的朋友艾孟生接通了。

「是約翰嗎？我是包柏．羅里森。你下了班之後能和我在某個地方見面嗎……再早一點行嗎？你一定得來，老兄。事情很重要。呃，其實，是一個女孩……」他感到難為情地咳嗽了一聲。「她好極了，非常好，世上少有。只是有點棘手。」

艾孟生的聲音似乎有點生硬而不以為然，他說：「包柏，你真是的，你和你的女孩們啊……好吧，兩點行嗎？」接著，他就掛斷了電話。

包柏聽到像回聲似的輕輕一聲「卡嗒」，好像是偷聽的人放下了話筒。

了不起的艾孟生。由於拉馬特所有的電話都有人竊聽，包柏和艾孟生遂編出了他們自己的暗語。一個「世上少有」的好女孩，意思就是「事情緊急而重要」。

兩點的時候，艾孟生會開車到新商業銀行外面接包柏，包柏會告訴艾孟生東西藏在哪裡，得告訴他瓊安並不知道這件事，可是如果他出了事，藏東西的地方就很重要。瓊安和珍妮佛乘船，旅程很長，她們要六個星期才能回到英國。到那時幾乎可以肯定革命已經發生，不是成功了就是給鎮壓下去。阿里．玉素福可能已經在歐洲，要不然就是和包柏都殉難了。他要告訴艾孟生很多事，但也不能透露太多。

包柏環視了房間最後一眼。房間裡和剛才完全一樣，安靜、混亂、帶有家居風味。唯一多出來的東西就是那封他寫給瓊安的輕鬆便條。他把便條豎起來放在桌上，走出房間。長走廊裡沒人。

§

住在瓊安．薩克利隔壁房間的那個女人從陽台上走回房間。她手裡拿著一面鏡子。她剛才走到陽台上去，本意是要檢查一下那根膽敢從她下巴上長出來的細毛。她用鑷子拔下那根毛，然後在明亮的陽光下把自己的臉細察了一番。

就在她的注意力鬆懈下來的時候，她看見了另一樣東西。她拿鏡子的角度使鏡子反射出隔壁房間的衣櫥，而且從衣櫥的鏡子裡看到一個男人正在做著十分奇怪的事情。那件事相當奇怪又出人意料，所以她站在那裡一動也不動地盯著看。他在桌邊所坐的那個位置看不見她，而她透過雙重反射卻可以看得見他。

如果他轉過頭去，他本可以在衣櫥的鏡子裡看見她的鏡子，可是他太專心於他所做的事了，沒有朝背後看。

事實上，他曾一度猛然抬頭朝窗戶看，但由於沒看見什麼，他又把頭低下去了。

當他做完那件事時，那個女人還在觀察他。他停了一會兒，接著，寫了一封便條，把那封便條豎在桌上。然後他走開了，離開了她的視線，可是她聽得到聲音，她明白他在打電話。她不大清楚他說些什麼，可是聽得出他語調輕鬆，十分悠閒。後來她聽見房門關上了。

那個女人等了一會兒，這才打開房門。在走廊遠處的一頭，有個阿拉伯人拿著雞毛撢子在懶洋洋地撢灰塵。他轉過角落，消失了身影。

那個女人很快溜到隔壁房間門口。門上鎖了，但她早料到這一點。她用頭上的髮夾和一把小刀迅速而熟練地撬開房門。

她走進房間，隨手關上房門，拿起那封便條，信封只是輕輕地黏上，很容易就打開了。她皺著眉頭看了便條，便條沒有說明什麼。

她封好便條，放回原處，走到房間的另一邊。

她剛伸出手，窗外就傳來下面平台上的講話聲，這驚動了她。

她聽出其中一個聲音是這間房間的主人在說話。這聲音斬釘截鐵，帶著教訓的口吻，充滿自信。

她奔到窗口。

在下面的平台上，瓊安・薩克利夫人由她那面色蒼白、身體結實的十五歲女兒珍妮佛陪伴著，正在和一個英國領事館來的苦臉高個子男人說話。她用人人都聽得見的大嗓門向他抗議他的安排。

「可是這太荒唐了！我從未聽過這種沒道理的話。這裡十分安寧，人人都很愉快。我認為這麼驚惶失措完全是庸人自擾。」

「我們也希望如此，薩克利夫人，我們當然希望如此。可是，大使閣下覺得他的責任在於……」

薩克利夫人打斷了他的話。她無意考慮大使的責任。

「你知道，我們有一大堆行李，我們打算下星期三乘船回國。航海對珍妮佛有好處，醫生是這樣說的。我絕不改變我們的計畫，答應你們傻乎乎地匆忙改乘飛機回國。」

那位面帶愁容的男人慫恿地說，薩克利夫人和她的女兒可以乘飛機到亞丁……不是到英國，然後在亞丁搭乘她們的船。

「可以帶我們的行李去嗎？」

「行，行，這可以安排。我有一輛車在等著……一輛旅行車。我們可以馬上把一切東西都裝載走。」

「啊，好吧。」薩克利夫人讓步了。「我想我們最好還是去整理行李吧。」

「如果您不介意的話，請馬上就去。」

臥室裡的那個女人急忙縮了回去。她朝一個手提箱標籤上的地址很快瞥了一眼，然後溜出房間。就在薩克利夫人彎過角落來到走廊的時候，她正好溜進自己的房間。

旅館辦公室職員在薩克利夫人後面追著。

「薩克利夫人，您的弟弟，中隊長，來過了。他上樓到您的房間去過。不過我想他已經走了。您正好和他錯過了。」

「煩死了。」薩克利夫人說，「謝謝您。」她對那個職員說，接著走到珍妮佛身邊。「我猜包柏也是在庸人自擾。我在街上可看不出任何騷動的跡象。這扇門沒有鎖上。這些人多粗心啊。」

「也許是包柏舅舅沒鎖上。」珍妮佛說。

「我真希望沒和他錯過。啊，有張便條。」

她打開它。

「啊，包柏並沒有庸人自擾。」她洋洋得意地說，「顯然他對這事一無所知。結束外交關係，僅此而已。我真討厭在大白天整理行李，太熱了。這間房間熱得像火爐一樣。來吧，珍妮佛，把你的東西從抽屜和衣櫥裡拿出來。先把所有東西隨便塞進行李箱。以後我們可以重新整理。」

「我從未見過革命。」珍妮佛沉思地說。

「我想你這回也不會碰到。」她的母親嚴厲地說，「就像我說的那樣，什麼事情也不會發生。」

珍妮佛露出了失望的神色。

03 魯賓遜先生出場

大約六個星期後，在布魯姆斯貝利，有個年輕人小心翼翼地敲一間房間的門，房間裡的人叫他進去。

這是一間小房間。在書桌後面，有個肥胖的中年男子委靡不振地坐在椅子上，他身穿一套皺了的西裝，前襟上落滿雪茄菸灰。窗戶緊閉，房間裡的空氣令人難以忍受。

「呃？」這個肥胖的男人半閉著眼睛，試探性地說，「這回又有什麼事啊？」

據說帕威上校睡覺的時候只是微微閉上眼睛，或者說他醒著的時候只是微微睜開眼睛。也有人說他的名字並不是帕威，他也不是個上校。當然，有些人是什麼話都說得出的！

「先生，外交部的艾孟生來了。」

「哦。」帕威上校說。

他眨了眨眼，似乎又要睡著了，他低聲說：「發生革命的時候，他是我們駐拉馬特大使館的三等祕書。對吧？」

「對的，先生。」

「那麼，我想我最好見見他。」帕威上校並不太感興趣地說。

他把身子稍微坐直，把大肚子上的菸灰稍微撢掉一些。

艾孟生先生是個瘦高、黃頭髮的年輕人，衣著合乎規矩，舉止也和衣著相稱，他帶著一副什麼都看不順眼的神情。

「是帕威上校嗎？我是約翰．艾孟生。他們說你……嗯，可能想見我。」

「是嗎？好吧，他們清楚就好。」帕威上校說。「坐下吧。」他又加上一句。

他的眼睛又要閉上了，但是在沒閉上之前，他說：「發生革命的時候你在拉馬特？」

「是的，我在那裡。這是件卑劣的事。」

「我想也是。你是包柏．羅里森的朋友，是嗎？」

「是的，我和他一直很熟識。」

「你應該說，過去和他很熟識。」帕威上校說，「他死了。」

「是的，先生，我知道。可是我不確定……」他住了口。

「在這裡講話用不著那樣小心謹慎。」帕威上校說，「我們這裡什麼事都知道。如果我們不知道，也假裝知道。發生革命的那天，羅里森駕駛飛機把阿里．玉素福送出拉馬特。從那時起，飛機就音訊全無了。可能是在人進不去的地方降落了，也可能是墜毀了。在阿羅利茲群山中找到了一架飛機殘骸，有兩具屍體。明天將要向報界發布這條新聞。對吧？」

艾孟生承認他說得對。

「我們什麼事都知道。」帕威上校說，「這就是我們的工作。飛機飛進山中。大概是天候出了問題。也有可能是人為破壞，定時炸彈吧。還沒得到全部的報告。飛機失事的地點人很難進去。曾經懸賞尋找，但這種事要很長時間才能見效，後來只好派飛機送我們自己的專家去調查。當然，有種種繁瑣的手續。要向外國政府申請，要部長批准，要行賄，更別說要找回當地農民撿回去的東西。」他停住，朝艾孟生看了看。

「發生這件事叫人心裡難過。」艾孟生說，「阿里．玉素福親王本來可能成為一位開明的統治者，他堅持民主原則。」

「那個可憐的傢伙可能正是為了這個才送了命。」帕威上校說，「可是我們不能把時間浪費在講國王送命的悲慘故事上。有人要求我們進行某種……調查。是有關人士，就是說，接近女王陛下的政府人士。」他盯著對方看。「明白我的意思嗎？」

「呃，我略有耳聞。」艾孟生不甘願地說。

「你也許聽說了，無論是在屍體上或是在飛機殘骸中都沒有找到值錢的東西，據信，當地人也沒有偷到什麼值錢的東西。關於這個，當然，誰也說不準。他們跟外交部一樣，可以一點口風也不漏。你還聽到些什麼呢？」

「沒聽到什麼別的。」

「你沒聽說過，也許可以找到某些值錢的東西嗎？那他們為什麼派你到我這裡來呢？」

「他們說，也許你想問我某些問題。」艾孟生拘謹地說。

「如果我向你提問題，我當然指望得到答案。」帕威上校說。

「這是理所當然。」

「孩子，你好像不認為這是理所當然的啊。包柏・羅里森駕駛飛機離開拉馬特之前，對你說過些什麼嗎？阿里最信任他。來，說出來吧，他說過些什麼？」

「關於哪方面，先生？」

帕威上校瞪著他看，搔了搔耳朵。

「啊，好吧。」他咕噥說，「這個不肯說，那個也想瞞。我看你做過頭了！如果你不知道我在說些什麼，那你就是不知道，這就行了。」

「我想有些事情……」艾孟生小心翼翼而又不大情願地說，「有些重要事情包柏可能是想對我說。」

「啊。」帕威上校說，帶著一副終於打開了悶葫蘆的神情。「很有意思。把你知道的說出來。」

「我知道的很少，先生。包柏和我商定了一種簡單的暗語。我們一致認為拉馬特所有的電話全都有人竊聽。包柏在王宮裡有機會聽到一些消息，我偶爾也有些有用的情報要告訴他。因此，我們兩人打電話時，如果按規定的方式說到一個或幾個女孩，而且說她『世上少有』，那就表示發生了什麼事！」

「是指重要情報之類的？」

「是的。一開始，包柏打電話給我，用了那些暗語。我和他約好在我們經常碰頭的地點，在一家銀行外面和他見面。然而暴動就在那個地區爆發了，警察封鎖了道路。我無法和包柏接上頭，他也無法和我接上頭。就在那天下午，他駕駛飛機送阿里離開了拉馬特。」

「原來如此。」帕威說，「知道他是在哪裡打的電話嗎？」

「不知道。在哪裡打都有可能。」

「可惜啊。」他停了一停，這才隨便問起：「你認識薩克利夫人嗎？」

「你是說包柏．羅里森的姐姐？當然，我和她在拉馬特見過面。她帶著她還在上學的女兒住在那裡。我和她不太熟。」

「她和包柏．羅里森的關係很親密嗎？」

艾孟生想了一下。

「不，我認為不很親密。她比他年長許多，像是他的大姐那樣。而且他不喜歡他的姐夫，總說他是自負的蠢驢。」

「他的確是個蠢驢！我們的著名實業家……這些實業家可自負得很呢！這麼說，你認為包柏．羅里森不會把重要機密告訴他姐姐囉？」

「這很難說……不會，我認為不會。」

「我也認為不會。」帕威上校說。

他嘆了一口氣。

「呃，就這樣吧。薩克利夫人和她的女兒正搭乘『東方王后號』回國。明天在第伯里靠岸。」

他沉默了一會兒，沉思地打量著他對面的年輕人。然後，好像做出了決定，他伸出手來輕快地說：「感謝你到這裡來。」

「很抱歉，我對你沒有多大用處。真的沒有什麼事要我效勞嗎？」

「沒有，沒有，我想沒有了。」

約翰・艾孟生離去了。

那位小心翼翼的年輕人又回到房間裡。

「我本來想，也許可以派他到第伯里去把消息告訴那位姐姐。」帕威說，「畢竟是她弟弟的朋友。可是我決定不這樣做。他太呆板，是外交部訓練出來的，不會隨機應變。我要派那個……叫什麼名字來著？」

「德瑞克？」

「對了。」帕威上校點頭讚許。

「你開始能察覺我的意思了，對吧？」

「我盡力而為，先生。」

「盡力還不夠，你必須成功。先去把朗尼給我找來。我有任務交給他。」

§

帕威上校才又要入睡，就在此時，那個名叫朗尼的年輕人走進了房間。他身材高大，皮膚黝黑，四肢發達，性情開朗，可是不大懂得禮貌。

帕威上校朝他看了一會兒後，咧開嘴笑了。

「讓你混到一所女子學校裡去，你看怎樣？」他問。

「女子學校？」這個年輕人揚起了眉毛。「這事可新鮮了！她們打算幹什麼？在上化學課的時候製造炸彈？」

「不是這種事。是一所非常高級的學校，芳草地。」

「芳草地！」這個年輕人吹了聲口哨。「真是不敢相信！」

「閉上你那張不懂規矩的嘴，好好聽我說。拉馬特已故的阿里．玉素福親王的表妹和唯一的近親，謝絲塔公主，下學期要到芳草地去讀書。到目前為止，她一直是在瑞士上學。」

「我去做什麼？誘拐她？」

「當然不是。我認為在不久的將來，她可能成為各方注意的焦點。我要你去注意情勢的發展。我無法為你說清楚。我不知道會發生什麼事，會出現什麼人，可是如果有任何我們不歡迎的朋友對她感興趣，你就彙報……注意觀察，向我彙報，這就是你要做的事。」

年輕人點了點頭。

「我怎樣混進去注意觀察呢？去當美術教師嗎？」

「她們的教職員都是女的。」帕威上校朝他看，心裡盤算著。「我想，我得讓你當一名園丁。」

「園丁？」

「對。我想你懂得一些園藝，對吧？」

「對，沒錯。我年輕的時候，曾經在《週日郵報》上開過一年『你的花園』專欄。」

「嘿！」帕威說，「這算什麼！我用不著懂得園藝，就能開一個園藝專欄……只要去抄襲幾本有紅紅綠綠插圖的苗圃目錄和一部園藝百科全書就行了。那種行話我都知道。『為什麼不打破傳統束縛，使你的花園具有真正的熱帶風光？可愛的 Amabellis Gossiporia 和一些奇妙的中國新雜交品種 Sinensis Maka foolia。試種一些紅豔含羞的美麗 Sinistra Hopaless[6]，雖不太耐寒，但是種在西邊牆腳下可以長得很好。』」他停下來，露齒而笑。「沒有什麼了

6　這三組似是而非的拉丁文花卉學名，其實是在英語單詞後面胡亂加上一些拉丁文詞尾。這些詞組本身具有詼諧的含義。Amabellis Gossiporia 的意思是「可愛而搬弄是非的人」，Sinensis Maka foolia 意思是「罪惡使人變傻瓜」，Sinistra Hopaless 意思是「既不吉利又無希望」。

不起！那些傻瓜去買那些花，早霜一來，花就凍死了，然後很後悔沒有堅持習慣去種牆頭花和勿忘我！不，我的孩子，我說的是真正的勞動。朝手上吐口唾沫，拿起鐵鏟來挖，和堆肥打交道，辛勤地用肥料覆蓋花根、樹根，使用荷蘭鋤頭和各種鋤頭，挖掘深溝種香豌豆……還有其他種種累死人的工作。你行嗎？」

「我從小就做慣這種事！」

「當然，你是。我認識你母親。好吧！就這樣說定了。」

「芳草地有園丁的空缺嗎？」

「一定有。」帕威說，「英國所有的花園都缺人手。我給你寫幾封大力推薦的介紹信。你等著看，她們會搶著要你去。沒有時間可浪費，夏季學期二十九日開學。」

「我充當園丁，同時睜大眼睛看，對吧？」

「對，可是如果有哪個早熟的妙齡少女對你有所舉動而你也有所反應，那就請上帝來幫助你吧。我可不希望沒多久你就讓人拎著耳朵踢出來。」

他拿了張紙過來。

「你想用什麼名字？」

「叫亞當似乎很合適。」

「姓什麼呢？」

「伊甸[7]？你看怎樣？」

「我不太喜歡你的那種思路。叫『亞當・古德曼』挺合適的。去和強森商量，編出一套你的簡歷，然後就開始進行吧。」他看了看手錶。「我沒時間和你再談下去。我不能讓魯賓遜等候。此刻他該到了。」

亞當（用他的新名字稱呼他）正朝著門口走去，他停住了。

「魯賓遜？」他好奇地問，「他要來嗎？」

「我說過他要來。」書桌上的電鈴響了。「他來了，魯賓遜先生總是那麼準時。」

「告訴我，」亞當好奇地問，「他究竟是誰？他的真實姓名是什麼？」

「他的姓名，」帕威說，「就是魯賓遜先生。我只知道這些，其他人也只知道這些。」

§

走進房間的那個人，不像是個名叫魯賓遜的人，他也根本不可能叫魯賓遜。他的名字可能是迪米崔厄斯，或艾薩克斯坦或佩雷納……儘管不一定是個特別的名字。他未必是猶太人、希臘人、葡萄牙人，未必是西班牙人，也未必是南美洲人，但他最不可能是名叫魯賓遜

7 指基督教《聖經》中人類始祖亞當、夏娃居住的伊甸園。

的英國人。他身體肥胖，穿著講究，長著黃色的臉、憂鬱的黑眼睛、寬闊的前額，還有個露出大白牙的闊嘴。他的手形優美，保養很好。他講的是純正的英語，絲毫不帶外國腔。

他和帕威上校彼此寒暄，有如兩個在位的君王。他們互相講了些客套話。

正當魯賓遜先生接過一支雪茄的時候，帕威說：「承你惠予幫助，不勝感激。」

魯賓遜先生點著雪茄，帶著欣賞的神情品評菸味，最後他說：「我親愛的朋友，我在想……你知道，我經常聽到一些事情，我認識不少人，他們總是把事情告訴我，我不知道是什麼緣故。」

帕威上校對原因何在不加評論。他說：「我想你已經聽說阿里．玉素福親王的飛機找到了吧？」

「上星期三找到的。」魯賓遜先生說，「駕駛員是年輕的羅里森。那是一次困難的飛行。但飛機失事不是因為羅里森的過失。有人在飛機上動了手腳……是個名叫艾哈邁德的人，他是高級機師，看來很可靠……或者說，羅里森認為他可靠。但是他並不可靠。現在他已在新政府得到一個收入豐厚的工作。」

「原來是人為破壞！我們原先不能肯定。這是一件悲慘的事。」

「是啊。那個可憐的年輕人……我是指阿里．玉素福，沒有能力對付腐化和陰謀勢力。去接受公立學校教育是愚蠢的……這是我的看法。可是我們現在不必去管他了，對吧？他是昨天的新聞。沒有什麼比死去的國王更乏味的了。我們所關心的是死去的國王遺留下來的東西，你有你的關心法，我有我的關心法。」

「遺留下來的東西是……」

魯賓遜先生聳了聳肩。

「在日內瓦有筆不小的銀行存款，在倫敦有筆不大的銀行存款，在他自己的國家裡有可觀的資產，現在已經讓意氣風發的新政權接收了（而且為了瓜分資產鬧得有些不和，我聽說是這樣），最後還有一份小小的私人財物。」

「小小的？」

「這是相對的說法。至少，體積小，方便隨身攜帶。」

「據我們所知，這些東西不在阿里．玉素福身上。」

「不在。因為他把它們交給了年輕的羅里森。」

「你能肯定嗎？」帕威上校犀利地問。

「唉，誰也不能肯定啊！」魯賓遜先生抱歉地說，「王宮裡總會有些流言蜚語，不可能都是真話。不過有不少謠言是這樣說的。」

「它們也不在年輕的羅里森身上。」

「既然這樣，」魯賓遜先生說，「想必有誰用什麼方法把它們帶出了拉馬特。」

「什麼方法？你知道嗎？」

「羅里森收下珠寶後到城裡的一家咖啡館去過。沒人看見他在咖啡館裡和任何人說話、和任何人接觸。後來他到他姐姐住的麗池薩伏飯店去了。他上了樓，在她的房間裡待了將近二十分鐘。她人不在。然後他就到勝利廣場邊上的商業銀行去兌換一張支票。他走出銀行時，暴動正好開始。學生們不知為什麼在鬧事。過了很長時間，他們才離開廣場。這時他馬上到簡易機場去，在那裡，他由艾哈邁德中士陪同，檢查了飛機。

「阿里・玉素福開汽車去視察新的築路工程，把車停在簡易機場，和羅里森碰頭，表示要乘飛機做一次短距離飛行，以便從空中視察水壩和新的築路工程。他們起飛後，就此一去不回。」

「你的推論是……」

「我親愛的朋友，和你的推論一樣。既然他姐姐出去了，人家告訴他說她要到晚上才能回來，為什麼包柏・羅里森還要費二十分鐘待在她的房間裡？他給她留了一封至多只要三分鐘就可以寫好的便條。其餘時間他做了些什麼？」

「你是說，他在他姐姐的行李中找了個適當的地方把珠寶藏起來？」

「情況似乎是如此，不是嗎？薩克利夫人就在同一天和其他英國人一道撤退。她帶著女兒飛往亞丁。我相信她將在明天抵達第伯里。」

帕威點了點頭。

「好好照顧她。」魯賓遜先生說。

「我們是想好好照顧她。」帕威說，「一切都安排妥當了。」

「如果珠寶是在她那裡，她就會處於危險之中。」他閉上眼睛。「我十分討厭暴力行為。」

「你認為可能發生暴力行為？」

「這和不少人有利害關係。各種討厭的人，如果你明白我的意思。」

「我明白你的意思。」帕威繃著臉說。

「他們當然會爾虞我詐。」魯賓遜先生搖了搖頭。「真是亂七八糟！」

帕威上校婉轉地問：「你本人在這件事裡……呃，是否有特殊利益？」

「我代表某個利益集團。」魯賓遜先生說，他的話音裡略有責怪之意。「那些寶石中，有好些是由我的企業集團出售給已故親王殿下的……是按照公平合理的價格出售。至於我所代表的那些當事人……我可以大膽地說，已故的原主也會同意他們去尋覓那些珠寶。我不想多說，這種事情很微妙。」

「你一定是站在天使這一邊。」帕威上校微笑著說。

「啊，天使！天使……對。」他停了一下。「你是否知道，在麗池薩伏飯店時，薩克利母女的房間兩邊住的是誰？」

帕威上校似乎茫無所知。

「讓我想一想……我相信我知道。左邊是安潔莉卡．達．托雷多太太，一個西班牙女人……嗯，在當地的餐廳酒吧當舞女。未必是西班牙人，也可能不是個舞藝高超的舞女，但是她在顧客當中很受歡迎。在另外一邊，據我所知，住的是一群學校教師中的一位。」

魯賓遜先生讚許地笑了。

「你總是那樣。我是來告訴你消息的，可是幾乎每次你都早已知道了。」

「不，不。」帕威上校彬彬有禮地否認。

「我們兩人私下，」魯賓遜先生說，「知道的事情真不少。」

他們相互對視。

「我希望，」魯賓遜先生說著站起身來。「我們知道的夠多……」

04 旅遊歸來

「真是的！」薩克利夫人朝旅館的窗外看，生氣地說，「我不明白為什麼每次回到英國就下雨，什麼東西看起來都無精打采似的。」

「我認為回來真是太好了。」珍妮佛說，「街上人人講的都是英語！我們馬上就能喝到真正的好茶，吃到麵包、奶油、果醬和像樣的蛋糕。」

「親愛的，我希望你不要抱持這種與世隔絕的思想。」薩克利夫人說，「如果你說你寧願待在家裡，那我又何必多此一舉帶你出國，大老遠跑到波斯灣去？」

「我並不反對在外國住一兩個月。」珍妮佛說，「我只是說，回來了我很高興。」

「你現在給我讓開，親愛的，讓我查查他們是不是把行李都送來了。老實說，我真覺得……我一直覺得如今人都變壞了，不像戰前那樣。如果不是我留心看著東西，那個人一定會在第伯里把我的綠色提袋拿走。在第伯里時還有另外一個人，他老是在我們的行李旁邊兜來兜去。後來我又在火車上看見他。我相信，你知道，這些小偷專等船靠岸，如果有誰舉止慌張或是暈船，他們就會拿起人家的手提箱溜走。」

「哦，媽媽，你總是胡思亂想。」珍妮佛說，「你認為你遇到的統統都是壞人。」

「大半是壞人。」薩克利夫人冷冷地說。

「英國人可不是壞人。」忠於英國的珍妮佛說。

「那更糟。」她母親說，「誰也不會指望阿拉伯人是好人，但在英國你會粗心大意，壞人就更容易下手。現在讓我來好好數一數。綠色大手提箱和黑色大手提箱、兩個棕色小手提箱、提袋、高爾夫球棍和網球拍、手提包、帆布手提箱……綠色的袋子呢？哦，在這裡。還有我們在當地買來裝新增物品的錫罐……沒錯，一、二、三、四、五、六，對，沒錯，十四件全部在這裡。」

「我們現在去喝茶、吃點心，好嗎？」珍妮佛說。

「喝茶？現在才三點。」

「我餓極了。」

「好吧，好吧。你自己會到樓下餐廳去吃吧？我真的覺得我必須休息一下，然後打開行李，把我們今天過夜要用的東西拿出來。可惜你爸爸不能來接我們。我不明白他為何非要今天在泰恩河畔新堡開重要的董事會議。應該把他的妻子和女兒放在第一位才對。特別是，他有三個月沒看見我們了。你確定會自己去餐廳嗎？」

「天哪，媽咪，」珍妮佛說，「你當我幾歲了？能給我點錢嗎？我沒有英國錢幣。」

她接過母親給她的那張十先令鈔票，帶著嘲笑的神情走出房門。

床頭電話的鈴聲響了。薩克利夫人走到電話旁邊，拿起話筒。

「喂……是啊……是啊……我是薩克利夫人……」

有人敲門。薩克利夫人朝話筒說了聲「請等一等」，放下話筒，走到房門口。一個穿深藍色工作服的年輕人站在那裡，帶著一個小工具包。

「我是修電燈的。」他輕快地說，「這個房間裡的電燈有毛病。他們派我來檢修。」

「哦，好的……」

她讓開。修電燈的走了進來。

「浴室在哪裡？」

「在裡面……穿過另外一間臥室。」

她回到電話旁邊。

「對不起……您剛才說什麼？」

「我名叫德瑞克・奧康納。薩克利夫人，我能不能上樓到你的房間裡來？是關於你弟弟的事。」

「包柏的事？有……有他的消息？」

「我想……是的。」

「哦……哦，我明白了……好的，上來吧。房間在三樓，三一〇房。」

她坐在床上，已經心知肚明是什麼消息了。

很快就有人敲門，她過去開門，讓一個年輕人進來。這位年輕人得體地抑制著感情和她握手。

「你是從外交部來的吧？」

「我名叫德瑞克．奧康納。我的上級派我來，因為似乎沒有其他合適的人來通報消息。」

「請告訴我，」薩克利夫人說，「他死了，是嗎？」

「對，是這樣的，薩克利夫人。他駕駛飛機把阿里．玉素福親王送出拉馬特。他們的飛機在山中失事了。」

「為什麼我沒聽說……為什麼沒人打電報到船上？」

「直到幾天前才有了確切消息。在這以前，只知道飛機失蹤。在那種情況下還有些希望。可是現在飛機殘骸已經找到了……我相信您會感到安慰一點……是當場死亡。」

「親王也死了嗎？」

「是的。」

「我一點也不感到意外。」薩克利夫人說。她的聲音有點發抖，可是她控制住自己的感情。「我知道包柏活不久。他老是做些危險的事，您知道……像駕駛新的飛機，試驗新的特技飛行。過去四年我很少見到他。啊，算了，就是本性難移，對吧？」

「是呀。」她的客人說，「我想人是改變不了的。」

「亨利總是說他遲早會摔死。」

她似乎從她丈夫的準確預言裡得到一種傷心的安慰。一滴淚珠從她的面頰滾下，她去找她的手帕。

「這是一個打擊。」她說。

「我明白……我很難過。」

「當然，包柏無法脫身。」薩克利夫人說，「我是說，他既然當上了親王的飛機駕駛員，我也不會要他甩手不幹。可是他是個技術優良的飛行員，我可以肯定，撞到山頭上不是他的過錯。」

「不是，」奧康納說，「當然不是他的過錯。要把親王送出拉馬特，無論在什麼氣候條件下都得飛行。那是一次很危險的飛行，結果出事了。」

薩克利夫人點了點頭。

「我能夠理解。」她說，「謝謝您來告訴我。」

「另外，」奧康納說，「有點事我必須問你。你的弟弟有沒有託你帶什麼東西回英國？」

「託我帶東西？」薩克利夫人說，「您是什麼意思？」

「他有沒有給你一包東西，一個小包裹，託你帶回來交給在英國的什麼人？」

她驚異地搖了搖頭。

「沒有。您怎麼會想到他要給我包裹？」

「有一個重要的包裹，我們想你弟弟可能託什麼人把它帶回來。那天他到旅館來找過你……我說的是發生革命的那一天。」

「這我知道，他留了一張便條。可是便條裡沒講什麼，只說第二天要找我打網球或高爾夫球這種無關緊要的事。我猜，在寫便條的時候，他不可能知道那天下午他就得駕駛飛機把親王送出拉馬特。」

「就說了這些？」

「那張便條嗎？沒錯。」

「您保存了那張便條嗎，薩克利夫人？」

「保存他留下的便條？沒有，我當然沒有。裡面講的都是無關緊要的話。我把它撕碎扔掉了。為什麼要保存它？」

「是沒有必要。」奧康納說，「我只是想……」

「想什麼？」薩克利夫人不大高興地說。

「我想是否有什麼……其他的話暗藏在裡面。畢竟，」他微笑，「您知道，有一種叫作隱形墨水的東西。」

「隱形墨水！」薩克利夫人帶著十分厭惡的神情說，「您是說間諜小說裡用的那種東西嗎？」

「我指的就是那種東西。」奧康納很抱歉地說。

「多麼傻的話啊。」薩克利夫人說，「我可以保證包柏絕不會用隱形墨水之類的東西。他為什麼要用呢？他是個講究實際、理性的人。」一滴淚珠又流下她的面頰。「哎呀，我的手提包到哪裡去了？我要用手帕。也許我把手提包放在另一個房間了。」

「我去給您拿來。」奧康納說。

他穿過房間裡的門，突然止步；他看到一個穿工作服的年輕人在一個手提箱上彎著腰；這人驚慌地站起來瞪著他。

「我是修電燈的。」這個年輕人急忙說，「這裡的電燈有毛病。」

奧康納扳動電燈開關。

「我看電燈好像沒毛病。」他和顏悅色地說。

「一定是他們把房間號碼弄錯了。」修電燈的人說。

他收拾好工具袋，匆匆溜出房間，走進走廊。

奧康納皺起眉頭，從梳妝台上拿起手提包，遞給薩克利夫人。

「對不起。」他說，一面拿起電話。「我是三一〇號房。你們剛才是不是派了一個工人來檢修電燈？好的……好的，我不掛斷電話。」

他等著。

「沒派人來？我也認為你們沒派人來。不，沒有什麼不對勁的事。」

他放下電話，轉身朝向薩克利夫人。

「這裡的電燈沒毛病。」他說，「辦公室也沒派修電燈的人來。」

「那麼這個人來幹什麼？他是個小偷？」

「他剛才可能是在偷東西。」

薩克利夫人急忙檢查她的手提包。

「他沒有拿走我手提包裡的東西。錢還在裡面。」

「您能肯定，薩克利夫人，能絕對肯定令弟沒有交給您任何東西，讓您裝進行李帶回家嗎？」

「我可以絕對肯定，沒有。」薩克利夫人說。

「或者交給您的女兒……您有個女兒，是吧？」

「是的。她現在正在樓下餐廳裡喝茶吃點心。哦，我真害怕把包柏的消息告訴她。還是等我們回家以後再告訴她的好……」

「令弟可能會把什麼東西交給她嗎？」

「不可能，我可以肯定他不可能。」

「還有另外一種可能性。」奧康納說，「那天他在您房間裡等您的時候，或許把什麼東西藏在您的行李裡面。」

「可是包柏為什麼要做這種事呢？這種想法簡直是荒唐。」

「並不荒唐。阿里・玉素福親王可能把什麼東西交給令弟保管，而令弟認為，把它和您的東西放在一起要比他自己保管安全得多。」

「我覺得這不可能。」薩克利夫人說。

「我想知道您是否能允許我檢查一下？」

「您的意思是要搜查我的行李？要拆開行李？」說到要拆開行李時，薩克利夫人提高了聲音，彷彿要哭出來。

「真不該要求您解開行李。但這事可能極為重要。您知道，我可以幫您拆行李。」他勸說著，「我經常替我母親整理行李。她說我非常會打理行李。」

他施展出他的全部魅力，帕威上校認為施展魅力是他的一項寶貴才能。

「啊，好吧。」薩克利夫人說，她讓步了。「我想，如果像您說的……我的意思是，如果的確極為重要……」

「可能極為重要，」德瑞克・奧康納說，「啊，現在，」他朝她微笑。「我們就開始吧。」

§

三刻鐘之後，珍妮佛喝完茶回來。她朝房間看了看，發出一聲驚訝的喘息。

「媽媽，你們在幹嘛？」

「剛才我們解開了行李，」薩克利夫人不高興地說，「現在我們在把行李打包起來。這是奧康納先生。這是我女兒珍妮佛。」

「可是，你們為什麼要一會兒打包一會兒又拆開呢？」

「別問我為什麼！」她的母親急促地說，「好像是有人認為你包柏舅舅把什麼東西放在我的行李裡面帶回來。我想他沒有把什麼東西交給你吧，珍妮佛？」

「包柏舅舅把東西交給我帶回來？沒有啊。你們把我的東西也打開了？」

「我們把所有東西都打開了。」德瑞克・奧康納高高興興地說，「我們什麼東西也沒找到，現在我們又把行李打包起來。薩克利夫人，我想您該喝杯茶或是吃點什麼東西了。我可以幫您叫點東西嗎？一杯白蘭地蘇打好嗎？」他走過去打電話。

「我倒是想喝一杯茶。」薩克利夫人說。

「我吃了一頓非常好的茶和點心。」珍妮佛說，「有麵包、奶油，還有三明治和蛋糕；後來服務員又給我拿來一些三明治，我問他這樣可以嗎，他說可以。真親切。」

奧康納叫好了一份茶，然後熟練且整整齊齊地把薩克利夫人的行李整理好；薩克利夫人雖然心裡不情願，也不得不表示讚賞。

「你母親似乎把你訓練得很會整理行李。」她說。

「哦，各種瑣碎的事情我都很會做。」奧康納微笑著說。

他的母親早就死了，他整理、打開行李的技術，完全是他在帕威上校手下工作期間所學來的。

「還有一件事，薩克利夫人。我希望您好好當心自己。」

「當心自己？怎麼個當心法？」

「哦，」奧康納含糊其詞地說，「革命是很微妙的事，它牽連到許多方面。您要在倫敦待很久嗎？」

「我們打算明天到鄉下去。我丈夫開汽車送我們去。」

「那就好。可是……不要去做任何危險的事。萬一有什麼異乎尋常的事情發生，就馬上打電話，號碼是九九九。」

「哦！」珍妮佛興致很高。「撥九九九號。我一直想打這個電話。」

「別傻了，珍妮佛。」她的母親說。

§

昨日在地方法庭上有一名男子被控侵入亨利．薩克利先生的住宅企圖行竊。星期日上午，當他們全家在教堂做禮拜時，薩克利夫人的臥室遭到洗劫，室內一片混亂。當時廚房工作人員正在準備午餐，並未聽見響聲。此人離屋逃走時遭到警方拘捕。顯然，他在做案時受到驚擾，因此空手而逃。

此人自稱是安德魯・鮑爾，居無定所，並當庭認罪。他供稱由於失業，因此企圖竊取金錢。薩克利夫人的首飾，除隨身佩帶的幾件外，均存放在銀行保險庫內。

「我跟你說過，要叫人來修理客廳裡的落地窗。」這就是薩克利先生在家裡對這起盜案所做的評論。

「親愛的亨利，」薩克利夫人說，「你應該知道我最近三個月不在家。不管怎樣，我記得在哪本書裡看過，如果小偷要進屋子，他們總有辦法進來。」

她又看了看當地報紙，惆悵地接著說：「看他們說得多誇大，『廚房工作人員』。實際情況根本不是這樣，只有艾利斯太太，她年老耳聾，行動也不大方便；還有每週日上午來幫忙的那個巴德韋家的傻女兒。」

「我不明白的是，」珍妮佛說，「警察怎麼會知道有人正在我們家裡偷東西，而且竟然能及時趕到，抓住小偷。」

「更奇怪的是，他什麼東西也沒拿走。」她母親說。

「這你能肯定嗎，瓊安？」她的丈夫說，「一開頭你不是對此有所懷疑嗎？」

薩克利夫人惱怒地嘆了口氣。

「這種事情不是一下子就能判斷。我的臥室給弄得亂糟糟的……東西丟得到處都是，抽屜都拉了出來，裡面的東西都倒空了。我得把東西一件一件看過才能肯定……我現在想起來了，我沒有看到那條上好的雅克馬爾圍巾。」

「對不起，媽，是我拿的，而且讓風從船上吹到地中海裡去了。我借了那條圍巾，本來打算告訴你，可是後來忘了。」

「說真的，珍妮佛，跟你講過多少次了，借東西前要跟我說一聲。」

「我可以再吃點布丁嗎？」珍妮佛說，藉故轉移話題。

「可以。艾利斯太太真會做點心。即使和她說話老是要大聲喊叫也是值得。可是我希望在學校裡人家不會認為你太貪吃。你要記住，芳草地不是一所普通學校。」

「我不知道我是不是真想到芳草地去讀書。」珍妮佛說，「我認識一個女孩子，她的表姐在芳草地讀過書，她說那裡糟透了。他們花了許多時間教學生怎樣進出勞斯萊斯，教你和女王同進午餐時要遵守什麼規矩。」

「好了，別說了，珍妮佛。」薩克利夫人說，「你應該知道，你能進芳草地是多麼幸運啊。我告訴你吧，包士卓小姐並不是每個女孩子都肯收。你進這所學校完全是憑靠你父親的地位和你羅莎蒙德姨媽的勢力。你太幸運了。而且，」薩克利夫人說，「萬一人家請你去和女王同進午餐，如果你知道那些規矩的話，那不是很好嗎？」

「好吧。」珍妮佛說，「我看女王經常請些不懂規矩的人去進午餐……非洲酋長、賽馬騎師、阿拉伯族長。」

「非洲酋長舉止最文雅了。」她的父親說。

他最近到迦納去做了一次短期業務旅行，剛回來。

「阿拉伯族長也是這樣。」薩克利夫人說，「他們真是彬彬有禮。」

「你記得那次阿拉伯族長請我們吃飯嗎？」珍妮佛說，「你記得他把羊眼珠挖出來請你吃，包柏舅舅用手肘輕輕推你，教你別大驚小怪，快把羊眼珠吃下去嗎？我是說，如果有哪位阿拉伯族長在白金漢宮吃烤小羊時也是那樣做的話，可就要叫女王大吃一驚了，你說對吧？」

「好啦，別說了，珍妮佛。」她的母親結束了這一話題。

§

當居無定所的安德魯．鮑爾因入侵民宅而被宣布判處三個月的徒刑時，德瑞克．奧康納就坐在地方法院後排一個不引人注目的座位上。他撥了個博物館的號碼。

「我們抓到那個傢伙的時候，他身上什麼東西都沒有，」他說，「我們給了他很多時間。」

「他是誰？是我們知道的人嗎？」

「他好像是『壁虎』那一幫的人，是個小角色，他們雇他來做這件事。這人沒什麼頭腦，可是據說他幹起事來一絲不苟。」

「他乖乖接受了判決？」在電話的另一端，帕威上校一面說，一面咧開嘴笑了。

「是的。活像一個規規矩矩的傻瓜偶然偏離了正道。你不會把他和任何大買賣聯繫起來。當然，他的價值就在這裡。」

「他沒找到任何東西，」帕威上校思考著。「你也沒有找到任何東西。看起來，好像並沒有東西可找，不是嗎？我們一直認為羅里森把東西藏在他姐姐那裡，看來這個想法是錯誤的。」

「別人似乎也有這種想法。」

「這似乎太過明顯……可能是故意要我們中圈套。」

「或許是這樣。還有其他可能性嗎？」

「有許多可能性。那東西可能還在拉馬特。也許藏在麗池薩伏飯店裡的什麼地方，或者羅里森在到簡易機場去的途中，把它交給了什麼人。魯賓遜先生的暗示也有點道理。那東西也許落到了女人的手中。也可能那東西一直在薩克利夫人那裡，而她自己並不知道，而且把它連同不要的東西一起從船上扔進紅海。要是這樣，」他意味深長地加上一句：「就再好不過了。」

「哦，先生，可是這東西很值錢啊。」

「人的性命也很值錢。」帕威上校說。

05 芳草地寄出的信函

茱莉亞·奧仲寫給她母親的信：

親愛的媽媽：

我現在已經安頓下來了，我很喜歡這個地方。有個女孩子也是這學期新來的，她叫珍妮佛，我和她兩人經常在一起。我們都非常喜歡打網球，她打得不錯，順手的時候，球開得很急，可是常常不大順手，她說她的球拍在波斯灣那裡弄彎了。那裡很熱，發生革命的時候她正好在當地。我說那好有意思啊，可是她說沒意思，她們什麼也沒看見。她們給送進大使館或是什麼地方，錯過革命場面了。

包士卓小姐很和氣，可是她也怪可怕的……或者說，她會使人懼怕。當你新來的時候，她對你都很客氣。人人都在她背後叫她「公牛」或是「老牛」。李奇小姐教我們英國文學，她教得好極了。講到興奮的時候，她頭髮就掉下來。她的臉長得很怪，可是很激勵人心，當她讀莎士比亞的作品時，她的臉就變得與平時完全兩樣，表情就像真有那麼回事。那天她給我們講伊阿古[8]的感情，講了許多關於嫉妒的事，說嫉妒會腐蝕你，使你痛苦，最後叫你瘋狂地想要傷害你所愛的人，講得我們直打冷顫。只有珍妮佛例外，因為什麼東西都不會使她心亂。李奇小姐也教我們地理。我一直認為地理課枯燥無味，不過李奇小姐教起來並不枯燥。今天上午她告訴我們關於香料貿易的事情，那些人非要香料不可的道理，就是因為東西容易變質。

我開始跟羅莉小姐學美術。她每星期來兩次，還帶我們到倫敦去參觀畫廊。我們跟白朗琪小姐學法語。她不太會維持秩序。珍妮佛說法國人不懂維持秩序。她從不生氣，只是會厭煩罷了。她總說：「Enfin,vous m'ennuyez, mes enfants[9]！」史萍傑小姐太可怕了。她教體操和體育課。她長著一頭薑黃色的頭髮，身上一熱，就會發出難聞的氣味。還有喬薇小姐……從學校開辦起就一直在這裡。她教數學，有點愛大驚小怪，可是人挺好的。還有范希坦小姐，有點像包士卓小姐第二，但沒她那股活力。

8　伊阿古（Iago），莎士比亞悲劇《奧賽羅》（*Othello*）中的反派角色。
9　法語，意思是「總之，孩子們，你們把我煩死了」。

這裡有許多外國女孩子，兩個義大利人，一些德國人，一個有趣的瑞典人（她是個公主或什麼的），還有個女孩子一半是土耳其人、一半是波斯人，她說她本該和在飛機失事中摔死的阿里．玉素福親王結婚，但珍妮佛說這話不可信，謝絲塔之所以這樣說，只是因為她是他的表妹，總被認為應該和表哥結婚。可是珍妮佛說親王並不打算和她結婚，他喜歡別人。珍妮佛知道許多事情，可是她不大願意說出來。

我猜想你不久之後就要去旅行了。別像上次那樣忘記帶你的護照！帶上你的急救包，以防萬一。

愛你的茱莉亞

珍妮佛．薩克利寫給她母親的信：

親愛的媽媽：

這裡真不壞。我過得比想像中愉快。天氣一直都很好。昨天要我們寫作文，題目是「好品德是否會是多餘的？」，我一點也寫不出來。下星期作文的題目是「試對比茱麗葉[10]和黛絲狄蒙娜[11]的性格」，這個題目也很無聊。你能給我買一支新網球拍嗎？我知道去年秋天你把我的球拍送去重新穿線，可是用起來很不順手。也許它彎了。我想學希臘語，可以嗎？我喜歡學語言。下星期我們有些人要到倫敦去看芭蕾舞劇，是《天鵝湖》。這裡的伙食好得很。昨天中午我吃了雞，喝茶的時候有好吃的自製糕點。

我想不出其他的事告訴你……又有人來偷你的東西嗎？

愛你的女兒珍妮佛

畢業班的班長瑪格麗特．戈維斯寫給她母親的信：

親愛的媽媽：

沒有什麼新聞可以告訴你。這學期我跟范希坦小姐學德語。謠傳包士卓小姐打算退休，由范希坦小姐接替她，可是這種說法已經講了一年多，我確定它不是真的。我問過喬薇小姐（當然，我不敢去問包士卓小姐），她對這件事很敏感。她說這絕對不可能，叫我不要聽別人亂說。上星期二我們去看了芭蕾舞劇，是《天鵝湖》。像夢一般，美得無法形容。

英格里公主很有趣。她的眼睛非常藍，可是牙齒上戴著矯正牙套。來了兩個新的德國女孩子，她們英語講得挺好的。

10 茱麗葉（Juliet）是莎士比亞著名悲劇《羅密歐與茱麗葉》（*Romeo and Juliet*）中的女主角。

11 黛絲狄蒙娜（Desdemona）是莎士比亞著名悲劇《奧賽羅》中的女主角。

李奇小姐回來了，看起來氣色很好。上學期她不在，我們很想念她。史萍傑小姐是新來的體育教師。她專橫得要命，誰也不喜歡她。可是她教打網球卻很在行。新來的女孩子中有個叫珍妮佛．薩克利的，我想她網球打得十分出色。她的反手拍不太有力。她最要好的朋友是個叫茱莉亞的女孩。我們叫她們「JJ姐妹」（Jennifer and Julia）！

別忘了二十號來接我，好嗎？運動會六月十九號舉行。

愛你的瑪格麗特

安恩．沙普蘭寫給丹尼斯．拉伯恩的信：

親愛的丹尼斯：

我要在開學以後的第三個星期才能休息。到那時我想和你吃頓飯。我的休息日將安排在星期六或星期日，安排好我會告訴你。我發現在學校裡工作相當有趣。不過謝天謝地，我不是個女教師！否則我可真要瘋了。

永遠是愛你的　安恩

強森小姐寫給她姐姐的信：

親愛的伊迪絲：

這裡一切如常。夏季學期總是令人愉快。花園很美麗，我們請了一個新園丁來當老布里格斯的助手——他年輕又健壯，而且長得很帥——這反而令人遺憾。女孩子們通常很傻。包士卓小姐沒有提起退休的事，因此我希望她已經打消了退休的念頭。范希坦小姐不可能和她一樣。說實話，如果她退休，我就不想留下來了。

向迪克和孩子們致意，見到奧立弗和凱特的時候，替我向他們問好。

你親愛的艾思佩絲

安潔．白朗琪小姐寫給勒內．杜邦的信。寄往波爾多郵政信箱：

親愛的勒內：

這裡一切都好，雖然我自己並不感到有趣。女孩子們既不尊重人，也不懂規矩。可是我想最好還是不去向包士卓小姐抱怨。跟這個女人打交道，可要當心點！

暫時沒有什麼有趣的事可以告訴你。

蒼蠅

范希坦小姐寫給她朋友的信：

親愛的葛洛莉亞：

夏季學期順利地開始了。新來的女孩們十分令人滿意。外國學生都逐漸安下心來。我們的小公主（中東的，不是斯堪的那維亞半島的）不大用功，可是我想這也是意料中的事。她的態度很可愛。

新來的體育教師史萍傑小姐表現並不出色。女孩們都不喜歡她，而她對待她們也太專橫了。這所學校畢竟不是一所普通學校。體育課成績好壞影響不了我們。她還非常喜歡打聽別人的事。問了許多牽涉到個人私事的問題。這種舉動使人很難堪，也缺乏教養。新來的法語教師白朗琪小姐和藹可親，可是她的水平達不到德皮小姐的標準。

開學的第一天險些出了事。薇若妮卡・科頓桑威夫人突然出現，她喝得酩酊大醉！要不是喬薇小姐發現了，攔住她，把她帶開，就很可能鬧出一場不愉快的事。那一對孿生姐妹可真叫人喜愛。

關於將來，包士卓小姐還未說過任何肯定的話……可是從她的神態看來，她應該是打定了主意。芳草地的確是所了不起的學校，能繼承它的傳統，我將感到自豪。

見到馬喬里的時候，請代我致意。

永遠是你的　艾莉諾

透過一般管道送交帕威上校的信：

說什麼是把一個男子漢送入虎口！其實在這約有一百五十名女性的地方，我是唯一身強力壯的男性。

公主殿下氣派非凡地來了……草莓紅和粉藍雙色凱迪拉克轎車，裡面坐著穿民族服裝的中東顯貴、巴黎時裝先驅的顯貴夫人和巴黎時裝先驅的少女（即公主殿下）。

第二天她穿上學校制服，我簡直認不出她了。跟她建立友好關係並無困難。她也應付得很好。她以天真可愛的神態問我各種花草的名稱，就在這時候，一個臉上長著雀斑、一頭紅頭髮、嗓音像秧雞的女妖魔朝她衝了過來，把她從我身旁帶走了。她本來不願意走開。我對這種戴著面紗長大的端莊東方姑娘素有了解。我看這位想必是在瑞士求學期間學到了一些處世經驗。

那個女妖魔，即體育教師史萍傑小姐，後來又回頭把我教訓了一通。說什麼花園工作人員不許和學生交談等等的。接下來我露出無辜受責的驚訝。「我很抱歉，小姐。那位年輕小姐問我這裡種的翠雀花叫什麼名字，我猜想她的國家沒有這種花。」很容易就把這個女妖魔的火氣消平了，到後來還把她逗得幾乎癡笑起來。包士卓小姐的女祕書不大好對付。她是那種一板一眼的婦女。法語教師比較肯合作。她有點假正經，看上去膽小如鼠，但實際上並不那麼膽小。我還跟三個愛傻笑的女孩交上了朋友，她們的名字是帕梅拉、洛伊絲和瑪麗，姓什麼不詳，可是都來自貴族家庭。有個喬薇小姐，經驗豐富而且嚴厲，她總是警戒地注意著我，因此我得小心別弄壞自己的名譽。

我的上司，布里格斯是個老頑固，他的話題總是繞在舊日的好時光，我猜想那時候他是五個園丁中的第四把交椅。他對大多數的人和事都有牢騷，可是對包士卓小姐本人卻是滿懷敬意。我也如此。她跟我講過幾句話，很客氣，可是我很不安，感到她能一眼看穿我，對我的一切瞭如指掌。

到目前為止還看不出什麼犯罪的跡象……可是我滿懷希望地等著。

06 學期開始

大家正在女教師休息室裡交換新聞。國外的旅行，看過的戲，參觀過的美術展覽。照片傳來傳去，彩色幻燈片眼看就要氾濫成災。所有的照相迷，都要人家來看自己的照片，而不願意被逼著去看別人的照片。

她們暫時不再談私人的事。她們對新體育館既批評又讚揚。大家承認它是一棟漂亮的建築物，可是很自然，人人都想從這方面或那方面來改進它的設計。

然後再對新來的女學生加以評論，整體說來，評語是好的。

大家和兩位新來的教師進行了愉快的簡短交談。白朗琪小姐以前來過英國嗎？是從法國什麼地方來的？

白朗琪小姐回答得彬彬有禮，可是很拘謹。

史萍傑小姐比較願意多談。她講話乾脆有力。幾乎可以說是在給你講課。講題是「史萍傑小姐之優點」，講的是人家多麼喜歡和她共事，女校長如何以感激的心情採納她的建議，並將課程表做了相應的修改。

史萍傑小姐並不敏感。她看不出聽眾已經不耐煩，強森小姐只好溫和地說道：「儘管如此，我想你的意見也並不總是……讓人家照原樣採納的吧。」

「當然你對別人的忘恩負義要有所準備。」史萍傑小姐說。

她的嗓門本來就很響，現在變得更響了。

「麻煩的是人們都是那麼膽小，不願面對現實。他們往往不願去正視在他們面前發生的事。我可不是這樣。我是直截了當，一針見血。我不止一次地揭發人家的醜事，把它們暴露在光天化日之下。我的嗅覺很靈，我聞出氣味不正，就緊追不捨，直到我的獵物束手就擒才罷休。」她放聲哈哈大笑。「我認為只有生活上清清白白、毫無汙點的人才配在學校裡教書。如果誰有什麼事情想隱瞞，很快就會讓別人發覺。啊！如果把我所發現的事情講給你們聽，準會叫你們大吃一驚。那些事情你們作夢也想不到。」

「揭發人家使你心裡高興，對吧？」白朗琪小姐說。

「當然不是這樣。我只是盡我的責任罷了，可是沒人支持我。不節制到這種地步，我只好辭職，以表示抗議。」

她朝四面環視一周，又開朗地放聲哈哈大笑。

「我希望這裡沒有人隱瞞了什麼事。」她興高采烈地說。

沒人感到有趣。可是史萍傑小姐不是會察言觀色的女人。

§

「我可以跟您說句話嗎，包士卓小姐？」

包士卓小姐放下筆，抬頭看著女舍監強森小姐脹紅了的臉。

「可以，強森小姐。」

「那個名叫謝絲塔的女孩子……那個埃及或是什麼地方來的女孩子……」

「她怎麼啦？」

「是關於她的……呃，內衣。」

包士卓小姐揚起了眉毛，她感到奇怪，可是耐心地聽著。

「她的，呃，她的緊身胸衣。」

「她的胸罩怎麼了？」

「呃，那不是普通的胸罩……我的意思是，它並不是把胸部罩在裡面。而是──呃，毫無必要地──把它頂起來。」

包士卓小姐咬著嘴唇忍住不笑，她和強森小姐談話時常常如此。

「我最好還是親自去看一看。」她一本正經地說。

於是舉行了一個調查會。強森小姐把那件犯了錯誤的新奇玩意兒拿起來示眾，而謝絲塔則在一旁饒有興味地看著。

「都是這種鋼絲和……呃，鯨魚骨硬襯起的作用。」強森小姐不贊成地說。

謝絲塔起勁地加以解釋：「可是你看，我的胸部並不是很大，不夠大。我不大像個女人。對於一個女孩子來說，重要的是……要讓人家看出她是個女人，而不是個男孩子。」

「你不用著急嘛！你才十五歲。」強森小姐說。

「十五歲……那就該是個女人啦！我看上去像個女人，對吧？」

她向包士卓小姐訴說著。包士卓小姐一本正經地點了點頭。

「只是我的胸部很不像樣。因此我要我的胸部有點看頭，你明白嗎？」

「我完全明白。」包士卓小姐說，「你的想法我很理解。但是你要知道，在學校裡，你的周圍大半是英國女孩。十五歲的英國女孩往往還不是女人。我希望我的女孩子們不要過分化妝，要穿適合身體發育的衣服。我建議，當你要參加交誼會或是上倫敦去時，可以穿上胸罩，可是不要在學校裡天天都穿。在我們這裡要參加很多體育運動，因此衣服要寬鬆，以便身體能自由活動。」

「真吃不消，又是跑，又是跳。」謝絲塔繃著臉說，「還有體育課。我不喜歡史萍傑小姐，她總是說：『快點，快點，別偷懶。』累死我了。」

「夠了，別說了，謝絲塔。」包士卓小姐的口氣專斷。「你的家裡是送你來學英國規矩的。那些體育鍛鍊能使你面色變好，而且對於胸部發育有好處。」

把謝絲塔打發走之後，她朝激動不安的強森小姐微微一笑。

「的確。」她說，「這個女孩子完全成熟了。從她的外表上看，很容易把她當成是二十歲出頭的人。她自己也感到她是個大人。你不能指望她會意識到自己的年紀和……比如說，茱莉亞．奧仲一樣大。在智力上，茱莉亞遠遠超過她，但從身體發育程度來看，茱莉亞仍然只需要穿寬鬆的背心。」

「我希望她們都能像茱莉亞．奧仲那樣。」強森小姐說。

「我可不希望。」包士卓小姐活躍了起來。「學校裡的女孩子都一個樣，那就實在太乏味了。」

乏味，她心裡一面想，一面繼續在以《聖經》內容命題作文的卷子上批分數。這兩個字近來一再出現在她的腦海裡。乏味……

如果說她的學校有何特點，那就是不乏味。在擔任校長期間，她從未感到乏味。有過許多困難要她去克服，例如預見不到的緊急情況、家長或學生和學校鬧意見、學校內部動盪不安。初辦學校時，她應付了各式各樣的災難，把它們轉變為優勢。這一切都很刺激，很令人興奮，很值得。甚至現在，雖然打定了主意，可是她仍不想離開學校。

她的健康狀況極好，幾乎和當初她與喬薇（忠心的喬薇！）創辦這所學校時一樣強健。當初就憑幾個學生和一位極有眼光的銀行家支持，把這所有名望的學校創辦了起來。喬薇的學術成就比她高，可是有遠見的是她，根據她的遠見進行規畫，才使學校獲得了崇高地位，成為聞名全歐洲的學校。她從來不怕進行新的試驗，而喬薇則只是滿足於把她所知道的東西教好，並不求教得引人入勝。喬薇最大的功績在於她是個忠於職守的解圍人，她永遠守候在旁，等到需要幫忙時，她立即前來相助，正如開學那天她應付薇若妮卡夫人那樣。包士卓小姐心裡想，這所引起人們興趣的學校之所以成立，正是要歸功於喬薇的頑強。

從物質方面來看，這兩位婦女都從辦校得到很好的收益。如果她們現在退休，兩人都可以保證終身有豐厚的收入。包士卓小姐不知道她在自己打算退休的時候，喬薇是否想退休。也許她不想。也許對她來說，學校就是她的家。她會繼續幹下去，忠心而可靠，給接替包士卓小姐的人予以支持。

由於包士卓小姐打定了主意……這就必須要有一個接班人。先讓她和自己共同管理學校，然後再讓她獨自管理學校。該引退的時候就引退……這是生活中最至關緊要的事情之一。應該在自己的權力開始動搖之前引退，在控制能力開始減弱之前引退，在新鮮感開始消失以致不願展望將來、繼續努力之前引退。

包士卓小姐打了作文卷子的分數，發現姓奧仲的孩子很有獨到的見解。珍妮佛・薩克利完全沒有想像力，可是很能抓住要點。瑪格麗特・戈維斯當然是屬於成績優秀之列……她的記憶力極好，能過目不忘。可是她是個多麼乏味的孩子啊！乏味……又是這兩個字。包士卓小姐不去想這兩個字，按了按電鈴叫她的祕書來。

她開始口授信件。

親愛的瓦倫斯夫人，珍的耳朵有些不舒服，我謹附上醫生的診斷報告。

親愛的馮・艾辛格男爵閣下：當赫爾斯特恩在歌劇中扮演伊索德[12]時，我們一定安排讓赫特維希前往觀賞……

一個鐘頭很快就過去了。包士卓小姐很少停下來思索措詞。安恩・沙普蘭的鉛筆在筆記簿上揮寫如飛。

包士卓小姐心想，她是個很好的祕書，比起薇拉・洛里默要強得多；惹人煩的女孩，薇拉。突然辭職，說她得了神經衰弱症。這和某個男人有關，包士卓小姐無可奈何地想著。這種事情通常總是為了某個男人。

「就這些。」包士卓小姐說，她把最後一個字口授完畢，輕鬆地舒了口氣。「有許多枯

12　伊索德（Isolde），德國作曲家威廉・理察・華格納（Wilhelm Richard Wagner, 1813-1883）的歌劇《崔斯坦與伊索德》（*Tristan und Isolde*）中的女主角。

燥的事情要做。」她說，「給家長們寫信就像餵狗一樣，把一些使人寬慰的陳詞濫調灌進一張張嗷嗷待哺的嘴裡。」

安恩笑了。包士卓小姐以品評的眼光看著她。

「你為什麼選擇祕書的工作？」

「我自己也不太知道。做什麼都一樣，我並沒有特別的愛好，而且這是人人趨之若鶩的工作。」

「你不覺得祕書工作單調嗎？」

「我想我的運氣比較好。我當過許多人的祕書。我在考古學家默文．托德亨特爵士那裡做了一年；後來在殼牌石油公司的安德魯．彼德斯爵士那裡工作。有一段時間我是女演員莫妮卡．洛德的祕書……那時好熱鬧啊！」她微笑地回憶著。

「你們這些年輕女孩都是這樣。」包士卓小姐說，「老是換工作。」她的口氣有些不大贊同。

「說實在的，任何工作我都無法做得長久。我有個臥病的母親。她……呃，常常發病，因此我不得不回家去照料她。」

「原來如此。」

「可是不管怎樣，我還是會經常換工作。我沒有持久性。我覺得換工作會使人感到不那麼乏味。」

「乏味……」包士卓小姐低聲說，這兩個可怕的字使她一愣。

安恩驚異地看著她。

「沒什麼。」包士卓小姐說，「只不過有時候一個字眼好像老是在頭腦中出現。你想當教師嗎？」她有點好奇地問。

「恐怕我討厭當教師。」安恩直率地說。

「為什麼？」

「我覺得當教師非常乏味。哦，請原諒。」她狼狽地把話嚥住了。

「教書一點也不乏味。」包士卓小姐興致勃勃地說，「教書可能是世界上最令人興奮的工作。等到我退休了，我還是會非常想念這種工作。」

「可是……」安恩睜大眼睛朝她看著。「您真的打算退休嗎？」

「這已經決定了，是的。啊，要再過一年……甚至兩年，我才離開學校。」

「可是，為什麼？」

「因為我把最好的東西給了學校，學校也把最好的東西給了我。我不要次級品。」

「學校還要辦下去嗎？」

「當然。我有一個很好的接班人。」

「我猜是范希坦小姐，對吧？」

「啊，你也自然而然地想到了她？」包士卓小姐注意地朝她看著。「這很有意思……」

「我並沒有真正想過，我是聽見教師們說起的。我想由她來接替再好不過了……把你的傳統原封不動地繼承下來。而且她相貌出眾，長得漂亮，很有氣派。我想這也是很重要的，對吧？」

「對，很重要。是啊，我可以確定艾莉諾．范希坦是個恰當人選。」

「她會把你留下來的事業繼續下去。」安恩一面說，一面收拾她的東西。

但我所要的是這個嗎？當安恩走出房間時，包士卓小姐心裡想。把我留下來的事業繼續下去？這正是艾莉諾會去做的！不去進行新的嘗試，沒有任何革新。我把芳草地辦成今天這個樣子，用的可不是這種方法。我冒了風險，使得許多人不高興，我又是嚇唬，又是勸誘，我堅決不走其他學校的路子，現在我不正是希望學校能那樣繼續辦下去嗎？要有人來給學校注入新的生命，要那種有生氣的人物……就像……對，就像艾琳．李奇那樣的人。可是艾琳太年輕，缺乏經驗。不過她能振奮人心，善於教書，有思想，永遠不會變得乏味。

啊，又在胡思亂想，她必須把這兩字從腦子裡趕出去。艾莉諾．范希坦並不乏味……

當喬薇小姐進來時，她把頭抬起來看了一眼。

「啊，喬薇。」她說，「看到你真高興！」

喬薇小姐有點驚異。

「怎麼啦？有什麼事不對勁嗎？」

「是我自己有點不對勁。我有點拿不定主意。」

「你可不是這樣的人啊，霍諾莉亞。」

「可不是嗎？這學期的情況怎樣，喬薇？」

「我想情況很正常。」喬薇小姐好像不大有把握。

包士卓小姐追著問下去。

「說吧，別模稜兩可。出了什麼事？」

「沒有，真的。霍諾莉亞，沒什麼事。只不過是……」喬薇皺起前額，看起來有點像一隻困惑的鬥牛犬。「哦，只不過是一種感覺。可是我其實也說不出什麼事情有問題。新來的女孩們似乎都很愉快。我不太喜歡白朗琪小姐，但我也不喜歡從前的珍納薇芙．德皮，她們都有點狡猾。」

包士卓小姐沒去注意這種批評，喬薇一向愛指責法國女教師，說她們狡猾。

「她不是個好教師？」包士卓小姐說，「這真叫人驚訝，推薦函把她說得那麼好。」

「法國人不會教書，她們不講究紀律。」喬薇小姐說，「而史萍傑小姐則是太多事了！東蹦西跳管東管西的，真是名副其實的史萍傑[13]。」

「她的工作表現很不錯。」

13　史萍傑（Springer），亦意指蹦跳的人。

「啊，對啊，是第一流的。」

「新來的教師總是叫人煩心。」包士卓小姐說。

「是啊。」喬薇小姐連忙同意，「我可以肯定沒有其他問題。順便提一下，新來的園丁很年輕，如今像他這樣的人很少見，好像園丁都是些上年紀的人。真可惜，他長得那樣帥。我們可要好好盯著他點。」

兩位小姐點了點頭，她們的想法一致。她們最清楚不過，年輕的帥哥會在青春期的女孩心中造成多大的混亂。

07 徵兆

「還不賴嘛，孩子。」老布里格斯勉強地說，「還不賴。」

他是在讚許新來的幫手掘一塊地很在行。布里格斯心想，不能讓這個小夥子超過自己。

「你可要注意，」他接著說，「做事不要匆匆忙忙。不要著急，聽我的準沒錯。不著急才能夠做得好。」

那個年輕人心裡明白，他做事的速度要比布里格斯快得多。

「來，沿著這裡，」布里格斯接著說，「我們種些紫菀。她不喜歡紫菀……我才不理她。女人總是有些奇怪想法，但如果你不去理睬，十之八九她們根本就不會注意。可是我要說，整體說來，她是那種會去注意事情的女人。辦一所像這樣的學校，要她去傷腦筋的事夠多的了。」

亞當明白，在布里格斯談話中占重要地位的那個「她」，指的是包士卓小姐。

「我剛才看見你和一個人講話，那個人是誰？」布里格斯多疑地繼續說，「就在你到花棚裡去拿竹竿的時候？」

「哦，那是一位年輕小姐。」亞當說。

「啊，她是那兩個小美人中的一個，對吧？你可要非常小心啊，孩子。千萬不要和小美人攪在一起。這話我可不是隨便說說。從前，在第一次世界大戰的時候，我也結交過小美人。如果我那時懂得的事情像現在這樣多，我就不會那樣大意了。明白嗎？」

「這有什麼關係。」亞當臉上露出不高興的神色說，「她只不過是大白天來找我消磨時間，問我一兩種花草的名字。」

「啊，」布里格斯說，「但你得留點神。你不能和年輕小姐講話。她不喜歡這種事。」

「我又沒有做壞事、說不該說的話。」

「孩子，我並沒有說你做壞事，說不該說的話。可是，許多年輕女孩一起關在這裡，連個可以分散她們心思的男美術教師都沒有……啊，你最好留點神。我就說這些。啊，那個老女人來了。我敢肯定，她要來找麻煩了。」

包士卓小姐快步走近。

「早安，布里格斯！」她說，「早安……」

「我叫亞當，小姐。」

「啊，對，亞當。嗯，看起來這塊地你掘得很不錯。那一頭網球場邊上的鐵絲網掉下來了，布里格斯，你最好照料一下。」
「好的，小姐，好的。這件事一定辦好。」
「你在這裡種些什麼？」
「啊，小姐，我想……」
「不要種紫菀。」包士卓小姐說，不讓他把話說完。「種些大理花。」
她快步走開了。
「到這裡來吩咐做這做那。」布里格斯說，「她可精明啦。你做得不對，她馬上就會看出來。記住我對你說的話，給我留點神，孩子。對小美人也好，對別的人也好，都要留點神。」
「如果找我的麻煩，我知道該怎麼辦。」亞當不高興地說，「要找工作有得是。」
「啊，現在你們年輕人都是這樣。別人的話一句也聽不進。我只是說：小心跌跤。」
亞當臉上還是不高興，可是他低下頭又去工作了。
包士卓小姐沿著小路走回校舍。她微微皺起眉頭。
范希坦小姐迎面走來。
「今天下午真熱啊。」范希坦小姐說。
「是啊，悶得透不過氣來。」包士卓小姐又皺起了眉頭，「你注意到那個年輕人了嗎？那個年輕的園丁？」

「沒有，我沒特別注意。」
「我覺得這個人大麗花嗯，很奇怪，」包士卓小姐沉思地說，「他不像是一般的園丁。」
「也許他是牛津大學的學生，想來賺點錢。」
「他長得帥。女孩們都注意他。」
「這是個老問題了。」
包士卓小姐微笑了。
「既保證讓學生自由，又得加強嚴格管理……你的意思是指這個嗎，艾莉諾？」
「是的。」
「我們設法做到這一點。」包士卓小姐說。
「對，的確必需。芳草地從來沒鬧出醜聞，不是嗎？」
「有一兩次我們差點鬧出醜聞，」包士卓小姐說著竟然笑了。「辦學校沒有一刻是枯燥的。」她繼續說：「你是否覺得這裡生活枯燥，艾莉諾？」
「不，一點也不枯燥。」范希坦小姐說，「我覺得這裡的工作令人振奮，我很滿意。你有了這樣大的成就，一定十分自豪，非常愉快，霍諾莉亞。」
「我覺得學校辦得很成功，」包士卓小姐沉思地說，「當然，事情往往不像當初想像的那樣……告訴我，艾莉諾。」她突然說：「如果是你而不是我來辦這所學校，你會做哪些改變呢？你儘管說，我想聽聽。」

「我不打算做任何改變。」艾莉諾．范希坦說，「我覺得學校的精神面貌和組織機構都幾乎完美無缺。」

「你的意思是說，你打算按照原來的路子辦下去？」

「對，的確是這樣。我認為不可能再加以改進了。」

包士卓小姐沉默了一會兒。她暗自思忖：「不知道她說這些話是不是為了使我高興。要了解人可真難，儘管你可能多年來一直和她們關係很密切。當然她所說的不可能是真心話。不管是誰，只要有一點點創造精神，就一定想要做些改變。的確，這樣直說可能顯得不夠圓熟……而態度圓熟很重要。無論是和家長、學生、教職員工打交道，態度圓熟都是很重要。艾莉諾待人接物的確很圓熟。」

包士卓小姐雖然心裡這樣想，說出來的話卻是：「儘管這樣，總有些地方需要調整，對吧？我的意思是說，社會上的思想和生活條件都在改變。」

「哦，那當然。」范希坦小姐說，「正像人們所說的，總得跟上時代。可這是你的學校啊，霍諾莉亞，是你把學校辦成今天這樣，你的傳統是學校的精粹。我認為傳統十分重要，你說呢？」

包士卓小姐沒回答。她正處於話一出口便難以挽回的關頭。邀請她共同管理學校的話就在嘴邊。雖然范希坦小姐很有教養，似乎並未察覺，可是她必定知道話就在包士卓小姐的嘴邊。包士卓小姐真不知道究竟是什麼使她遲遲不把話說出口。為什麼她如此不願做出承諾？

她悲哀地承認，這也許是因為她討厭那種交出管理權的念頭。當然，她內心深處是想留著不走，她想繼續辦她的學校。但確實沒有比艾莉諾更合適的接班人，可不是嗎？她多麼值得信賴，多麼可靠。當然，就這點而論，親愛的喬薇也是這樣……她們兩人剛辦起學校時，喬薇就是那麼可靠。可是，你難以想像喬薇能當一所著名學校的校長。

「我究竟想要幹什麼？」包士卓小姐自問，「我變得多麼令人討厭啊！說真的，直到現在我還沒有過猶豫不決的經驗。」

上課鈴聲從遠處傳來。

「我有德語課。」范希坦小姐說，「我該去上課了。」

她邁開急促而莊重的步子朝教學大樓走去。包士卓小姐以較緩慢的腳步跟在她後面。艾琳·李奇從一條岔路急忙走來，幾乎和包士卓小姐撞個滿懷。

「哦，真對不起，包士卓小姐。我沒有看見你。」

她的頭髮，像往常一樣，從梳得不整齊的髮髻裡鬆了下來。包士卓小姐重新注意到她那難看而有趣的瘦削面龐，她真是個奇特、熱切又令人難以抗拒的年輕女人。

「你有課？」她問。

「是的，英語課。」

「你喜歡教書，是嗎？」包士卓小姐說。

「我太喜愛了。教書是世界上最吸引人的工作。」

「為什麼？」

艾琳．李奇突然停下。她伸手搔頭，皺起眉頭努力思考。

「真有趣，我好像從未去想過。為什麼喜歡教書？是因為能使你感到了不起、感到重要嗎？不，不……我腦子裡的想法還不至於這麼壞。我想，教書好像捕魚，你不知道會捕獲些什麼，不知道你會從大海裡撈起些什麼。使人感興趣的是學生精采的應答。當它出現時真叫人興奮。當然，精采的應答不容易遇到。」

包士卓小姐點頭表示同意。她沒有看錯人。這個年輕女人確實有才華！

「我想將來有一天你也會辦一所學校。」她說。

「哦，我也希望。」艾琳．李奇說，「我真希望能這樣。辦學校是我最最希望做的。」

「該怎樣去辦學校，你已經有了些想法，對吧？」

「我想人人都有自己的想法。」艾琳．李奇說，「恐怕有不少的想法是異想天開，會把事情完全弄糟。當然，不免會有風險。可是你總得把你的想法試驗一下。我必須從經驗中汲取教訓。麻煩的是你不能靠別人的經驗去辦事，對吧？」

「的確。」包士卓小姐說，「在生活中你得自己去犯錯，去增長經驗。」

「在生活中可以這樣。」艾琳．李奇說，「在生活中你可以站起來重新開始。」她的雙手垂在身旁，緊緊握成拳頭，表情十分堅強。但接著她的表情忽然鬆懈了下來，變得風趣多了。「可是如果學校弄得一團糟，你就不可能收拾殘局重新開始，對吧？」

「如果讓你來辦一所像芳草地這樣的學校，」包士卓小姐說，「你會做些改變……做些試驗嗎？」

艾琳・李奇似乎有些尷尬地說：「這……這很難回答。」

「你的意思是說，你會做些改變。」包士卓小姐說，「別擔心，你怎麼想就怎麼說吧，孩子。」

「我想人總是想要照自己的想法辦事。」艾琳・李奇說，「我並不是說那些想法行得通。它們可能行不通。」

「可是值得去冒險嗎？」

「冒險總是值得的，對吧？」艾琳・李奇說，「我的意思是說，如果那件事情你非常想去做。」

「你不怕過有危險的生活。我明白了……」包士卓小姐說。

「我想我一直是在過著危險的生活。」一片暗影掠過這個年輕女人的臉。「我該走了，學生在等我上課。」

她急匆匆地走了。

包士卓小姐站在那裡看著她離去的背影。當喬薇小姐急匆匆地來找她時，她還站在那裡出神地想著。

「啊！你在這裡。我們到處找你。安德森教授剛才打電話來。他想知道他本週週末是否可以把梅羅接回去。他知道開學不久就把孩子接出去不符合校規，可是他突然得知要出國到……到那個好像叫作阿祖貝辛的地方去。」

「是亞塞拜然。」包士卓小姐不自覺地說了一句，腦子裡仍然在琢磨自己的想法。「經驗不足。」她低聲自語，「風險就在這裡。你剛才說什麼來著，喬薇？」

喬薇小姐把剛才的話重複了一遍。

「我叫沙普蘭小姐對他說，我們會打電話給他，然後叫她來找你。」

「就說同意他把孩子接回去。」包士卓小姐說，「我認為這是個特殊情況。」

喬薇小姐注意地朝她看著。

「你在煩惱啊，霍諾莉亞。」

「對，我是在煩惱。我拿不定主意，對我說來這是少有的事……這事使我心煩意亂。我知道我想做什麼……但我覺得移交給經驗不足的人，是對學校不負責任。」

「但願你能打消退休的念頭。你是屬於學校的，芳草地需要你。」

「喬薇，芳草地對你非常重要，對吧？」

「整個英國再也找不到一所像芳草地這樣的學校了。」喬薇小姐說，「我們可以感到自豪，因為你和我創辦了這所學校。」

包士卓小姐深情地伸出一隻手臂摟住對方的雙肩。

「我們的確可以感到自豪，喬薇。至於你，你是我生活中的安慰。芳草地的一切大小事情你全知道。你和我一樣關心這所學校。親愛的，這就很了不起啊。」

喬薇小姐臉上發紅，心裡高興。霍諾莉亞・包士卓小姐竟然流露出感情，這可是難得一見的事啊！

§

「我簡直沒辦法用這個可惡的東西打球。它根本不好用。」珍妮佛失望地把她的網球拍扔在地上。

「哦！珍妮佛，瞧你大驚小怪的。」

「毛病出在平衡上。」珍妮佛又拾起球拍，試著來回甩動。「它一點也不平衡。」

「它比我的破球拍好多了。」茱莉亞拿起自己的球拍做比較。「我的球拍軟得像塊海綿。你聽它的聲音。」她彈撥球拍上的線。「我們本來打算送去重新穿線，可是媽媽忘記了。」

「儘管這樣，我還是情願用你的球拍。」

珍妮佛拿起茱莉亞的球拍試著揮動了一兩下。

「嗯，我情願要你的球拍。用你的球拍至少能打中幾個球。如果你願意我就和你換。」

「那好吧，換。」

兩個女孩子把上面寫著她們名字的膠帶撕下來，重新貼在互相交換過的球拍上。

「我可不打算再換回來。」茱莉亞警告說，「哪怕到時候你說你不喜歡我那塊老海綿也……沒有用。」

§

亞當一面釘網球場周圍的鐵絲網，一面高興地吹著口哨。體育館的門開了，那位像老鼠似的法國女教師白朗琪小姐朝門外張望。看見亞當，她好像嚇了一跳。她猶豫了一會兒又回到體育館裡面去了。

「不知道她在搞些什麼。」亞當自言自語。

要不是看到白朗琪小姐的神色，他根本不會想到她在搞什麼名堂。她那作賊心虛的神色馬上引起他的猜測。現在她又出來了，隨手關上了門。走過他身旁時，她停下來和他說話。

「啊，我看，你是在修鐵絲網吧？」

「是的，小姐。」

「這裡的一些球場都很好。游泳池和體育館也都很好，哦，le sport[14]！你們英國人很喜

14 法語，意思是「體育」。

歡體育，對吧？」

「啊，我想是的，小姐。」

「你打網球嗎？」

她的雙眼十分嫵媚地打量著他，目光略帶挑逗。亞當再次感到她這個人很怪。他覺得白朗琪小姐不大適合在芳草地當法語教師。

「不，」他扯謊，「我不會打網球，也沒時間。」

「那麼，你打板球吧？」

「哦，我小時候打過板球。大多數人都打板球。」

「我一直沒時間各處看看。」安潔・白朗琪小姐說，「到今天才有空，天氣又這麼好，我想我要來仔細看看體育館。我想寫信回去給我在法國一些辦學校的朋友。」

亞當又感到有些奇怪。這似乎是一大套毫無必要的解釋。白朗琪小姐好像是在為自己到體育館來而進行辯解。可是她為什麼要辯解呢？她完全有權利到校園的任何地方去。她沒有必要為此而向園丁的助手道歉。這又使他在腦子裡產生了疑問。這個年輕女人在體育館裡究竟幹了些什麼？

他沉思地看著白朗琪小姐。多了解一些她的情況也許會有好處。於是他審慎地稍微改變自己的態度。仍然是規規矩矩的，可是又不太規矩。他讓自己的眼睛告訴她，她是個漂亮的年輕女人。

「小姐，你在女子學校工作，想必有時會感到乏味吧？」他說。

「這裡的工作並不太有趣。」

「可是，」亞當說，「我猜想你也有休息的日子，對吧？」

她停了一會兒，似乎是在心裡盤算著。然後，他感覺得出來，她帶著有點懊惱的心情，刻意把他們之間的距離加大了。

「是的。」她說，「我有很充裕的時間休息。這裡的工作條件好極了。」她朝他點了點頭。「再見。」

她朝大樓走去。

「你在體育館裡搞怪。」亞當自言自語。

他等著，直到她看不見了，他才放下工作，走進體育館，朝裡面張望。可是他看不出有什麼地方不正常。

「不管怎樣，」他自言自語，「她有問題。」

當他從體育館走出來時，沒想到竟遇見安恩·沙普蘭。

「你知道包士卓小姐在哪兒嗎？」她問。

「我想她已經回校舍去了，小姐。她剛才在跟布里格斯講話。」

安恩皺起了眉頭。

「你在體育館裡幹什麼？」

亞當微微一驚。他心想，她真會疑心。他用略帶傲慢的聲音說：「我想看看體育館。看看不要緊吧？」

「你不是該去做你自己的工作嗎？」

「網球場四邊的鐵絲網快要釘好了。」他轉過身來，朝後面的體育館看著。「這是新造的，對吧？肯定花了一大筆錢。這裡給年輕小姐的都是最好的東西，對吧？」

「她們出了錢。」安恩冷冷地說。

「我聽人家說，她們出了一大筆錢。」亞當對她的話表示同意。

他很想整這個女人，或是惹她生氣，為什麼會有這種念頭，他自己也不明白。她總是那麼不動感情，那麼自以為是。若看到她發脾氣會使他十分高興。

可是安恩並沒有使他滿意。她只是說：「你最好還是去把鐵絲網釘好。」

說完她就回校舍去了。半路上，她放慢腳步，回過頭來看了一眼。亞當在忙著釘鐵絲網。她看看他，又看看體育館，心裡感到困惑不解。

08 謀殺

在赫斯特聖西普里恩警察局裡，值夜班的格林警佐打了個哈欠。電話鈴聲響了，他拿起了話筒。轉瞬間，他的神色完全變了，開始在便條本上疾書。

「請說下去。芳草地？唔……什麼名字？請拼出來。史萍……萍水相逢的萍嗎？史萍傑。好，好。請注意，切記不要破壞現場。我們馬上會有人到你那兒去。」

於是，他迅速且有條不紊地按規定步驟行動起來。

「芳草地？」輪到警官凱爾西問道，「就是那所女子學校，是嗎？那個被殺害的是誰？」

「好像是體育教師史萍傑小姐。」

「女體育教師之死，」凱爾西若有所思地說，「聽上去像是火車站書報攤上的驚悚小說書名。」

「你看可能是什麼樣的人把她幹掉的？」警佐說，「似乎不合常情。」

「體育教師何嘗不能擁有愛情生活。」凱爾西警官說，「他們說屍體是在什麼地方發現的？」

「在體育館。我看這是健身房的一種時興名稱。」

「可能是吧。」凱爾西說，「一位女體育教師在健身房被殺。聽起來很像是發生在體育界的一樁罪行，對吧？你剛才是不是說，她是被人用槍打死的？」

「是的。」

「他們發現手槍了嗎？」

「沒有。」

「有意思。」凱爾西警官說。

他把手下召齊了就出發去執行任務。

§

芳草地的前門開著，射出一束燈光。凱爾西警官在這兒受到包士卓小姐的親自接待。他認得她是誰，但並不相識，其實附近一帶的人對她也大都如此。包士卓小姐即使在這種令人心煩意亂、疑懼惶惑的時刻，也仍然鎮定自若，她掌握著局勢，控制著她的下屬。

「我是警官凱爾西，小姐。」這位警官自我介紹說。

「凱爾西警官，您是想先去看看體育館，還是想先聽聽經過？」

「我把法醫帶來了。」凱爾西說，「如果您願意讓他和我兩個手下先看看屍體在什麼地方，我可以先和您談幾句話。」

「當然可以。請到我的客廳去。羅恩小姐，請你給醫生和其他兩位帶路。」她接著又說，「我派了一位教師在那兒保護現場。」

「謝謝您，小姐。」

凱爾西跟著包士卓小姐走進了她的客廳。

「是誰發現屍體？」

「舍監強森小姐。有個女學生耳朵痛，強森小姐起來護理時，看到窗簾沒拉好。她正要去拉窗簾時，注意到體育館裡有一盞燈亮著。凌晨一點那兒不該有燈亮著。」包士卓小姐不加渲染地說。

「說得對。」凱爾西說，「強森小姐現在在哪兒？」

「如果你要見她，她在學校裡。」

「待會兒馬上找她談。請您繼續說下去，小姐。」

「強森小姐去叫醒另一位教師喬薇小姐。她們決定出去查看一下。她們正要從邊門出去，忽然聽到一聲槍響，於是她們就盡快奔向體育館。到那兒之後……」

警官打斷了她的話。

「謝謝你，包士卓小姐。您說強森小姐在這兒，那麼以下的情況就請她來說給我聽。不過，也許您願意先告訴我有關被害人的情況。」

「她的名字叫葛蕾絲·史萍傑。」

「她和你是否相處已久？」

「不，她這學期剛來。以前的那位體育教師已離職到澳大利亞去任教了。」

「關於這位史萍傑小姐，您當時知道些什麼？」

「她的推薦函都非常好。」包士卓小姐說。

「在這之前，您和她本人並不相識吧？」

「對。」

「您知不知道造成這一悲劇的原因？哪怕是一丁點蛛絲馬跡，也請你告訴我。她是否感到悶悶不樂？有沒有那種糾纏不清的不幸事件？」

包士卓小姐搖搖頭。

「我一無所知。」她接著說，「可以說，這在我看來似乎是極不可能的事。她不是那種女人。」

「您以後會感到意外的。」凱爾西警官隱晦地說了一句。

「我現在去把強森小姐找來，好嗎？」

「好的。聽她說完之後，我就去健身房……或者，你們叫什麼？體育館？」

「這是今年新完成的本校增建部分。」包士卓小姐說，「緊挨著游泳池，包括一個軟式網球場以及其他設施。網球拍、長曲棍球和曲棍球的球棍都放在體育館裡，還有一間晾游泳衣的房間。」

「有沒有什麼理由可以說明史萍傑小姐為什麼夜裡跑到體育館？」

「完全沒有。」包士卓小姐毫不含糊地說。

「很好，包士卓小姐。現在我想跟強森小姐談談。」

包士卓小姐走了出去，不久帶著那位女舍監回到客廳。強森小姐在發現屍體之後，有人給她灌了不少白蘭地壓驚，結果使她變得有點碎嘴了。

「這位是凱爾西警官。」包士卓小姐說，「定定神，艾思佩絲，告訴他剛才究竟是怎麼回事。」

「可怕呀，」強森小姐說，「真可怕！我一輩子從來沒經歷過這樣的事情。從來沒有！我真的不能相信。史萍傑小姐竟然會遭人殺害！」

凱爾西警官是個富有洞察力的人。如果他聽到一句他認為異乎尋常或者值得追根究柢的言語，他總是不惜打破常規把話追下去。

「遇害的是史萍傑小姐，你似乎認為這非常奇怪，是嗎？」

「嗯，是的，警官。你要知道，她的身體很……很結實，非常強健。您可以想像，她是那種能單槍匹馬對付一個乃至兩個竊賊的女人。」

「竊賊？唔。」凱爾西警官說，「體育館裡有沒有值得偷的東西？」

「啊，沒有，我看不出有什麼好偷的。當然那兒有游泳衣和體育設備。」

「這種東西只有順手牽羊的小偷才會拿。」凱爾西表示同意。「犯不著為了這些東西破門而入，我早該想到這點。順便問一句，體育館的門是不是被砸開的？」

「哦，說真的，我沒想到去注意一下。」強森小姐說，「我是說，我們到那兒時門是開著的……」

「門不是被人砸開的。」包士卓小姐說。

「我明白了。」凱爾西說，「是用鑰匙打開的。」

他看著強森小姐說：「大家是不是都很喜歡史萍傑小姐？」

「哦，真的，我說不上。我是說，不管怎樣，她現在已經死了。」

「這麼說來，您並不喜歡她。」凱爾西敏銳地說，他忽視了強森小姐是個感情比較細緻的人。

「我認為不會有人太喜歡她。」強森小姐說，「要知道，她專橫自信，動輒頂撞別人，叫人難堪。不過我認為她非常能幹，工作也很認真。您說是不是，包士卓小姐？」

「是的。」包士卓小姐說。

凱爾西把話從岔道上拉回到正題上來。

「好，強森小姐，請您談談剛才發生的事情。」

「我們的一個學生耳朵痛，夜裡發作起來把她痛醒了，她就跑到我這兒來。我去拿了點藥，把她送上床去睡之後，看見窗簾只拉上一半，我想要是她的窗子平常晚上不開的話，那麼這一夜還是別開窗比較好，因為有點風正從那個方向吹進來。當然，所有的學生總是開著窗睡覺。雖然有時候外國孩子會給我們添麻煩，但是我總是堅持……」

「這些完全無關緊要，」包士卓小姐說，「凱爾西警官不會對我們的保健狀況感興趣。」

「對，對，當然不會感興趣，」強森小姐說，「哦，我說到我去關窗，這時我看到體育館裡有燈光，真是驚訝極了。我看得一清二楚，沒錯。那燈光似乎在移動。」

「你是說，那不是扭亮的電燈，而是手電筒的燈光，對吧？」

「對，對，那一定是手電筒的光。我隨即想：『天哪，這時候有誰會到那兒去幹什麼呢？』當然我沒想到竊賊，正如您剛才說的，那樣想很荒唐。」

「您想到什麼了呢？」凱爾西問。

強森小姐向包士卓小姐瞥了一眼，接著回答說：「呃，真的，我不知道我當時有什麼特別的想法。我是說，呃……呃，真的，我的意思是說，我不會想到……」

包士卓小姐打斷了她的話。

「我猜想，強森小姐以為，可能是我們的一個學生到那兒幽會去了。」她說，「是不是這樣，艾思佩絲？」

強森小姐喘著氣說：「呃，對，當時確實這樣想過。也許是我們的一個義大利學生。外國女孩比英國女孩要早熟得多。」

「不能抱有這種偏見。」包士卓小姐說，「這兒曾有許多英國學生想去赴不當的幽會。你有這種想法很自然，我當時也可能會這樣想。」

「說下去。」凱爾西警官說。

「所以，」強森小姐接著說，「我想最好去把喬薇小姐叫醒，請她和我一起去看看是怎麼回事。」

「為什麼要找喬薇小姐？」凱爾西問，「有沒有什麼特殊理由偏要挑這位教師？」

「哦，那是因為我不想打攪包士卓小姐。」強森小姐說，「凡是我們不想去打攪包士卓小姐的時候，總是去找喬薇小姐，這恐怕已成了我們的習慣。您也許不知道，喬薇小姐在這兒任職多年，有很豐富的經驗。」

「好，反正您到喬薇小姐那兒去把她叫醒了，對吧？」凱爾西說。

「對。她同意我們馬上到那邊去。我們等不及把衣服穿齊整以及做別的事情，只穿了件毛線衣和外套就從邊門出去了。就在我們剛踏上那條小路的時候，聽到了一聲從體育館傳來的槍響。於是我們很快地沿著小路奔過去。我們當時真蠢，忘了帶手電筒，看不清楚腳下走的路。我們絆了一兩跤，但很快就到了那兒。體育館的門開著，我們扭亮了電燈就……」

凱爾西打斷了她的話。

「這麼說，你們到那兒的時候，那兒沒有燈光？沒有手電筒燈光，也沒有其他燈光，是吧？」

「是的，體育館裡一片漆黑。我們一打開燈，就看見她躺在那兒。她……」

「可以了。」凱爾西警官和藹地說，「關於她，您不必詳細說了，我一會兒就到那兒去親自看一看。您去那兒時路上沒遇見人嗎？」

「沒有。」

「也沒聽見有人逃跑？」

「沒有，我們什麼也沒聽見。」

「學校裡有沒有別人聽到槍聲呢？」凱爾西望著包士卓小姐問。

她搖搖頭。

「沒有，就我所知，沒有。沒人說過聽到槍聲。體育館離這兒有段路，我懷疑人們是否能聽得見這槍聲。」

「校舍靠體育館一邊的房間也許能聽見吧？」

「我想不大可能，除非有人留神等著聽這樣的聲音。我認為這槍聲應該不會大到使人從睡夢中驚醒。」

「好吧，謝謝您。」凱爾西警官說，「我現在到體育館去。」

「我願意和你一起去。」包士卓小姐說。

「要不要我也去？」強森小姐問，「如果您要我去，我願意去。我是說，迴避事情沒有好處，對吧？我總是認為，無論發生什麼事，你都必須正視它……」

「謝謝你。」凱爾西警官說，「不必了，強森小姐。我不想再加重你的負擔。」

「真可怕。」強森小姐說，「想到我以往不太喜歡她更叫人受不了。事實上，就在昨天晚上，我們在教員辦公室裡還發生了爭論。我堅持認為對有些學生——體質較弱的學生——體育鍛鍊太多是有害的。史萍傑小姐說我胡扯，正是這些學生需要鍛鍊。她說她要使她們健壯起來，叫她們脫胎換骨。我對她說，她並非什麼都懂，儘管她可能自以為什麼都懂。畢竟我是受過專業訓練，如何對待體弱或有病的學生，我知道的遠比她……比她生前知道的多，雖然我毫不懷疑史萍傑小姐在雙槓、跳馬和網球方面通曉一切。但是，哦，天哪，想到剛才發生的事，我昨晚要是少說幾句就好了。我想，在發生了可怕的事情以後，一個人總會這麼想。真的，我確實很自責。」

「親愛的，你就坐在這兒吧。」包士卓小姐說著把她扶到沙發上坐下。「你就坐在這兒歇著，別去想你們之間那些無謂的爭論了。如果我們對什麼事都看法一致，那生活會顯得很枯燥無味。」

強森小姐搖搖頭坐了下來，接著打了個哈欠。包士卓小姐跟著凱爾西走進了門廳。

「我讓她喝了不少白蘭地，」她懷著歉意說，「變得有點嘮叨，可是她並不糊塗，您看呢？」

「她是不糊塗。」凱爾西說，「她把發生的事情說得相當清楚。」

包士卓小姐帶路走到邊門。

「強森小姐和喬薇小姐是不是就從這條路出去？」

「是的。您看這條路直通向那條小路，沿著小路穿過那片山杜鵑花叢就是體育館。」

警官帶著一支光度很強的手電筒，他和包士卓小姐很快來到了體育館，裡頭燈火通明。

「這建築真是不錯。」凱爾西看著體育館說。

「我們花了不少錢。」包士卓小姐說，「不過我們負擔得起。」她安詳地補充了一句。

體育館門開著，裡面相當寬敞，館裡有許多寄物櫃，上面寫著不同女孩的名字。體育館的一端是一排放網球拍和長曲棍球棍的架子。有一扇邊門通往淋浴室和更衣室。凱爾西在門口停了下來，並不忙著進去。他的兩名手下已經忙了一陣。一位攝影師剛拍好照片，正在查看指紋的那個人抬起頭來對凱爾西說：「你可以直接從地板上走過來，警官。不會妨礙我們。這一頭我們還沒有查看完畢。」

凱爾西向跪在屍體旁邊的法醫走過去。法醫在凱爾西走近時抬起了頭。

「凶手是在距離她大約四英尺處開槍把她打死的。」他說，「子彈打穿了她的心臟。中彈後想必很快就死了。」

「好。多久前發生的？」

「大概一小時左右。」

凱爾西點點頭。他踱著步子轉過身去，眼睛盯著喬薇小姐高大的身材。她表情嚴峻，像一隻看家護院的狗，背牆站著。約莫五十五歲，他研判著，飽滿的前額，蓬亂的灰白頭髮，嘴巴的線條凸顯出固執，但是沒有過度緊張的樣子。他想，這樣的女人雖然在平時容易被忽視，在緊要關頭卻是個可以信賴的人。

「是喬薇小姐吧？」他問。

「是的。」

「是您和強森小姐一起發現屍體的，對吧？」

「對。她剛才就像現在這樣，已經死了。」

「什麼時間？」

「強森小姐叫醒我的時候，我看了錶。」

凱爾西點點頭。這和強森小姐所說的時間相符合。他一邊思考一邊低頭看看死者。她那秀麗的紅髮剪得短短的。臉上生滿了雀斑，下巴明顯向前突出。瘦而結實的運動員身材，穿著厚實的深色毛線衫和花呢裙子。腳上是厚底皮靴，沒穿襪子。

「有沒有凶器的線索？」凱爾西問。

他一個手下搖搖頭。

「一點也沒有，警官。」

「燈光是怎麼回事？」

「那邊角落上有一支手電筒。」

「上面有指紋嗎？」

「有，是死者的。」

「這麼說，手電筒是她的。」凱爾西思量著說，「她帶手電筒到這兒來……為什麼？」

他像是在問自己，又像在問手下，同時又像在問包士卓小姐和喬薇小姐。最後，他似乎是在問後面兩位。

「你們知道些什麼情況嗎？」

喬薇小姐搖搖頭說：「一點也不知道。我猜想她可能遺留了什麼東西在這兒——下午或傍晚忘記把東西從這兒帶走——才會出來把它拿回去。可是半夜裡來拿又似乎不大可能。」

「如果她是半夜來拿的，想必是很重要的東西。」凱爾西說。

他環顧四周，似乎沒有什麼東西被人動過，只有那頭的網球拍架子，好像被人猛力向外拉過，有幾支球拍散落在地板上。

「當然。」喬薇小姐說，「她也可能是先看到燈光，就像強森小姐那樣，跑出來查看，我看最可能的就是這種情況。」

「我認為您說得對。」凱爾西說，「只是有個小問題：她會單獨一個人跑出來嗎？」

「會。」喬薇小姐毫不猶豫地說。

「強森小姐……」凱爾西提醒她說，「是到您那兒把您叫醒了才一塊兒來的。」

「我知道。」喬薇小姐說，「要是我看到那燈光，我也會這樣做。我會去叫醒包士卓小姐，或者范希坦小姐，或者其他人。可是史萍傑小姐不會這樣，她根本不在乎……真的，她寧可自己單槍匹馬去對付一個闖進來的歹徒。」

「還有一點，」警官說，「您和強森小姐是從邊門出來的，邊門沒鎖嗎？」

「是的，沒鎖。」

「那可能就是史萍傑小姐開的鎖。」

「這似乎是理所當然的結論。」喬薇小姐說。

「所以我們假定，」凱爾西說，「史萍傑小姐看到健身房，或體育館，不論你們叫什麼……這兒有燈光，她就出來查看。誰當時在這兒，誰就是槍殺她的凶手。」他轉身朝著包士卓小姐走去，她正一動也不動地站在門口。「您看這個想法對嗎？」

「我看完全不對。」包士卓小姐說，「我同意您說的第一部分。我們可以說，史萍傑小姐看到了這兒有燈光，然後一個人跑出來查看。這完全有可能。但是要說在這兒被她驚動的那個人竟會開槍打死她，那我看似乎完全不可能。如果是一個與這兒不相干的閒人來到這兒，他應該比較會逃跑，或者企圖逃跑。一個人為什麼要帶著槍在半夜來到這個地方呢？這很荒謬，的確如此，荒謬！這兒沒有值得偷的東西，當然更沒有值得為之行凶殺人的東西。」

「您認為更可能的是，史萍傑小姐打擾了某種約會？」

「這是個既自然又最有可能的解釋。」包士卓小姐說，「但是這解釋不了殺人這件事，對吧？我這兒的學生不會隨身攜帶手槍，而她們可能去相會的小夥子似乎也不可能帶手槍。」

凱爾西同意這一點。

「他至多有把彈簧刀。」他說，「還有另一個假定，」他繼續說：「就是史萍傑小姐到這兒來和一個男人相會……」

喬薇小姐突然咯咯咯地笑起來。

「哦，不會的。」她說，「史萍傑小姐才不會呢。」

「我說的未必就是男女私會。」警官一本正經地說，「我是說，兇殺是預謀好的，有人要殺害史萍傑小姐，設法把她引到這兒來會面，然後一槍打死她。」

09 鴿群裡的貓

珍妮佛．薩克利寫給她母親的信：

親愛的媽媽：

昨晚我們這兒發生謀殺案。被殺害的是體育老師史萍傑小姐。事發在半夜，來了警察，今天早上在盤問每個人。喬薇小姐叫我們不要對任何人說，但我認為你會想知道。

愛你的珍妮佛

§

芳草地是個有相當地位的教育機構，它受到警察局長的親自關注。當進行例行的調查時，包士卓小姐也沒閒著。她給一位新聞界鉅子和內政部長打過電話，這兩位都是她的私交。由於她的這些提點，報上對這件事報導得很少。一位女體育教師被發現死在學校體育館裡，她是被槍殺的，是否是椿意外，目前尚未斷定。報上關於此事的評述，大都帶著一種近乎遺憾的口氣，好像一位女體育教師在這種情況下被人槍殺，完全是笨拙無能的表現。

安恩·沙普蘭忙了一整天在聽寫發給家長們的信。包士卓小姐知道叫學生不要把事情聲張出去是白花時間。學生們一定會寫信報告自己的家長或監護人，並且會把事情渲染得聳人聽聞一些。對於這件悲劇，她打算把她自己措詞得當、合情合理的一份說明，同時送到家長和監護人的手中。

那天下午稍晚，她和警察局長史東先生和凱爾西警官祕密會談。警方同意讓報界把報導這一事件的調子盡量降低。這樣他們就能悄悄進行偵訊，不受干擾。

「我對此事感到非常遺憾，包士卓小姐，確實非常遺憾，」警察局長說，「我想這對您來說，啊，是件不幸的事情。」

「確實如此，凶殺案對任何學校都是件不幸的事。」包士卓小姐說，「可是現在多想也於事無補。我們無疑能夠經受這項不幸，就像以往經受其他風暴一樣。我唯一希望的是，事情很快就會水落石出。」

「看不出為什麼不能迅速破案，對吧？」史東說。他看了看凱爾西。

凱爾西說：「如果我們知道她的來歷，可能會有幫助。」

「您真的這樣想嗎？」包士卓小姐冷淡地問。

「可能有人和她有仇。」凱爾西提出自己的看法。

包士卓小姐默不作答。

「你認為這件事與這個地方密切有關？」警察局長問。

「凱爾西警官確實有這種看法。」包士卓小姐說，「我看他只是為了緩和我的情緒才沒這麼說。」

「我看這的確與芳草地密切相關。」警官慢吞吞地說，「史萍傑小姐畢竟也像其他教師一樣，有休假的時候。如果她想和什麼人約會，她愛約在哪兒就約在哪兒。為什麼偏要深更半夜到體育館來呢？」

「我們想對校舍進行搜查，您看可以嗎，包士卓小姐？」警察局長問。

「當然可以。我想你們是要尋找那把手槍，那把左輪槍或者別的什麼槍，對吧？」

「對，一把外國造的小手槍。」

「外國的。」包士卓小姐思忖著說。

「就你所知，教師或學生中，是否有人會有手槍這種東西？」

「就我所知，一定沒有。」包士卓小姐說，「學生中沒有人有，這我相當有把握。她們來校時攜帶的東西，都打開看過，要是有這類東西，會被我們發現，引起注意，而且我認為還會引起人們議論紛紛。不過，凱爾西警官，您儘管請便，在這方面，你們愛怎麼辦就怎麼辦。我看到你們的人今天在搜查校園。」

警官點點頭。「對。」

接著他說：「我還想和其餘的教師見面談談。她們之中也許有人聽到史萍傑小姐說過某些話，從而能給我們一些線索。或者看過她在行動舉止上有什麼反常之處。」他停頓了一下，這才繼續說：「也可能要找學生談談。」

包士卓小姐說：「我本就打算在今天晚禱以後對學生簡短講一次話。我將向她們提出，如果她們有人知道任何與史萍傑之死有關的事，請她們來告訴我。」

「這個主意很好。」警察局長說。

「但是您必須記住一點，」包士卓小姐說，「學生中會有人為了顯示自己了不起，把枝節小事蓄意誇大，甚至編造一通。女學生會做出非常古怪的事來；不過，對這種愛出鋒頭的情況，我想你已經習以為常了。」

「這種情況我遇見過。」凱爾西警官說，「好，請給我一張你們這兒的教職員名單，還有工友的名單。」

§

「體育館裡的寄物櫃我已全部仔細查看過了，警官。」

「而你什麼也沒發現？」凱爾西說。

「是的，警官，沒發現重要的東西。有的寄物櫃裡有好笑的東西，可是沒有和調查有關的東西。」

「寄物櫃都沒上鎖，是嗎？」

「是的，警官，都沒上鎖。寄物櫃是可以鎖的，裡面有鑰匙，但沒有一個是鎖上的。」

凱爾西思量著環顧一下周圍光潔的地板。網球拍和長曲棍球棍已經放回到架子上了。

「好吧。」他說，「我現在要到學校裡去和教師談一下。」

「你不認為這是學校內部的人幹的嗎，警官？」

「可能是。」凱爾西說，「除了那兩位教師，喬薇和強森，還有那個耳痛的孩子珍，沒人能證明自己不在犯罪現場。按常理說，當時其他人都在睡夢中，可是沒人能保證這一點。學生都各有自己的房間，教師當然也是這樣。她們之中任何人，包括包士卓小姐，都可能出來這兒和史萍傑小姐碰面，或者尾隨她到這兒來。然後，在射殺她之後，誰都能穿過那片叢林，由邊門悄悄躲回房子裡去，而等到有人報警，此人早已回到床上了。令人感到棘手的是殺人的動機。」他接著說：「唔，難的是動機。除非有人在這兒進行活動，而我們卻一無所知，否則似乎不存在動機問題。」

他出了體育館緩步向大樓走去。雖然已經過了下班時間，園丁布里格斯卻還在花圃裡繼續工作，看到警官走過，他站起身來。

「這麼晚了您還在工作哪。」凱爾西微笑著說。

「啊，」布里格斯說，「年輕人對園藝一竅不通。八點上班，五點收工……他們認為這就是園藝。你得看看天氣嘛，有時候你乾脆待在屋裡不必到花園來，而有時候你可以從早上七點一直做到晚上八點。也就是說，如果你喜愛這地方，並且為它感到自豪的話。」

「您應該為這座花園感到自豪。」凱爾西說，「我從沒見過養護得這麼好的花園。」

「說得對，是這樣。」布里格斯說，「但是就我目前的情況來說，我算是幸運的。我有個身強力壯的小夥子做幫手，此外還有兩個男孩子。但這兩個孩子不大管用。這些孩子和年輕人大都不屑幹這種事，他們都想進工廠，或者當職員坐辦公桌，而不願意讓一點純樸的泥巴沾上自己的手。但是，我剛才說過，我運氣很好，有個得力的人幫我做，他是自己找上門來的。」

「是最近來的嗎？」凱爾西警官問。

「這學期開始時。」布里格斯說，「他叫亞當。亞當・古德曼。」

「我在這兒似乎沒見過他。」凱爾西說。

「他今天請一天假。」布里格斯說，「我同意了。你們在這兒到處跑來跑去，我們沒有多少活好幹。」

「應該有人把他的情況告訴我。」凱爾西急切地說。

「你是什麼意思，『把他的情況告訴你』？」

「我的名單上沒有他，」警官說，「我是說工作人員的名單。」

「哦，沒關係，明天你就可以看見他，先生，」布里格斯說，「我看他沒有什麼可以告訴你的。」

「這很難說。」警官說。

一個身強力壯的小夥子，這學期開始自願來到這兒？在凱爾西看來，這是第一件有點不尋常的事。

§

那天晚上，學生們像往常一樣，排成單行魚貫進入禮堂做晚禱。禱告完畢，包士卓小姐舉起手來示意大家留下。

「我有話對大家說。你們知道，史萍傑小姐昨天夜裡在體育館被人殺害了。如果你們有人在上星期聽到或者看到什麼情況……任何和史萍傑小姐有關又使你感到迷惑不解的情況，例如史萍傑小姐說過的話，或者別人說過關於她的話，總之，凡是你們認為重要的，我都想知道。今天晚上你們隨時都可以到我的客廳來見我。」

「啊，」學生們排隊走出禮堂時，茱莉亞．奧仲嘆了口氣說，「但願我們知道些什麼就好了！可惜我們不知道，是吧，珍妮佛？」

「是啊，」珍妮佛說，「我們當然不知道。」

「史萍傑小姐看上去就是那麼普普通通，」茱莉亞悲傷地說，「怎麼說也不至於如此神祕地遭人殺害。」

「我認為這沒什麼神祕，」珍妮佛說，「不過是遇到竊賊而已。」

「想必是來偷我們的網球拍吧？」茱莉亞譏諷地說。

「也許是有人勒索她。」有個學生滿懷希望地提醒大家。

「勒索什麼呢？」珍妮佛說。

可是誰也想不出為什麼要勒索史萍傑小姐。

§

凱爾西警官開始與教師個別談話，首先是范希坦小姐。凱爾西把她打量了一番，認為她是個端莊的女人，大約四十歲或四十多一點；高高的個子，勻稱的身材；灰白的頭髮梳理得雅致得體。在凱爾西看來，她既矜持又鎮靜自若，頗感到自己是個有身分的人。凱爾西認為她有點像包士卓小姐，完全是屬於女教師這一類型的人。儘管如此，凱爾西感到，包士卓小姐有著范希坦小姐所不具備的特點。包士卓小姐為人行事常有出人意表之處，而他並不感到范希坦小姐會有什麼令人難以預料之舉。

問答循例進行。范希坦小姐什麼也沒看見，什麼也沒注意，什麼也沒聽到。史萍傑小姐的工作很出色。沒錯，她態度是有點粗暴，但范希坦小姐認為，她並沒有逾矩之處。她的個性也許不十分引人喜愛，但這並非體育教師所必須具備的條件。其實學校裡還是以不聘用個性引人喜愛的教師為佳，讓學生對教師一往情深並不好。范希坦小姐既然提供不出什麼重要的情況，就告退了。

「沒有看見罪惡，沒有聽見罪惡，也沒想到罪惡。就像猴子似的。」警佐波西．龐德議論說，他是來協助凱爾西警官執行任務。

凱爾西露齒一笑。

「這話說得不錯，波西。」他說。

「女教師總是叫人掃興。」龐德警佐說，「我從小就害怕她們。我還記得有一個就像凶神惡煞似的，盛氣凌人，裝腔作勢，你根本不知道她在教你什麼東西。」

下一個出來的是艾琳．李奇小姐。其醜無比是凱爾西對她的第一個反應。但此後，凱爾西對她的印象略有改變，認為她不無動人之處。他開始例行的提問，可是回答不大像他所料想的那樣合乎常例。關於史萍傑小姐，艾琳．李奇先是說，她既沒聽到也沒留神別人或史萍傑本人曾說過什麼值得一提的事，但在這之後，她的回答卻非凱爾西始料所及。他曾問她：「就您所知，沒有人跟她有私仇嗎？」

「哦，沒有。」艾琳．李奇馬上回答說，「任何人都不可能跟她有私仇。您要知道，這也就是她的可悲之處，她不是一個讓人憎恨的人，我認為是這樣。」

「您這話究竟是什麼意思，李奇小姐？」

「我是說，她絕不是一個令人非要把她置之死地而後快的人。她所做的一切和所想的一切，都形之於色而不加掩飾。她惹人討厭，大家常和她鬥嘴。但這算不了什麼。沒什麼了不起的事。我認為她必定不是由於她本身的原因而招致殺害，如果您懂我的意思的話。」

「我還是不大懂您的意思，李奇小姐。」

「我的意思是說，如果有人搶劫銀行，她很可能就是挨槍殺的出納員，但那得是個當出納的，不該是葛蕾絲．史萍傑。誰也不會愛她或恨她到非把她殺掉不可。這一點她不用想也感覺得到，因此她就非常愛管閒事。您知道的，找碴呀，叫人按條規辦事呀，查明有誰在做不該做的事就去揭發呀。」

「到處窺探？」凱爾西問。

「不，也不是到處窺探。」艾琳．李奇思考著說，「她不會穿著球鞋、踮著腳尖悄悄地四處窺探。可是如果發現她不理解的事，她就絕對要追根究柢，而且她就是查得出來。」

「我明白了。」他停頓了一下。「您不很喜歡她，是嗎，李奇小姐？」

「我想我從來沒把她放在心上，她不過是個體育教師而已。哦！說人長短多麼叫人討厭啊！又是這個，又是那個！可是她把這看作是份內之事，並且由於做得好而感到驕傲。她不是鬧著玩的。但當她發現某個學生可能網球打得很好，或者在某個體育項目上的確有才能，她卻不很感興趣。既不為之歡欣鼓舞，也不因此而洋洋得意。」

凱爾西好奇地看著她。他想，這個年輕女人真怪。

「您對很多事物似乎都有自己的看法，李奇小姐。」他說。

「是的，我想我是這樣。」

「您在芳草地有多久了？」

「只不過一年半多。」

「以前從未有過什麼麻煩嗎？」

「在芳草地？」她吃驚地說。

「是的。」

「哦，沒有。在這學期以前一切都很好。」

凱爾西驟然問道：「這學期怎麼啦？您不是指凶殺這件事對吧？您是指別的事……」

「我不是……」她停了一下。「對，也許我是這個意思……但只是隱隱約約感到一點。」

「說下去。」

「包士卓小姐近來不大高興，」艾琳緩緩地說，「這是第一件事。您當然是不會知道，我想甚至於學校裡的人也沒注意到這一點。可是我注意到了。而且感到不高興的不只她一個人。但這並不是您想知道的，對吧？這不過是感覺而已，就是在你腦子一時轉不過來，對一件事想得太多而產生的那種感覺。您的意思是，就在這一學期，有沒有看來是反常的事，您是這個意思，對吧？」

「對。」凱爾西說，他好奇地看著她。「您說得對。那麼，有些什麼情況呢？」

「我看這兒是有反常的情況，」艾琳．李奇緩緩地說，「我們中間好像有個人和我們總是格格不入。」她朝他看看，笑了一笑，幾乎笑出聲來，接著說：「像是一隻混入鴿群裡的貓，就是這種感覺。我們是鴿子，全部都是，而這隻貓就在我們中間，然而我們就是看不見牠。」

「這太抽象了，李奇小姐。」

「對，可不是？聽起來傻得很，我自己也覺得。我想我真正的意思是說，有樣東西，有樣小東西，我注意到了，但我不知道我注意到的究竟是什麼。」

「是不是關於某個人？」

「不，我剛才對您說過，就是種感覺。我不知道是誰。要我來做出判斷，我只會說，這兒有這麼個人，這個人，不知怎麼的……不正常！這兒有個人，我不知道是誰，使我感到彆扭。不是在我看她的時候，而是在她看我的時候。因為正是在她朝我看的時候，這東西才顯露出來，且不管它是什麼東西。哦，我真是愈說愈語無倫次了。反正這不過是個感覺，不是您所要的東西，它不是證據。」

「對。」凱爾西說，「它不是證據，現在還不是。可是這使我大感興趣。李奇小姐，當您的感覺變得明確一點的時候，請您告訴我，我很樂於傾聽。」

她點點頭。

「好的。」她說，「因為事情很嚴重，對吧？我是說，有人被殺害了……我們不知道什麼緣故，而凶手可能遠在千里之外，或者相反，凶手可能近在眼前，就在這所學校裡。如果這樣，那把手槍，也就是左輪槍，或者不管叫什麼槍，想必也是在這兒。我這個想法不太好，對吧？」

她略微點了點頭就出去了。龐德警佐說：

「她是個瘋子……難道你認為不是嗎？」

「不是。」凱爾西說，「我看她不是瘋子。我想她就是人們稱之為極端敏感的人。你知道，這就像有些人在還沒看到貓出現前就知道房間裡有隻貓。如果她生在非洲的一個部落裡，她有可能成為一個巫醫。」

「她們喜歡到處去查探罪惡，對吧？」龐德警佐說。

「說得對，波西。」凱爾西說，「而這恰恰是我要做的事。沒人提供過任何具體的事實，因此我不得不到處去查探情況。接下來我們要跟那個法國女人談談。」

10 離奇的故事

安潔・白朗琪小姐大約三十五歲。臉上沒有化妝，深褐色的頭髮梳得雅致整潔，但與她的外貌並不相稱。身上穿的是簡樸的上衣和裙子。

安潔・白朗琪小姐解釋說，這是她來到芳草地的第一個學期。她不確定是否還想留在這兒再教一個學期。

「待在一所會發生凶殺案的學校，不是件愉快的事。」她非難地說，「此外，校舍裡完全沒有防盜警鈴，這很危險。」

「白朗琪小姐，這兒沒有特別值錢的東西讓盜賊看了眼紅。」

白朗琪小姐聳了聳肩。

「誰知道呢？到這兒來上學的孩子，有些是大富翁的女兒。她們可能帶著很值錢的東西。盜賊也許知道這一點，而他到這兒來，就是因為他認為在這兒進行盜竊輕而易舉。」

「如果有學生帶來了值錢的東西，也不會放在體育館裡。」

「您怎麼知道呢？」法國小姐說，「學生都有寄物櫃，不是嗎？」

「那只是給她們存放體育用品類的東西。」

「啊，沒錯，人們都以為這樣。可是學生也可能會把東西藏在球鞋的鞋尖裡，或者把它包在一件舊的套頭毛衣或一條圍巾裡。」

「會是什麼樣的東西呢，白朗琪小姐？」

但白朗琪小姐並不知道是什麼樣的東西。

「即使是最溺愛孩子的父親，也不會拿條鑽石項鍊給他女兒，讓她帶到學校裡來。」警官說。

白朗琪小姐再次聳聳肩。

「也許是件別具價值的東西，比如說，一顆古埃及的刻著聖甲蟲的寶石，或者是收藏家願出鉅款搜求的什麼東西。有個學生的父親就是一位考古學家。」

凱爾西笑笑說：「您知道，我並不認為有這個可能，白朗琪小姐。」

她聳聳肩。

「呃，好吧，我只是提醒你一下。」

「您在英國別的學校裡教過書嗎，白朗琪小姐？」

「很久以前，我在英格蘭北部的一所學校教過書。我大部分時間是在瑞士和法國教書，也在德國教過。我想我到英國來是為了提高我的英語程度。我有個朋友在這兒。她病了，就叫我來頂替她的位子，因為包士卓小姐會很高興很快就找到了替手，於是我就來了。但是我不很喜歡這個地方。我已對你說過，我不想在這兒待下去。」

「您為什麼不喜歡這地方呢？」凱爾西追問。

「我不喜歡發生槍殺案的地方。」白朗琪小姐說，「還有，這兒的孩子，她們不尊敬教師。」

「她們不能完全算是孩子吧？」

「有的一舉一動像個嬰兒，而有的卻像是已經二十五歲了。這兒什麼樣的學生都有。她們太自由放任了。我喜歡校規嚴格的學校。」

「您以前和史萍傑小姐熟悉嗎？」

「我和她可算是素昧平生。她沒禮貌，所以我盡量不和她說話。她骨瘦如柴，滿臉雀斑，說起話來聒噪刺耳。她就像是專門諷刺英國婦女的漫畫人物。她對我很粗暴無禮，叫人討厭。」

「她在什麼事情上對您粗暴無禮呢？」

「她不喜歡我到她的體育館來。她似乎認為……我是說她生前認為，那是她的體育館！有一天，我一時高興到那兒去了……以前我沒進去過，那是一棟新的建築物。設計和布置都很好，我只是逛逛而已。這時候史萍傑小姐走過來說：『你來幹什麼？這兒沒有你的事。』

她竟對我……我，學校裡的一位教師，這樣說話！她把我當成什麼人呀，學生嗎？」

「對，對，這確實叫人很惱火。」凱爾西安慰她說。

「像豬一樣粗暴無禮，她就是這種態度。接著她就大聲嚷嚷：『不要把你手裡的鑰匙帶走。』嚷得我非常尷尬。我把門拉開時，鑰匙從門上掉了下來，我撿起來以後忘了放回去，因為她觸怒了我，於是她就在我背後大喊大叫。在她看來，好像我是存心來偷鑰匙似的。體育館是她的，我想鑰匙當然也是她的。」

「這似乎有點怪，是吧？」凱爾西說，「我是說，她竟會這樣看待這個體育館。好像這是她的私人財產，好像她有東西藏在裡面，生怕有人發現。」

他暫且以此作為初步的試探。不過安潔．白朗琪只是一笑。

「把東西藏在那兒……那樣的地方你能藏什麼？你是否以為她會把情書藏在那兒？我敢說從來就沒有人會給她寫情書！其餘的教師至少有禮貌。喬薇小姐是個守舊的女人，愛大驚小怪。范希坦小姐很和氣，是個 grande dame[15]，富有同情心。李奇小姐，我看她有點兒古怪，但對人友好。年輕的教師都很討人喜歡。」

又提了幾個無關緊要的問題，凱爾西就把安潔．白朗琪打發走了。

「容易為一點小事惱火生氣。」龐德說，「法國人都這樣。」

「儘管如此，她的說法很有意思。史萍傑小姐不喜歡別人逛她的健身房……體育館，我不知道該叫什麼。那是為什麼呢？」

「也許她認為法國女人在暗中監視她。」龐德提醒說。

「唔，但是她為什麼要這樣想呢？我是說，就算是安潔．白朗琪在監視她，那對她來說又有什麼關係呢？除非她有什麼事害怕被安潔．白朗琪揭穿。」

「還剩下誰我們沒談過？」他接著問道。

「兩個年輕的女教師，布萊克小姐和羅恩小姐，還有包士卓小姐的祕書。」

布萊克小姐年輕熱誠，圓臉蛋，顯得很和藹，教植物和物理。她說不出什麼有用的情況。她很少看見史萍傑小姐，對她被殺害的原因也一無所知。

羅恩小姐，不愧是一個獲得心理學學位的人，她發表了自己的見解。她說史萍傑小姐極可能是自殺。

凱爾西警官雙眉一揚。

「她為什麼要自殺？她不快樂嗎？」

「她有攻擊性，」羅恩小姐前傾著身子，兩眼透過厚厚的鏡片熱切地盯著凱爾西說，「咄咄逼人。我認為這點很重要。這是一種防衛機制，用來掩飾一種自卑感。」

「到目前為止，」凱爾西說，「我所聽到的都表明她是一個自信十足的女人。」

15 法語，意思是「高貴的婦人」。

「太有自信了。」羅恩小姐板起面孔說，「她生前說過的幾件事可以證實我的假設。」

「例如？」

「她曾暗示說，人是『表裡不一的』。她說過，她在前次任教的學校裡『揭穿』過一個人。可是校長偏心，對她發現的問題充耳不聞。還有好幾個教師也被她說成是『和她作對』。您明白這是什麼意思了吧，警官？」羅恩小姐激動地把上身向前傾斜，差點從椅子裡掉下來。幾綹平直的黑髮披覆在她臉上。「這就是一種被迫害心理的開端。」

凱爾西警官有禮貌地說，羅恩小姐這種假定可能是對的，但是他不能接受自殺的說法，除非羅恩小姐能夠說明，史萍傑小姐是如何在距離她至少有四英尺的地方向自己開槍，而此後又能使手槍變得無影無蹤。

羅恩小姐尖刻地反駁說，警察歧視心理學是眾所周知的。

她走之後，繼之而來的是安恩．沙普蘭。

「哦，沙普蘭小姐，」凱爾西警官邊說邊讚賞地端詳著她那整潔的裝扮。「對這件事，您能提供什麼線索嗎？」

「恐怕沒辦法。我有自己的客廳，和教師們也不常見面。這件事從頭至尾都叫人難以置信。」

「何以見得呢？」

「唔，首先，被打死的竟會是史萍傑小姐。假定說有人闖入體育館，她出去看看是誰，我想這是可能的，但是有誰要闖入體育館呢？」

「也許是些男孩子，或者當地的某些年輕人擅自動用一些體育設備，或者就是這麼鬧著玩。」

「如果是這樣，我不禁要認為，史萍傑小姐會說：『喂，你們在這兒幹什麼？快滾！』他們就會跑了。」

「在您看來，史萍傑小姐對體育館是否抱著一種特殊的態度？」

安恩．沙普蘭顯得茫然不解。

「態度？」

「我是說，她是否把它看作是由她專管的領域，因而討厭別人到那兒去？」

「就我所知不是這樣。她有什麼理由要這樣呢？體育館是學校建築的一部分。」

「您本人沒注意到什麼嗎？您不覺得，如果您到那兒去，她會對你發火……有沒有這類的事？」

安恩．沙普蘭搖搖頭。

「我自己只到那兒去過幾次而已。我沒時間。還有一兩次是包士卓小姐讓我帶個信給一名學生。此外沒去過。」

「史萍傑小姐曾反對白朗琪小姐到那兒去，您不知道吧？」

「不知道，我沒聽說過。哦，對了，我想起來了。白朗琪小姐有一天為了某件事非常生氣，不過，您知道，她這個人很容易動氣。聽說她有一天跑到美術課的班上去，美術老師對她說了些什麼，使她很氣憤。當然，她也確實沒有多少事情做……我是說白朗琪小姐。她只教一門課，就是法語，她有的是時間。我認為……」她躊躇了一下。「我認為她是個愛管閒事的人。」

「您看是不是有可能，她進體育館是查看某個寄物櫃？」

「學生的寄物櫃嗎？我不認為她不會做這種事。她是可能以此為樂。」

「史萍傑小姐自己在那兒也有個寄物櫃嗎？」

「當然有。」

「如果史萍傑小姐當場發覺白朗琪小姐在查看她的寄物櫃，我想史萍傑小姐一定會感到惱火。」

「那還用說！」

「您對史萍傑小姐的私生活一點也不了解嗎？」

「我認為誰也不了解。」安恩說，「我倒想知道，她是否有私生活。」

「您沒有什麼要對我們說了吧，例如關於體育館的事？」

「嗯……」安恩猶豫不定。

「請說吧，沙普蘭小姐，直說無妨。」

「其實也沒什麼。」安恩慢吞吞地說，「不過這兒的一個園丁——不是布里格斯，而是那個年輕人——有一天，我看見他從體育館裡出來，而他根本沒有什麼事要到那裡面去。當然，他可能是好奇……或者可能是藉此偷懶，他應該要釘好網球場上的鐵絲網。我想這其實也沒什麼。」

「可是您沒忘記它，」凱爾西向她指出。「這又是為什麼呢？」

「我想……」她皺起了眉頭。「對了，因為他的態度有點怪，目中無人。還有……他對花在學生身上的錢嗤之以鼻。」

「那樣的態度啊……我明白了。」

「我想這其實也沒什麼。」

「可能是沒什麼，不過我還是要把它記下來。」

安恩．沙普蘭離開後，龐德說：「繞著桑林轉[16]，繞來繞去都一樣！看在上帝的份上，希望我們能從校工那兒得到一點情況。」

可是，他們從校工身上並沒得到什麼。

「問我什麼也沒用，小夥子。」女廚師吉本斯太太說，「一來我聽不懂你說什麼，二來

16 英國的一種兒戲。孩子們做這遊戲時，嘴裡不停地重複「我們在這兒繞著桑林轉」。這裡用來比喻從教師口中得不到與案件有關的線索。

我什麼也不知道。昨天夜裡我在睡覺，而且睡得很熟。別人亂成一團，而我壓根兒什麼也沒聽見。沒人叫醒我，告訴我出了什麼事。直到今天早上我才聽說。」她顯得很生氣。

凱爾西提高嗓門大聲提了幾個問題。可是答非所問，一無所得。

史萍傑小姐是這學期才來的，並不像她的前任丘安斯小姐那樣討人喜歡。沙普蘭小姐也是新來的，卻是個和藹可親的年輕婦女。白朗琪小姐和所有的法國佬一樣……她認為其他教師都和她作對，放縱年輕的小姐們在課堂上肆無忌憚地向她搗蛋。

「但她倒不是個愛大聲喊叫的人。」吉本斯太太承認說，「在我工作過的某些學校，那些法國女教師經常大喊大叫些可怕的字眼！」

工友大半是早來夜歸的女傭。

其中只有一個女傭是睡在學校裡，儘管她聽得懂別人對她說的話，但也同樣說不出個名堂來。她說不出確實知道些什麼，她什麼都不知道。史萍傑小姐的態度是有點傲慢。至於體育館，以及那兒有些什麼，這位女傭一無所知。她從沒在哪兒見過手槍之類的東西。

包士卓小姐打斷了這場一問三不知的對話。

「凱爾西警官，有個學生要和您說話。」她說。

凱爾西馬上機敏地抬起頭。

「是嗎？她知道情況？」

「這一點，我無法斷定。」包士卓小姐說，「您還是親自和她談吧。她是我們的一個外國學生，謝絲塔公主，易卜拉罕親王的侄女。也許她以為自己非常了不起，但未免有點過分。您明白我的意思吧？」

凱爾西會意地點點頭。包士卓小姐出去後，進來了一位小姐，膚色微黑，中等身材。她那對杏仁似的眼睛一本正經地朝凱爾西和龐德看了看。

「你們是警察嗎？」

「對。」凱爾西含笑說，「我們是警察。要不要坐下來，把關於史萍傑小姐的情況告訴我？」

「好，我會告訴你。」

她坐了下來，上身前傾，然後像演戲般把嗓門壓低了說話。

「這個地方一直有人在監視著。哦，他們躲躲閃閃，你看不清楚是誰，不過他們就是在那兒！」

她煞有介事地點了點頭。

凱爾西警官心想，他現在明白包士卓小姐剛才說的話了。這位小姐在自我表演，而且以此為樂。

「那麼他們為什麼要監視這個學校呢？」

「就是為了我呀！他們要綁架我。」

不管凱爾西曾料想過什麼樣的回答，他可絕沒想到這一點。他雙眉一揚問道：「他們為什麼要綁架你呢？」

「當然是為了勒索贖金。這樣一來他們就能逼我的親屬拿出一大筆錢來。」

「呃，這個，也許。」凱爾西滿腹狐疑地說，「但是……哦，假如是這樣，那這和史萍傑小姐之死又有什麼關係呢？」

「想必她已經發覺了他們。」謝絲塔說，「也許她對他們說過她已經知道了某些情況，也許她威脅過他們。然後也許他們答應給她錢，只要她不說出來。而她就信以為真，才會跑到體育館去，因為他們說他們會在那兒交錢，然後就一槍把她打死了。」

「但史萍傑小姐不會要這種不義之財吧？」

「你以為在學校裡當個教師……當個體育教師，有多大樂趣嗎？」謝絲塔輕蔑地說，「有了錢，遊山玩水，要幹什麼就幹什麼，難道你不認為這比當教師強嗎？尤其像史萍傑小姐這樣一個其貌不揚、男人連看都不想看她一眼的人！難道你不認為，她會比別人更加見錢眼開嗎？」

「這個，唔，」凱爾西警官說，「我不知道究竟該說什麼好。」在這之前，沒人向他提出過這種看法。

「這只是，唔，你自己的想法吧？」他說，「史萍傑小姐從來沒對你說過什麼吧？」

「史萍傑小姐只會說『伸直，彎腰』、『動作加快』，還有『不要偷懶』。」謝絲塔憤恨地說。

「對，正是這樣。唔，你不認為所謂要綁架你，只不過是你的想像而已？」

謝絲塔一聽這話，非常惱火。

「你根本不懂！我表哥是拉馬特的阿里・玉素福親王。他在一場革命中，或者至少是在逃避革命時被打死的。人們都知道，我長大以後，他要娶我為妻。所以你要明白，我是個重要人士。也許到這兒來的是共產黨。也許他們不是來綁架我，而是想暗殺我！」

凱爾西警官對此愈發難以置信。

「這扯得太遠了吧？」

「你認為不會有這種事嗎？我說會有。他們非常非常惡毒，這些共產黨！誰都知道。」

凱爾西仍然表示懷疑，於是她接著又說：「也許他們認為我知道珠寶藏在哪兒！」

「什麼珠寶？」

「我的表哥有珠寶。他的父親也有。我們家一直藏著一些珠寶，以防萬一。這你應該懂吧。」

她說得確有其事似的。

凱爾西兩眼直盯著她。

「可是這一切與你……或者與史萍傑小姐有什麼相干呢？」

「我已經告訴你了！也許他們認為我知道珠寶在哪兒，所以他們要把我擄走，逼我說出來。」

「那麼你知道珠寶在哪兒嗎？」

「我當然不知道。珠寶已在革命中消失無蹤。也許是共產黨拿走了，也許不是。」

「珠寶歸誰所有？」

「如今我表哥死了，珠寶就屬於我了。他們家裡已沒有男人，他的姑姑，也就是我的母親，已經過世了。他會讓珠寶歸我所有。如果他不死，我本來要嫁給他的。」

「原先就是這麼安排的嗎？」

「我非得嫁他不可，你知道，他是我的表哥呀。」

「如果你嫁給他，你會獲得這批珠寶，對吧？」

「不，我會得到另外一批珠寶。是從巴黎的卡地亞珠寶公司買來的。原來的那些珠寶仍舊藏著，以防萬一。」

凱爾西警官眨了眨眼，好讓自己領會一下這種東方式的應變策略。

謝絲塔還在一個勁地說個不停。

「我想事情就是這樣。有人從拉馬特把珠寶帶出來了。也許是好人，也許是壞人。好人會把珠寶拿來給我，對我說『這是你的』，而我會給他報酬。」

她莊嚴地點點頭，表演了一番。

這小傢伙真會演戲，凱爾西暗自思量。

「但如果是壞人，他就會把珠寶占為己有，再去賣掉。或者，他會對我說：『如果我把珠寶拿給你，你將怎樣犒賞我？』如果合算，他就給我，但如果不合算，就不給我了！」

「可是事實上並沒有人來向你說過什麼，對吧？」

「對，沒有。」謝絲塔承認說。

凱爾西警官這時拿定了主意。

「我想你也知道，」他和顏悅色地說，「你所說的這許多話，其實都是無稽之談。」

謝絲塔憤恨地瞪了凱爾西一眼。

「我只是把我知道的告訴你罷了。」她板起面孔說。

「對……唔，很好，我會把你的話記在心裡。」

他站起來打開了房門，讓她出去。

「就差沒把《一千零一夜》的故事全說出來，」他回到剛才的座位坐下後說，「又是綁架，又是貴重珠寶！接下來還有什麼？」

11 會談

凱爾西警官回到警局後，值班的警佐對他說：「我們把亞當．古德曼帶來了，警官，他正在等你。」

「亞當．古德曼？哦，對了，那個園丁。」

一個年輕人恭敬地從座位上站了起來。他個子高，皮膚黝黑，相貌英俊，穿一條沾有汙漬的燈芯絨褲子，腰裡寬鬆地繫一條舊皮帶，上身穿一件耀眼的藍色敞領襯衫。

「聽說你要找我談話。」

他說話粗聲粗氣，就像現在的年輕人那樣，帶點挑釁意味。

凱爾西只是說：「是的，到我的辦公室去。」

「凶殺案的事，我什麼也不知道，」亞當．古德曼氣呼呼地說，「這跟我毫不相干。昨天夜裡我在家睡覺。」

凱爾西只是點點頭，不表示意見。

他在自己辦公桌後的位子上坐下，示意年輕人坐在對面的椅子上。一位穿便衣的年輕警察也悄悄跟著他們走進來，謙遜地在離他們稍遠處坐下。

「喂，」凱爾西說，「你是古德曼……」他看看桌上的紙條。「亞當·古德曼。」

「對，警官。不過我想先給你看這個。」

亞當的態度已經改變。他現在看起來既不好鬥也不生氣，顯得文靜又有禮貌。他從口袋裡拿出一樣東西，隔著桌子遞過去。凱爾西接過去仔細看的時候，雙眉微微揚起，然後抬起頭來。

「我這兒不需要你，鮑勃。」他說。

那位謹慎的年輕警察站起來走了出去，沒有流露出驚訝之色，但其實他心裡是感到驚訝的。

「啊。」凱爾西看看坐在對面的亞當，頗感興趣地思量著。「這麼說，你就是這個人囉？那麼我倒想知道，你到底在……」

「女子學校裡幹什麼？」年輕人替他把話說完。儘管他說話的聲調仍然彬彬有禮，卻情不自禁地笑了起來。「我的確是頭一遭接獲這樣的任務。你看我像不像個園丁？」

「不像這一帶的園丁。他們通常都是些老年人。你懂得園藝嗎？」

「懂得不少。我母親就是個園藝老行家。園藝本是英國人的特長嘛。她一直培養我當她的得力助手哩。」

「芳草地究竟出了什麼事，非要你登台出場不可？」

「我們其實也不知道芳草地出了什麼事。我的任務具有監視的性質。或者說，以前是這樣，直到昨天夜裡為止。謀殺一個體育教師，這可有點超出學校的課程範圍。」

「學校裡也可能會發生這種事，」凱爾西警官嘆了口氣。「任何事都可能在任何地方發生。這個我有過教訓。但我得承認這件案子有點異乎尋常。有什麼內幕嗎？」

亞當把內幕對他說了，他聽得津津有味。

「這麼說，我剛才冤枉了那位女孩。」他說，「可是你得承認，這聽來過於異想天開，不可能確有其事。價值五十萬到一百萬英鎊的珠寶？你說這些珠寶是屬於誰的？」

「這是個很微妙的問題。要回答這個問題，你得找一大群國際律師來研究……他們可能會意見分歧。你可以對這一案件做出種種爭辯。三個月前，珠寶屬於拉馬特的阿里．玉素福親王殿下。但現在呢？如果珠寶在拉馬特出現，它們就會成為當地政府的財產，他們勢必追根究柢。阿里．玉素福可能立下遺囑，把珠寶遺贈某人，那麼許多事情就要取決於遺囑在什麼地方生效執行，並且要能獲得證實。它們可能歸他的家族所有。但是事情的關鍵還在於，如果你或我在街上撿到這批珠寶，把它們放進自己的口袋裡，那實際上就歸你我所有了。也就是說，我不相信有哪個法律機關能叫我們把到手的珠寶交出去。當然，他們可能想這樣做，但是國際法之錯綜複雜，簡直叫人不可思議……」

「你等於在說，誰撿到的就該是誰的，對吧？」凱爾西警官不以為然地搖搖頭。「這不太好吧！」他一本正經地說。

「對。」亞當嚴肅地說，「這不太好。關於珠寶的下落也不只一種說法，而且沒有一種能自圓其說。你知道，這消息到處在傳。可能是謠言，也可能確有其事。但據說，珠寶就在那次革命爆發前夕被人帶出拉馬特。至於怎麼帶出去的，眾說紛紜。」

「可是，這與芳草地有什麼關係呢？就因為那位裝得煞有其事的小公主嗎？」

「謝絲塔公主，阿里．玉素福的表妹，說得對。可能有人設法把東西送到她那兒，或者要和她通消息。有幾個在我們看來覺得形跡可疑的人物，總是在這附近轉來轉去。比如有個叫科林斯基夫人的，住在大飯店。她就是人們稱之為『國際流氓集團』這個組織中很重要的一員。她不觸犯你們的禁令，始終嚴守法紀，非常高尚正派，卻是個收集重要情報的人。還有個女人，以前曾在拉馬特一家酒吧表演跳舞，據說她一直在為某個外國政府工作。我們不知道她現在人在何處，我們甚至也不知道她是什麼模樣，但據說她可能也在這一帶。似乎什麼事情都集中在芳草地周圍，你說是不是？而昨天夜裡史萍傑小姐被人殺害了。」

凱爾西若有所思地點點頭。

「正好都湊在一塊。」他把自己的想像力控制一下。「這種事在電視上可以看到……但實在太牽強了，這不過只是你們的想法，不可能真有其事，這不是事物的正常發展過程。」

「密探、搶劫、暴力、凶殺、詐騙，」亞當表示同意說，「這一切都很反常。但是，這樣的生活是存在的。」

「但不存在於芳草地！」凱爾西沉不住氣地脫口說了這句話。

「我理解你的意思。」亞當說，「恕我冒犯。」

一陣沉默，凱爾西警官問道：「你看昨天夜裡是怎麼回事？」

亞當沒急著回答，過了一會兒才慢條斯理地說：「史萍傑在體育館……深更半夜。為什麼？我們得從這兒開始。她為什麼夜裡在那兒，對這個問題不先做出決斷，而老是在問誰殺了她，完全是枉費心機。我們可以假定說，雖然她過著無可非議的體育教師生活，但她晚上睡不好，於是起來看看窗外，看到體育館裡有燈光……她的窗子是朝著那個方向吧？」

凱爾西點點頭。

「她是個身體結實又無所畏懼的女人，於是就出去看個究竟。她驚動了那兒的一個人，這個人在……在幹什麼？我們不知道。但那是個迫於絕境而非把她幹掉不可的人。」

凱爾西再次點點頭。

「我們的看法正是這樣。不過你說的最後一點倒是讓我擔心。你不會開槍把人打死，也不會打算好這麼做，除非……」

「除非你是為了達到重大目的，對吧？同意！好，我們可以把這件案子稱作無辜的史萍傑不幸以身殉職。但還有一種可能。史萍傑自己私下打聽到消息，在芳草地找到了工作，或者由於她本人所具備的條件，被她的上司指派到那兒工作。等到一個適當的夜晚，她就悄悄地跑到體育館去……這個問題像絆腳石似地把我們絆住了。為什麼？有人跟蹤她，或者等候著她，而且帶著手槍並準備使用。還是這個問題……為什麼？有什麼目的？其實體育館內外到底有些什麼呢？難以想像那兒是個藏東西的地方。」

「那兒沒有東西藏著，這我可以告訴你。我們已經徹底搜查過學生的寄物櫃，還有史萍傑的。各種體育設備都沒有反常或可疑的現象。再說，那是一幢嶄新的建築嘛！那兒沒有任何珠寶之類的東西。」

「不管它是什麼東西，都可能已被拿走，被凶手拿走。」亞當說，「還有一種可能就是，史萍傑小姐或其他人把體育館當作一個幽會場所。這個地方很方便，離校舍有點遠，但不太遠。而如果你看見有人跑到那兒去，不管你認為是誰，他們都會簡單地回答說，他們看見了燈光等等的。我們假定史萍傑小姐到那兒去和某個人碰面，發生了爭執，然後她就被一槍打死。或者，換個說法，史萍傑小姐看見一個人走出校舍，於是就尾隨在後，撞見了人家不想讓她聽到或看到的祕密。」

「她生前我從未看過她。」凱爾西說，「但根據大家談起她所給我的印象，她是個愛管閒事的女人。」

「我想這確是最符合事實的說法，」亞當表示同意說，「誰管閒事誰遭殃。對，我認為這正是體育館出事的原因所在。」

「但如果是幽會，那麼……」凱爾西沒說下去。

亞當使勁地點頭。

「對，看來這個學校中，似乎有個人值得我們密切注意。事實上，是隻混入鴿群的貓。」

凱爾西聽了心裡一動。

「鴿群中的貓。」凱爾西說，「這兒的女教師李奇小姐今天也說過類似的話。」

他思索了一會兒。

「這學期的教職員中有三個是新來的。」他說，「祕書沙普蘭，法語教師白朗琪，當然還有史萍傑小姐本人。她已經死了，就不算在內。如果鴿群中有貓，似乎可以十拿九穩地斷定，必然是兩人之中的一個。」他看著亞當說：「至於這兩個人，你有什麼看法？」

亞當考慮了一下。

「有一天，我撞見白朗琪小姐從體育館裡出來。她看起來心神不寧，好像做了什麼虧心事。儘管如此，大體說來，我想我還是傾向於另一個——沙普蘭。這女人相當冷靜，頭腦聰明。如果我是你，就要去查查她的來歷。你到底在笑什麼？」

凱爾西還在咧著嘴笑。

「她才懷疑你哩，」凱爾西說，「她撞見你從體育館出來……她才認為你的態度很古怪呢！」

「好，算我倒楣！」亞當氣憤地說，「她竟敢這樣無禮！」

凱爾西重新擺出一副權威的架式。

「問題在於，」他說，「我們很重視芳草地在這一帶的影響力。這是一所上流學校，包士卓小姐是個上等人。對學校來說，案子破得愈快愈好。我們想把事情徹底查清，表明芳草地完全是清白無辜。」

他停了一停，看著亞當，心裡在思量著什麼。

「我想，」他說，「我們得告訴包士卓小姐你是誰。她會守口如瓶，你不用擔心。」

亞當考慮了一下，才點了點頭。

「好，」他說，「在目前這種情況下，我看遲早得告訴她。」

12 新燈換舊燈

包士卓小姐還具有一種本領，這使她勝過大多數婦女。她善於傾聽別人談話。凱爾西警官、亞當和她談話時，她都默不作聲地聽著，甚至連眉毛也不抖動一下。之後她只說了一句話：「了不起。」

你才了不起呢，亞當心裡這麼想，但他沒說出來。

「好吧。」包士卓小姐說話習慣開門見山。「你們要我做些什麼？」

凱爾西警官清了清嗓子。

「是這樣的，」他說，「我們覺得為了你們學校著想，應該把情況全告訴你。」

「當然，」她說，「我首先關心的就是我們學校。我不得不如此。我負責照顧學生並維護她們的安全，對教職員也是如此，雖然責任沒那麼重。我現在還想說一句，關於史萍傑之死，如果能盡量別聲張出去，那對我來說會比較好。這純粹是一種自私的看法……我認為我的學校本身就很重要，不僅是對我而言。同時我很了解，如果你們認為有必要公開，你們也勢必會曝光。不過，有必要嗎？」

「沒有必要。」凱爾西警官說，「因此我認為知道的人愈少愈好。調查即將告一段落，對外界我們就說，我們認為這是本地的事情。年輕的暴徒——或者叫少年犯，如今我們都這樣稱呼他們——他們出來時會帶槍，把開槍殺人當作兒戲。他們通常帶彈簧刀，不過這些小子確實有幾個是有槍的。他們做案時恰巧被史萍傑小姐撞見，於是開槍把她打死了。我們對外的說法到此為止……這樣我們就能安下心來悄悄工作。要讓報紙盡量少涉及這件事。但是，當然囉，芳草地是一所著名的學校，而謀殺是件新聞。謀殺案出在芳草地，就更是熱門新聞了。」

「在這方面，我想我可以幫助你們。」包士卓小姐爽快地說，「對高層人士，我還有點力量。」

她微笑著列舉了幾個人的名字，其中有內政部長、兩位報界鉅子、一位主教，以及教育部長。

「我將盡力而為。」她朝亞當看看。「你同意嗎？」

亞當急忙說：「我很同意。我們向來喜歡事情悄悄地順利進行。」

「你還要繼續當我的園丁嗎？」包士卓小姐問。

「如果你不反對的話。這樣我可以自由行動，也可以留意周圍的事情。」

這次包士卓小姐可揚起了雙眉。

「難不成你以為還會發生凶殺案？」

「不，不。」

「那我就放心了。我看未必有哪個學校能經得住一學期之內連出兩樁命案。」

她轉向凱爾西。

「你們查完體育館了沒？如果還不能用，那可麻煩了。」

「我們已搜查完畢。查得一乾二淨……我是說，從我們的觀點來看。不管凶殺的原因是什麼，現在那兒沒有什麼東西對我們有所幫助。只是個具有一般設備的體育館。」

「學生的寄物櫃裡沒有東西嗎？」

凱爾西警官笑笑。

「嗯，各式各樣的東西。有本書，是法語的，叫《憨第德》[17]，還有一本，嗯，插圖。是本貴重的書。」

「啊，」包士卓小姐說，「原來她把它藏在這兒！我想是吉賽兒．多勃雷吧？」

這使凱爾西對包士卓小姐更為敬重了。

「能瞞得過您的事還真不多，小姐。」他說。

「《憨第德》不會對她有害處。」包士卓小姐說，「這是一本古典著作。某些描寫色情的書，我的確要沒收。現在還是回到我剛才說的第一個問題。關於學校的事，你們不打算多加聲張，這我就放心了。我們學校能幫你們什麼忙嗎？我能不能幫忙你們？」

「眼下我想沒有什麼好幫忙的。我只能提一個問題：這學期以來有沒有使你感到不安的事情？有沒有引人注意的事，或者引人注意的人？」

包士卓小姐沉默了一會兒，才慢慢說：「我老老實實地回答您：我不知道。」

亞當急忙說：「您有沒有感到有些反常的事？」

「有，但只不過是感覺。我不能肯定。我不能明確指出什麼人、什麼事，除非……」

她沉默了一會兒才說：「我感到……我當時感到……我疏忽了一件我不該疏忽的事。我來解釋一下。」

她把奧仲夫人的事情以及薇若妮卡夫人那次令人頭痛的突然到來，做了簡要的敘述。

亞當對這深感興趣。

「讓我來把這件事情弄清楚，包士卓小姐。奧仲夫人從窗戶往外看時，就是前面那扇向車道開著的窗子，認出了一個人。這沒有什麼，您這兒有一百多個學生，很可能她看到她所認識的某個家長或親戚。但是您有這樣的看法，就是她在看到那個人時感到非常驚訝……是她絕沒有想到會在芳草地遇見的人，對吧？」

17 《憨第德》（*Candide*），法國作家伏爾泰（Voltaire, 1694-1778）三天寫成的經典諷刺小說。

「對，這正是我當時的印象。」

「然後您從這個窗戶朝相反方向看去，看見了一個學生的母親，喝得酩酊大醉，而這就使您完全分了心，沒去注意奧仲夫人在說些什麼，對吧？」

包士卓小姐點點頭。

「她說了好幾分鐘，對吧？」

「對。」

「當您回過頭來再留意她時，她在談間諜活動，談她結婚前在戰爭時期做過情報工作，對吧？」

「對。」

「這可以串聯起來。」亞當思考著說，「那人就是她在戰爭時期認識的某個人，是您這兒一個學生的家長或親戚，或者也可能是這兒的一位教師。」

「不會是這兒的教師。」包士卓小姐不同意。

「有可能是。」

「我們最好到奧仲夫人那兒去問一下，」凱爾西說，「盡快去問。您有她的地址嗎，包士卓小姐？」

「當然有。但是我想她這時候已到國外去了。等一下，我來問問看。」

她把書桌上的電鈴按了兩下，然後急躁地走到門口，把一個正從那兒走過的學生叫住。

「波拉，去把茱莉亞・奧仲找來好嗎？」

「好的，包士卓小姐。」

「我最好在這個學生來之前離開。」亞當說，「我在這裡幫著凱爾西警官問話，恐怕不是很恰當。你裝作把我叫到這兒來盤問我的底細，從我身上一時問不出個名堂來，只得叫我走。」

「走吧。你給我記住，我可是緊盯著你！」凱爾西一邊吼叫，一邊咧著嘴笑。

「對了，」亞當走到門邊停下來對包士卓小姐說，「如果我稍微有點濫用職權，比如說，如果我對您的某些教師顯得稍微友好一些，您看要不要緊？」

「對哪幾個教師？」

「呃，比如說白朗琪小姐。」

「白朗琪小姐？你認為她……」

「我認為她在這兒不太愉快。」

「啊！」包士卓小姐的臉色相當嚴峻。「也許你說得對。還有別人嗎？」

「我要和所有的人都打打交道。」亞當興致勃勃地說，「如果你發覺有學生頭腦發昏，偷偷跑到花園去和人幽會，請您相信，我的意圖純粹是『偵探式的』……如果有這種用詞的話。」

「你認為學生可能知道什麼嗎？」

「每個人總是知道一些事，即使有些事他們並未意識到自己知道。」

「你說得對。」

有人敲門，包士卓小姐叫了一聲「進來」。

茱莉亞來到了門口，喘得上氣不接下氣。

「進來，茱莉亞。」

凱爾西警官大聲吼道：「你現在可以走了，古德曼，去，繼續做你的工作去。」

「我說過我什麼事都不知道。」亞當板起面孔說。他走了出去，嘴裡還嘀咕著。「十足的蓋世太保。」

「對不起，包士卓小姐，你看我喘成這個樣子，」茱莉亞道歉說，「我是從網球場一路跑過來的。」

「沒關係。我只是想問一下你母親的地址，也就是說，我能在什麼地方找到她？」

「哦！你得寫信問伊莎貝爾姨媽。媽媽到國外去了。」

「我這兒有你姨媽的地址，但我需要親自和你母親談談。」

「我不知道你怎麼才能見到她。」茱莉亞皺起眉頭說，「媽媽已經乘巴士到安納托利亞[18]去了。」

「乘巴士？」包士卓小姐吃了一驚。

茱莉亞使勁地點了點頭。

「她喜歡這樣。」茱莉亞解釋說，「當然這要便宜得多。就是有點不舒服，可是媽媽不在乎。大致算一算，我看再過大約三個星期，她將到達凡城[19]。」

「我明白了……沒錯。告訴我，茱莉亞，你母親有沒有向你提起過，她在這兒看過一個她在戰爭期間工作時所認識的人？」

「我想沒有，包士卓小姐。沒有，確定沒有。」

「你母親做過情報工作，對吧？」

「哦，是的。媽媽似乎很愛這份工作。並不是由於這工作聽來特別刺激。她從來不吹噓這個工作，也不談什麼給蓋世太保捉去呀、腳趾甲給拔掉呀，或者諸如此類的事情。我想她那時在瑞士工作……或是在葡萄牙吧？」茱莉亞接著又說：「那些老套的戰爭故事，人們也真聽膩了；我也不是很認真聽。」

「好吧，茱莉亞，謝謝你。就談到這兒吧。」

「真有這樣的事！」茱莉亞走了以後包士卓小姐說，「乘巴士到安納托利亞去！這孩子就是這麼說的。就像在說她母親乘上七十三路公共汽車到馬歇斯內格羅服裝公司去似的。」

18 安納托利亞（Anatolia），地處黑海和地中海之間，是亞洲西南方的半島。

19 凡城（Van），土耳其東部城市。

§

珍妮佛離開了網球場，心裡悶悶不樂，一邊走著一邊把網球拍揮得嗖嗖作響。今天上午，她發球雙誤[20]的次數太多，感到十分沮喪。這當然不是因為用了這支球拍使她發不出個好球，而是因為她近來似乎無法控制自己的發球。不過她的反手球的確有了進步，這多虧史萍傑的教導有方。如今史萍傑死了，她很感到惋惜。

珍妮佛把打網球看得很認真，這是她經常放在心上的一件事。

「對不起……」

珍妮佛抬頭一看，嚇了一跳。一個衣著講究的金髮女人，手裡提著一個長而扁的包裹，站在這條小路上離她幾英尺的地方。珍妮佛感到納悶，這女人剛才朝她迎面走來，她怎麼會沒看見，究竟是怎麼回事？她沒想到，這個女人可能先躲在一棵樹或山杜鵑叢後面，現在才從那兒跑出來。珍妮佛是不會想到這一層，因為一個女人為什麼要躲在山杜鵑叢後面，而後又突然從那兒跑出來呢？

這個女人帶著點美國口音說：「請問你，我在哪兒能找到一位叫……」她把一張紙條看了一下。「珍妮佛・薩克利的女孩？」

珍妮佛感到驚異。

「我就是珍妮佛・薩克利。」

「啊！太好了！真是湊巧。在這麼大一所學校找一個學生，竟然一問就問到她本人。人家說這樣的事不常發生。」

「我想這種事有時也會發生。」珍妮佛說，她對此並不感興趣。

「今天我來這兒要和幾個朋友一起吃午飯。」這個女人接下去說，「昨天我在一個雞尾酒會上偶然提起這件事，你的姨媽——或者是你的教母——我的記性真壞。她把她的名字告訴過我，我也忘了。不管怎樣，反正她請我到這兒來一下，把一支新的網球拍送給你。她說你一直在向她要一支新的球拍。」

珍妮佛頓時喜形於色。這似乎是個奇蹟，根本是個奇蹟。

「那想必是我的教母坎貝爾夫人。我稱呼她吉娜姨媽。不會是羅莎蒙德姨媽，她除了在聖誕節很吝嗇地給我十先令外，什麼也不會給我。」

「對了，我現在想起來了。是這個名字，坎貝爾。」

她把包裹遞過去，珍妮佛急切地接過來。包裹包得很鬆。當球拍從包裹布下面露出來時，珍妮佛發出了一聲喜悅的驚嘆。

20　雙誤（double faults），網球術語，指發球失誤，可以再發一次，如再失誤，稱為「雙誤」或「兩次失誤」，對方得一分。

「哦！這球拍棒極了！」珍妮佛驚叫道，「真是一支好球拍，我一直在渴望一支新的球拍。沒有像樣的球拍，你別想打出像樣的球來。」

「是呀，我也這麼想。」

「很感謝你把它帶來。」珍妮佛感激地說。

「這一點也不麻煩。坦白說，我倒是有點兒卻步。學校總是使我感到卻步。這麼多女孩子。哦，順便提一下，坎貝爾夫人要我把你的舊球拍帶回去。」

她把珍妮佛丟在地上的球拍撿起來。

「你的姨媽……不，你的教母說，她要拿去讓人把球拍線重換一下。這球拍確實需要換線了，不是嗎？」

「我看並不需要換。」珍妮佛不大在意地說。

她仍在揮動和擺弄著她那新到手的寶貝，看它是不是順手。

「可是多預備一支球拍總是有用的。」她的這位新朋友說，「哦，親愛的。」她瞥了一眼手錶。「想不到這麼晚了。我得趕快回去才行。」

「你有……你要不要雇一輛出租汽車？我可以打電話……」

「不用了，謝謝你，親愛的。我的車子就停在學校大門旁邊。那兒很寬敞，掉頭方便些。再見了！見到你實在叫人高興。希望你喜歡這支球拍。」

她沿著小路向校門奔跑過去。珍妮佛在她背後再次叫道：「非常非常感謝你！」

接著，她就得意洋洋地去找茱莉亞。

「看！」她故意引人注目地揮舞著球拍。

「哇！哪兒弄來的？」

「我的教母送給我的，吉娜姨媽。她並不是我的姨媽，但我還是這麼稱呼她。她非常有錢。我想是媽媽告訴她，說我老是在抱怨我的球拍不好。這支球拍確實美極了，不是嗎？我一定得記得寫信去謝謝她。」

「希望你要記住才好！」茱莉亞正經地說。

「說得對，不過你知道，一個人有時就是會忘掉事情。哪怕是你真心誠意要做的事。」珍妮佛這時候看到謝絲塔迎面走來。「看，謝絲塔，我有了一支新的球拍。你看，多麼好的球拍！」

「這球拍想必很昂貴。」謝絲塔慎重地細看著球拍說，「但願我也能把網球打好。」

「你總是讓自己撞到球。」

「我好像從不知道球要從哪兒來。」謝絲塔茫然地說，「我回國之前，一定要在倫敦訂做幾條好看的球褲，或者做一件像美國冠軍露絲·艾倫穿的那種網球衫。我認為那件球衫非常漂亮，也許兩件都做。」她露出笑容，滿懷喜悅和期望。

「謝絲塔從來不想別的，就是講究穿著。」茱莉亞和她的朋友一邊走著一邊輕蔑地說，「你看我們兩個將來會這樣嗎？」

「我想會的。」珍妮佛憂鬱地說，「這叫人討厭死了。」

她們走進了體育館，現在警方已正式撤離了。珍妮佛小心翼翼地把球拍用夾子夾好。

「你看，多麼可愛！」她深情地撫摩著球拍說。

「那支舊球拍呢？」

「哦，她拿走了。」

「誰？」

「給我帶這支新球拍來的那個女人。她在一次雞尾酒會上遇見了吉娜姨媽，吉娜姨媽就請她把這個帶給我，因為她今天要來這兒，吉娜姨媽還說要把我的舊球拍帶回去，她要拿去叫人換球拍線。」

「哦，我懂了……」茱莉亞雙眉緊鎖。

「包士卓叫你去幹什麼？」珍妮佛問。

「哦，其實也沒什麼事。只是為了要媽媽的地址。可是她現在沒有地址，因為她人在巴士上。在土耳其的某個什麼地方。珍妮佛，你的球拍其實並不需要換線。」

「哦，需要的，茱莉亞，已經鬆得像海綿了。」

「我知道。但事實上，那是我的球拍。我是說，我們交換過了。是我的球拍需要換線。你的，就是我現在用的，已經換過線了。你親口對我說，你媽媽在你出國之前已經給它換過線了。」

「對的，是這樣。」珍妮佛顯得有點吃驚。「哦，嗯，我想這個女人……不管她是誰，我該問她的姓名才是，可是我當時高興得昏頭了，真的以為那支球拍得換線。」

「可是剛才你說，她說是你的吉娜姨媽說那支球拍需要換線，而如果不需要換線的話，你的吉娜姨媽是不會拿去換的。」

「哦，這個……」珍妮佛顯得不耐煩起來。「我想……我想……」

「你想什麼？」

「也許吉娜姨媽只是認為，如果我要一支新的球拍，那是因為舊球拍需要換球拍線了。反正，這有什麼關係呢？」

「我想也沒有什麼關係。」茱莉亞緩慢地說，「不過我認為這件事有點蹊蹺，珍妮佛。就好像……好像〈新燈換舊燈〉，你知道的，阿拉丁的故事[21]。」

珍妮佛咯咯咯地笑起來。

「你來想像一下看看，用手摸摸我的舊球拍……我是說你那支舊球拍，讓一個神魔出現

21 指《一千零一夜》中的一則故事。有個術士將窮小子阿拉丁騙入山洞盜取神燈，阿拉丁取燈後要出山洞時，術士懷疑阿拉丁要將燈據為己有，便將他禁閉在洞內。阿拉丁設法逃出山洞後，無意中發現所取得的一盞舊油燈原來是一盞神燈，只要撫摩幾下，立即有神魔出現供他驅使，讓他如願以償。阿拉丁被國王招為駙馬後，術士趁阿拉丁不在宮中時，以「新燈換舊燈」的詭計，從公主手中騙走了神燈，引起一場風波。

在你眼前！茱莉亞，假如你把一盞油燈摸了兩下，一個神魔果真出現了，那你會向他要些什麼呢？」

「一大堆東西。」茱莉亞心醉神迷地噓著氣說，「一台錄音機、一隻德國牧羊犬——或者一隻大丹狗——還有十萬英鎊，以及一件黑緞子禮服，還有，哦，許多許多東西。你要些什麼呢？」

「我也不知道我想要什麼。」珍妮佛說，「如今我有了這麼好的新球拍，我就不希罕別的東西了。」

13 大禍降臨

開學後的第三個週末，一切都按通常的慣例進行。這是家長可以把學生領出去的第一個週末。芳草地女校校園內幾乎人去樓空。

這個星期日只有二十個女孩留在學校吃午飯。有些教職員週末就休假，星期日深夜或者星期一早上才回來。在這種特殊情況下，包士卓小姐自己提出本週末要離開學校。這是不尋常的，因為她習慣上不會在學期當中離開學校。可是她是有原因的。她打算到韋爾辛頓寺院韋爾沙姆公爵夫人那裡去住幾天。公爵夫人特別提出了這個邀請，並且說亨利．班克斯也將在她那裡作客。亨利．班克斯是學校的董事長。他是個很具影響力的企業家，也是這個學校最初的支持者。因此公爵夫人的這一邀請幾乎是帶有命令的性質了。

這並不表示如果包士卓小姐不情願的話，她會甘心讓人家對自己發號施令。事實上是，她很高興接受這個邀請。對於公爵夫人們，她絕不會表現出冷淡的態度，何況韋爾沙姆公爵夫人又是一個很有影響力的人，她自己的幾個女兒就是送到芳草地女校來上學。她也很高興能有機會和亨利．班克斯談談學校的遠景，並就最近發生的不幸事件發表自己的看法。

由於芳草地女校和一些社會上的有力人士關係深厚，所以史萍傑小姐謀殺案在報上非常有技巧地一筆帶過。它被說成是一樁不幸的死亡事件，而不是什麼神祕的謀殺案件。雖然沒有明說，可是給人的印象是，可能有幾名青年暴徒闖進了體育館，史萍傑小姐的死亡純屬意外，而不是被預謀害死的。根據含糊不清的報導，有幾名年輕人曾被叫到警察局去「協助警方」。包士卓小姐本人則迫不及待想要沖淡這兩個對學校極有影響力的贊助人對學校留下的不良印象。她知道他們想要和她討論她的退休問題，對此她曾向外界隱隱約約暗示過。公爵夫人及亨利．班克斯都急於勸她留下來。包士卓小姐感到時機成熟了，可以為艾莉諾．范希坦吹噓一下，指出她能力出眾，由她來繼承芳草地女校的傳統是多麼合適。

星期六早上，包士卓小姐剛和安恩．沙普蘭一起把信寫完，電話鈴就響了。安恩去接電話。

「易卜拉罕親王打來的電話，包士卓小姐。他到達克拉里奇旅館了，他想明天把謝絲塔帶出去。」

包士卓小姐從她手裡接過電話，和親王的侍從武官簡略談了幾句。她說，星期日十一點三十分以後，謝絲塔就可以離開。謝絲塔必須在晚上八點回到學校。

她掛斷電話後說：「我希望這些東方人有時候能事先多打招呼。我們已經做了安排，原本明天謝絲塔和吉賽兒・多勃雷準備一起出去，如今只好取消了。我們的信全都寫好了嗎？」

「都寫好了，包士卓小姐。」

「好，我可以放心地離開了。你把信用打字機打出來後寄出去。然後，這個週末你也放假去。星期一午飯以前我沒有什麼事要找你。」

「謝謝您，包士卓小姐。」

「好好玩個痛快吧，親愛的。」

「我會的。」安恩說。

「和小夥子一起嗎？」

「嗯……是的。」安恩有點臉紅了。「但我還沒有認真考慮過我們的關係。」

「那麼就該認真考慮了。如果你打算結婚，不要拖得太遲。」

「哦，他只是個老朋友，沒什麼新鮮感。」

「新鮮感，」包士卓小姐告誡地說，「並不是夫妻生活的一個好基礎。請你把喬薇小姐叫來好嗎？」

喬薇小姐急匆匆地進來了。

「喬薇，謝絲塔的叔叔易卜拉罕親王打算明天帶她出去。如果他親自來的話，就告訴他謝絲塔進步很快。」

「她並不是很聰明。」喬薇小姐說。

「她在智力上還不成熟。」包士卓小姐表示同意。「可是在其他方面就異常成熟。有時說起話來，簡直就像個二十五歲的婦女。我想這可能是由於她過去那種複雜的生活所造成的吧。巴黎、德黑蘭、開羅、伊斯坦堡，還有其他一些地方。在我們國家，我們總是使孩子們顯得過分幼稚。如果我們說：『她不過是個孩子。』我們認為這是個優點，可是這並不是優點。這是生活中一個極大的不利條件。」

「親愛的，在這個問題上我和你的看法不大一樣。」喬薇小姐說，「我這就去告訴謝絲塔她叔叔要來。你去度你的週末吧，什麼也不用擔心。」

「哦，我不會擔心。」包士卓小姐說，「說真的，這倒是一個讓艾莉諾．范希坦主持工作的好機會，看看她的能力。由你和她一起負責，不會出錯。」

「但願如此。我這就去找謝絲塔。」

謝絲塔顯得有些驚奇，她聽說叔叔來了並不感到高興。

「他明天就要把我帶出去？」她喃喃地抱怨道，「可是，喬薇小姐已經安排好了，我要和吉賽兒．多勃雷還有她的母親一塊兒出去。」

「我看你還是下次再和她們出去吧。」

「可是我寧願和吉賽兒一塊兒出去。」謝絲塔不高興地說，「我叔叔一點也不好玩。他就會吃，然後囉嗦個沒完，真乏味。」

「你不該這樣說話，沒禮貌。」喬薇小姐說，「據我所知，你叔叔在英國只留一星期，他自然想見見你。」

「也許他已經替我安排了一個新的婚事。」謝絲塔興高采烈地說，「如果是這樣，那倒很有趣。」

「如果是這樣，他一定會告訴你。可是目前你要出嫁年紀還太小，你得先把書念完。」

「念書實在太枯燥無味了。」謝絲塔說。

§

星期日的早上晴朗無雲。星期六包士卓小姐一走，沙普蘭小姐也離開了。強森小姐、李奇小姐以及布萊克小姐則是星期日早上出門。

范希坦小姐、喬薇小姐、羅恩小姐和白朗琪小姐留下來負責校務。

「我希望這些女孩不會太多嘴。」喬薇小姐沒有把握地說，「我指的是談論可憐的史萍傑小姐這件事。」

「但願，」艾莉諾．范希坦說，「這整件事很快就會被遺忘。」停了一下她又說：「如果有哪個家長和我談起這件事，我就把話題引開。我認為，我們最好還是採取堅定立場。」

十點，女孩們由范希坦小姐和喬薇小姐陪同上教堂。四個信羅馬天主教的女孩子由安潔・白朗琪陪同到對立的宗教機構去了。後來，十一點半左右，轎車開始陸續開進車道。范希坦小姐氣度從容、泰然自若、神態端莊地站在大廳裡。她微笑著和母親們打招呼，把她們的女兒帶出來。如果有誰不識相地提起最近這件不幸事件，她總是很機敏地把話題扯開。

「太可怕了。」她說，「是的，太可怕了。可是，你知道，我們在這裡不談這件事。孩子們的頭腦還很稚嫩，多想這件事對她們不好。」

喬薇也在場，她和熟識的家長打招呼，跟他們討論假日計畫，並親熱地談論著他們的女兒。

「我真希望伊莎貝爾姨媽來接我出去。」茱莉亞說。

她把鼻子貼在玻璃窗上，跟珍妮佛一起站在教室裡，看著外邊車道上的人來人往。

「我媽下個週末帶我出去。」珍妮佛說，「我爸這星期有幾個重要人物來作客，所以她今天不能來。」

「那不是謝絲塔嗎？」茱莉亞說，「渾身上下打扮好了準備上倫敦。哎喲，你看看她那個鞋跟！我敢打賭，強森老小姐不會喜歡這雙皮鞋。」

一個穿制服的司機打開一輛凱迪拉克轎車的門，謝絲塔跨了進去，汽車隨即開走。

「如果你願意，下個週末你可以跟我一塊兒出去。」珍妮佛說，「我跟我媽說過，我要帶個朋友來。」

「我很願意。」茱莉亞說，「你瞧范希坦應付場面的那副樣子。」

「她可真有風度，不是嗎？」珍妮佛說。

「不知為什麼，」茱莉亞說，「不知怎麼的，這使我感到好笑。她是另一位包士卓小姐，不是嗎？真是個翻版，這就像喬伊絲．格倫弗爾[22]還是什麼人在模仿表演一樣。」

「那不是帕梅拉的母親嗎？」珍妮佛說，「她把小男孩們也帶來了。我弄不懂他們怎能擠進那輛一丁點兒大的莫里斯迷你小汽車[23]。」

「他們打算去野餐。」茱莉亞說，「你看那些籃子。」

「你今天下午計畫做些什麼？」珍妮佛問道，「既然下星期就能見到我媽了，我想這星期就沒必要給她寫信了，你說呢？」

「你真懶得寫信，珍妮佛。」

「我想不出有什麼好寫的。」珍妮佛說。

「我就想得出。」茱莉亞說，「我可以想出很多東西好寫。」接著她又悲傷地補了一句：「可是眼前實在沒有什麼人可以寫信。」

「寫給你母親怎麼樣？」

22　喬伊絲．格倫弗爾（Joyce Grenfell, 1910-1979），以模仿著稱的英國女演員。

23　莫里斯迷你小汽車（Morris Minor），一九四八年出產、一九七一年停產的古董車。

「我不是告訴你，她已經坐巴士到安納托利亞去了嗎？根本沒辦法給坐巴士到安納托利亞去的人寫信。至少不能一直給他們寫信。」

「你都把信寄到哪？」

「哦，各處的領事館。她給了我一張名單。伊斯坦堡是第一個，接著是安卡拉，再下一個是個滑稽的名字。」她接著又說：「我弄不懂為什麼包士卓這麼急著要跟我媽取得聯繫。我告訴她我媽到哪兒去了，她聽了似乎很不安。」

「不會是為了你吧。」珍妮佛說，「你沒闖什麼禍吧？」

「就我所知，我並沒有。」茱莉亞說，「也許她想告訴我媽關於史萍傑的事。」

「為什麼她要告訴你媽這件事呢？」珍妮佛說，「我認為她會非常高興至少有個母親不知道史萍傑的事。」

「你的意思是說，也許做母親的會擔心女兒也給人謀殺了嗎？」

「我想我母親還不會糊塗到這種地步，」珍妮佛說，「可是她對這件事確實有些不安。」

「如果你問我，」茱莉亞沉思說，「我認為，關於史萍傑的事，他們還有許多沒有告訴我們。」

「哪一方面？」

「哦，似乎有些怪事正在不斷發生。比如你的新網球拍。」

「哦，我本來就想告訴你。」珍妮佛說，「我給吉娜姨媽寫信謝謝她。今天早上我收到她的一封來信。她說她很高興我有了新球拍，可是她從未託人帶球拍給我。」

「我不是告訴過你，球拍這事有點怪。」茱莉亞得意地說，「你家裡有竊賊來偷過東西，不是嗎？」

「是的，可是他們什麼東西也沒拿。」

「那就更有意思了。我想，」茱莉亞若有所思地補充了一句，「我們很可能不久又會有第二個謀殺案。」

「哦，茱莉亞，為什麼我們還會有第二個謀殺案呢？」

「嗯，書上總是有第二個謀殺案發生。」茱莉亞說，「我想到的是，珍妮佛，你要特別小心，不要讓人給謀害了。」

「我？」珍妮佛一驚，說道，「為什麼有人要謀害我？」

「因為你給捲進這件事情裡面了。」茱莉亞若有所思地說，「下星期我們得從你母親那裡再打聽一些情況，珍妮佛。也許在拉馬特時，有人交給她一些祕密文件。」

「什麼樣的祕密文件？」

「哦，我怎麼知道啊。」茱莉亞說，「可能是一種新式原子彈的設計圖或是公式，總之是這一類的東西。」

珍妮佛看起來一臉懷疑。

§

范希坦小姐和喬薇小姐都在教員休息室裡，羅恩小姐走了進來，說道：「謝絲塔呢？我哪兒也找不到她。親王的汽車來接她了。」

「什麼？」喬薇驚奇地抬起頭來，「這一定是個誤會。親王的汽車三刻鐘前就來過了，我親眼看她坐上汽車走的。她是第一批走的。」

艾莉諾·范希坦聳聳雙肩。

「我猜一定是叫了兩遍汽車，或是這一類的誤會。」

她親自走出去跟汽車司機說話。

「這一定是個誤會。」她說，「這位小姐三刻鐘以前就離開這兒到倫敦去了。」

司機看上去很驚奇。

「照您這麼說的話，夫人，我想這一定是個誤會。」他說，「我得到明確的指示，到芳草地女校來接小姐。」

「我想有時候難免會出差錯。」范希坦小姐說。

司機似乎並未感到不安和驚訝。

「這種事常常發生，」他說，「接到了電話通知，寫下來了，然後又忘記了。總會有這一類的事。可是我們公司很自傲於我們從不犯錯。當然囉，恕我冒昧，對於這些東方人，你永遠也搞不清楚。他們搞了那麼一大幫侍從，同一個命令下達兩次甚至三次。我看今天這件事就是這種情況。」

他熟練地把他那輛大車掉了個頭，開走了。

范希坦小姐看上去有些疑惑，可是後來又認為沒什麼可擔心，就開始以滿足的心情期待著能有一個安靜的下午。

午飯後，留在學校裡的幾個女孩有的在寫信，有的在校園散步，有人打了一會兒網球，也有不少人光顧了游泳池。范希坦小姐拿起鋼筆和信箋，來到杉樹的樹蔭下。四點半的時候電話鈴響了，是喬薇小姐接的電話。

「芳草地女校嗎？」說話的是一個很有教養的年輕英國男人的聲音。「哦，包士卓小姐在嗎？」

「包士卓小姐今天不在，我是喬薇小姐。」

「哦，我要談的是你們一個學生的事。我現在是在克拉里奇旅館易卜拉罕親王的套房打電話。」

「哦，是嗎？您要談謝絲塔的情況嗎？」

「是的，親王很惱火，他什麼通知也沒收到。」

「通知？他為什麼要收到通知？」

「嗯，他應該收到一個通知，告訴他謝絲塔不能來，或者說不來了。」

「不來了！您的意思是說她還沒到嗎？」

「沒到，沒到，她當然還沒到。那麼說，她已經離開芳草地女校了嗎？」

「是的，今天上午一輛汽車來接她……哦，我想大約是十一點半左右吧，她乘車走了。」

「這太奇怪了，因為她沒到這兒來……我最好還是給那家為親王提供汽車的公司打個電話。」

「哦，天啊。」喬薇小姐說，「希望沒發生什麼車禍。」

「哦，別往壞處想。」年輕人爽朗地說，「要知道，如果發生車禍，您早該聽說了，我們也該知道了。如果我處在您的情況，我不會擔心。」

可是喬薇小姐確實擔心了。

「我看這事有些蹊蹺。」她說。

「我想……」年輕人猶豫了。

「怎麼樣？」喬薇小姐說。

「嗯，我不打算向親王做這樣的暗示，這我們私下談談就好，是不是……嗯，嗯，是不是有男朋友在追求她，有嗎？」

「確定沒有。」喬薇小姐莊重地說。

「別誤會，其實我也不認為有這件事。可是，嗯，對女孩子，我們總是沒把握，不是嗎？如果你聽過我曾經遇到的事情，您一定會吃驚的。」

「我可以向您保證，」喬薇小姐莊嚴地說，「任何這類的事情都是不可能的。」
「可是，真的不可能嗎？我們對女孩們有把握嗎？」
她放下話筒，相當不情願地去找范希坦小姐。沒有理由認為范希坦小姐比她更有能力應付這個局面，可是她感到有必要找個人一起商量商量。范希坦小姐立即問道：「來過第二輛汽車？」
她們倆互相對視著。
「你是不是認為，」喬薇慢條斯理地說，「我們應該向警方報案？」
「不能向警方報案。」艾莉諾・范希坦的聲調中顯出震驚。
「你知道，她確實說過……」喬薇小姐說，「有人企圖綁架她。」
「綁架她？胡說！」范希坦小姐尖聲說。
「你是不是認為……」喬薇小姐還在堅持。
「包士卓小姐留我在這裡主持校務，」艾莉諾・范希坦說，「任何這類的事，我都不會准許，我們不要警方再到這裡來找麻煩了。」
喬薇小姐面無表情地看著她。她認為范希坦小姐既短視又愚蠢。她回到房子裡，給韋爾沙姆公爵夫人打電話，不幸的是沒人在家。

14 喬薇小姐徹夜難眠

喬薇小姐很不安。她在床上翻來覆去，數著羊，也試著用其他古老的方法進入夢鄉，可是都沒能成功。

到了八點，謝絲塔還沒回來，也得不到她的消息。喬薇小姐自作主張給凱爾西警官打了電話。她發現他並沒有把這件事看得太嚴重，她感到輕鬆了。他告訴她，把這件事交給他好了。是否可能發生了車禍，這查起來很容易。查過以後，他就會和倫敦方面聯繫，應該辦的事都會去辦，也許這女孩子逃學了。他勸喬薇小姐在學校盡可能不要提起這件事，就讓大家認為謝絲塔留在克拉里奇旅館她叔叔那裡過夜好了。

「不管是您還是包士卓小姐，對你們最忌諱的事就是再次見報。」凱爾西說，「這女孩不大可能給人綁架。別擔心，喬薇小姐。讓我們來處理這件事吧。」

可是喬薇小姐還是很擔心。

躺在床上睡不著覺，腦子裡想著綁架的問題，又想到謀殺案。

芳草地女校發生謀殺案。這真可怕！太不可思議！芳草地，喬薇小姐熱愛的芳草地。也許她比包士卓小姐還要愛它，雖然她是以一種不同的方式在愛它。辦這所學校是種冒險、需要勇氣的事業。在承擔風險的辦校過程中，她忠實地跟隨著包士卓小姐，曾不只一次經歷了恐慌與不安。如果整個事業失敗了怎麼辦？她們當初的資本並不多，如果她們失敗，如果給她們的資助都抽回……喬薇小姐習慣杞人憂天，總能排列出無窮無盡的「如果」。包士卓小姐把這種冒險當作一件樂事，對其中所需承擔的風險尤其感到興致盎然，可是喬薇並非如此。有時在感到疑懼的痛苦之中，她會請求用比較傳統的方式來經營芳草地女校。她堅持那樣比較安全。可是包士卓小姐對安全問題向來沒放在心上。學校應該辦成什麼樣她心中自有主見，她毫不畏懼地追求她的目標。後來證明她大膽的做法完全正確。可是，哦，喬薇終於如釋重負，她們的成功已經是無庸置疑了。芳草地女校站穩了腳跟，被一致公認是英國傑出的學校。直到這時，她對芳草地的愛才充分釋放出來。

疑慮、恐懼、擔憂一股腦兒煙消雲散了，出現了安靜和繁榮的局面。她就像個悠然自得、咕嚕咕嚕叫的雌貓一樣，沉浸在芳草地的繁榮昌盛之中。

包士卓小姐第一次談起要退休的時候，她相當不安。現在就退休……就在一切都一帆風順的時候？真的瘋了！包士卓小姐談論著旅行、談論著世上有那麼多值得去看的東西。喬薇的心沒被打動。沒有任何地方、任何東西能抵得上芳草地！對她說來，似乎沒有任何干擾能打破芳草地的安寧，可是如今……謀殺案！

這是一個多麼醜惡粗暴的字眼！就像一場狂風暴雨突然從外部世界闖了進來。謀殺……這個字眼使喬薇聯想起手持彈簧刀的少年犯和殘忍毒殺妻子的醫生。但謀殺案居然發生在這裡——在她們的學校裡，不是任何別的學校，就在芳草地女校……真是令人難以置信。

說真的，史萍傑小姐——可憐的史萍傑小姐，當然這不能怪她——可是，喬薇莫名其妙地覺得她一定有錯。她不懂得芳草地的傳統。她是個沒頭沒腦的女人。她一定是不知怎地惹來殺身之禍。喬薇小姐翻了個身，把枕頭翻了過來，說道：「我不應該再這樣想下去。我最好還是起來服點阿斯匹靈，試試從一數到五十……」

她還沒數到五十，思路又回到剛才的軌道上。她焦慮不已。這一切，還有綁架的事，都會給刊登到報紙上嗎？家長們讀到這消息會趕忙把他們的女兒帶走……

哦，天啊，她一定要冷靜下來，闔上眼睛睡覺。現在幾點了？她打開電燈看了看錶。剛過十二點四十五分。大約就在這個時刻，可憐的史萍傑小姐……不，她不要再想這件事了。可是史萍傑小姐也真傻，竟不叫醒別人，就那樣子一個人出去。

「哦，天啊，」喬薇小姐說，「我一定要吃阿斯匹靈了。」

她起床走到洗手台那兒，喝水吞服了兩粒阿斯匹靈。在走回床上去的時候順便撩開窗簾朝外窺探。她這樣做不是為了什麼，只是為了使自己安下心來。她要確定，深更半夜體育館裡不會再有燈光了……

可是那裡有光。

喬薇立即行動。她穿上一雙耐穿的鞋子，披上一件厚大衣，拿起她的手電筒，衝出房門，跑下樓梯。她責怪史萍傑小姐沒有尋求支援就去察看，但此刻她也沒有想到要那樣做，只是迫不及待地要去體育館看看闖進來的是什麼人。不過她還是停下來撿起一件武器……也許並不是一件好武器，可是總算是聊甚於無吧。然後她就走出邊門，快步沿著灌木叢中的小路走去。她呼吸急促，但十分堅定。當她最後來到門口時，她放慢腳步，躡手躡腳地走著。門微開著，她把門開大，朝裡面一看……

§

就在喬薇小姐起床尋找阿斯匹靈時，安恩．沙普蘭正與一個年輕人面對面地坐在「野鳥之巢」夜總會的餐桌旁，吃著美味的雞肉。她穿著一件黑色禮服，面帶笑容，十分迷人。安恩心想，可愛的丹尼斯總是這麼一副模樣，如果和他結婚，我一定無法忍受這一點；不過，他也確實很討人喜歡。她大聲說：「丹尼斯，這真有趣，是個了不起的改變。」

「新的工作怎麼樣？」丹尼斯說。

「嗯，事實上，我做得很愉快。」

「在我看來，這不大像是適合你做的工作。」

安恩笑了。

「很難說什麼是適合我的工作。我喜歡變化，丹尼斯。」

「我永遠也弄不懂為什麼你要辭掉默文・托德亨特爵士那兒的工作。」

「嗯，都是因為默文・托德亨特爵士啊。他向我獻殷勤，他老婆不高興了。我的處世哲學中有一條原則，就是永遠也不要得罪別人的老婆。要知道，她們會狠狠地傷害你。」

「都是些好吃醋的母老虎。」

「哦，不，不能這麼說，」安恩說，「其實我倒是站在妻子這邊。不管怎麼說，我喜歡托德亨特夫人的程度遠遠勝過默文那老頭。你為什麼會對我目前的工作感到訝異？」

「哦，因為是在一所學校。我早就該說了……你根本不是有心從事學術工作的人。」

「我討厭在學校裡教書，我不喜歡給關起來，和許多女人圈在一起。可是在芳草地這樣的學校當祕書，倒是很有趣。你要知道，這地方獨一無二，包士卓小姐也很獨特。我可以告訴你，她真了不起，她那雙鐵灰色的眼睛能看穿你的內心，能發現你最深處的祕密，使你時刻都得提防著。我根據她的吩咐為她寫信的時候，一個錯誤也不敢犯。哦，是的，她確實是個了不起的人。」

「我希望你對這些工作都感到厭倦了。」丹尼斯說，「你要知道，安恩，是時候了，不要再東混西混，一下做這個，一下做那個，該安定下來了。」

「丹尼斯，你真可愛。」安恩不置可否地說。

「你知道，我們會生活得很快樂。」丹尼斯說。

「我相信。」安恩說，「可是我還沒做好準備。而且你知道，還要考慮到我媽。」

「是的，我正……正打算跟你談這個問題。」

「關於我媽？你打算說些什麼？」

「嗯，安恩，你知道，我認為你很了不起，你找到一個有趣的工作，後來卻一下子把它辭了，回家照顧母親。」

「是呀，她的病真的發作得愈來愈厲害了，我就不得不一次又一次地回去照顧她。」

「我明白。正如我所說的，你很了不起。可是你知道，有些地方，如今有非常好的地方，像你母親那樣的人在那裡可以得到很好的照顧，而且實際上那並不是瘋人院。」

「那種地方費用驚人。」安恩說。

「不，也未必。而且，甚至包含在公共衛生計畫當中……」

安恩說話的口氣開始帶有一點抱怨。

「是的，我知道會有那麼一天。可是，目前我找到了一個很好的老太太，她和母親住在一起，能應付得過去。大多數的時間裡，母親頭腦清楚。當她……當她不清楚的時候，我就回去幫忙。」

「她是……她是不是，她會不會……」

「你是說暴力行為嗎，丹尼斯？你的想像力真是可怕。不，我親愛的媽媽從來沒有出現暴力行為。她只不過是頭腦糊塗而已。她會忘記她在哪兒，她是誰，而且她想出去旅行，然後很可能她會跳上一列火車，或者一輛巴士，到什麼地方下車，然後……嗯，你知道，這都很麻煩，有時候這不是一個人能應付得了的。可是她很快活，甚至當她頭腦糊塗的時候，她也是快活的。有時很滑稽，我記得她說過：『親愛的安恩，說起來真的很丟臉，我知道我是打算去西藏的，卻坐在多佛的一家旅館裡，根本不知道該怎麼去西藏。後來我又想，我為什麼要到西藏去呢？於是我想我最好還是回家吧。後來我又想不起我是多久以前離開家的。親愛的，事情想不起來，真是讓人丟臉。』你知道，媽媽在這方面真的非常好玩。我的意思是說，她自己也能看到事情有趣的一面。」

「至今我還沒見過她。」丹尼斯說。

「我不鼓勵人們和她見面。」安恩說，「我認為這就是你能為家人所做的事。保護他們……嗯，不要讓人們的好奇和憐憫傷害了他們。」

「我並不是好奇，安恩。」

「不是的，我認為對你說來這並不是好奇，可是這或許是憐憫。那我也不要。」

「我懂你的意思。」

「你也別以為我一次又一次辭掉工作回到家裡無限休息很不甘願，我可以告訴你，我並不介意。」安恩說，「我從來也沒打算要投入某一種工作。甚至在我剛受完祕書訓練找到第一份工作時，也沒那樣打算過。我認為最重要的是把工作做得出色。只要你真的有能力，你就可以挑選工作，可以到各個不同的地方去見見世面，可以經歷各式各樣的生活。目前我正在經歷學校生活，從內部來觀察英國最好的學校！我想我會在那裡待上一年半左右。」

「安恩，你不會捲入什麼是非嗎？」

「不會。」安恩若有所思地說，「我認為我不會。我認為我和有些人一樣，是個天生的觀察家，很像一個廣播電台評論員。」

「你總是這樣超然，」丹尼斯鬱鬱寡歡地說，「從沒真正在乎什麼東西或者什麼人。」

「我想將來有一天也許會。」安恩以鼓勵的口吻說。

「我多少還能理解你現在的想法和感覺。」

「我懷疑。」安恩說。

「不管怎樣，我認為你待不了一年。你不久就會對那些女人感到厭煩。」丹尼斯說。

「那裡有個非常帥的園丁。」話音剛落，她看到丹尼斯的表情，不禁大笑起來。「別不高興嘛，我只不過想讓你吃醋。」

「有個女教師給人謀殺了，這是怎麼回事？」

「哦，那件事啊……」安恩的面部表情變得嚴肅而若有所思。「丹尼斯，那事很怪，怪極了。那是個體育教師。你知道那種類型的人，臉上總寫著『我是個普通的體育教師』。我認為，這事件背後還有許多祕密尚未浮出檯面。」

「哦，你可千萬別牽連上什麼不好的事。」

「這很難說。我從來沒有機會表現我的偵探天才，我想我應該很有潛力。」

「別胡鬧，安恩。」

「親愛的，我沒打算去跟蹤危險的罪犯。我只想……嗯，只想進行一些邏輯推理。怎麼回事、什麼人以及為了什麼，諸如此類。我得到了一個相當有趣的情報。」

「安恩！」

「別那麼苦惱嘛。只不過這個情報似乎和這起事件無關。」安恩若有所思地說，「到某一點為止，它可以解答所有疑點。然後呢，突然間，它又無法繼續解答了。」接著她又開心地加了一句：「也許還會發生第二樁謀殺案，那將會稍微澄清一下問題。」

正是這個時候，喬薇小姐推開了體育館的門。

15 謀殺再度上演

「跟我來。」凱爾西警官一邊說著，一邊繃著臉走進房間。「又發生一樁了。」

「一樁什麼？」亞當機敏地抬起頭來。

「一樁謀殺案。」凱爾西警官說。

他帶頭走出房間，亞當隨後跟上。在這之前他們正坐在亞當的房間裡喝啤酒，討論著各種可能性，突然凱爾西給叫去聽電話了。

「是誰？」亞當一邊跟著凱爾西警官下樓一邊問道。

「又一個女教師——范希坦小姐。」

「在什麼地方？」

「體育館。」

「又發生在體育館？」亞當說，「這個體育館究竟是怎麼回事？」

「這次你最好全面檢查一番，」凱爾西警官說，「也許你的搜查技術會比我們高明。這體育館一定有什麼不對勁。不然為什麼她們都是在那裡被殺害？」

他和亞當一起進了他的汽車。

「我想也許法醫會比我們先到。他不必走這麼遠的路。」

凱爾西走進燈火輝煌的體育館時，心想，這簡直是噩夢重演。那兒又一次陳放著一具屍體，法醫跪在旁邊，也又一次法醫伸直膝蓋，站了起來。

「大約半個小時前被殺，」他說，「最多四十分鐘。」

「誰發現她的？」凱爾西說。

他手下的一個人說：「喬薇小姐。」

「是那個年紀大的，對吧？」

「是的，她看見燈光，來到這兒，發現她已經死了。她跌跌撞撞地跑回房子，幾乎歇斯底里。是女舍監強森小姐打的電話。」

「好。」凱爾西說，「她是怎樣被殺害？又是槍殺嗎？」

醫生搖搖頭。

「不是。這次是後腦勺遭到重擊。可能是根棍子，或者是個沙袋，總之是這類的東西。」

靠近門口的地上有一根帶有鋼頭的高爾夫球棍。它是這地方唯一顯得格格不入且隨意亂放的東西。

「那東西怎麼樣？」凱爾西指著它說，「她會是被那個東西打死的嗎？」
醫生搖搖頭。
「不可能，她頭上沒有傷痕。不，一定是一根很重的橡皮棍或沙袋這類的東西。」
「是……職業殺手幹的嗎？」
「可能是，不管是誰幹的，這次凶手不想發出任何響聲。凶手來到她背後，對著她的後腦勺就是重重一擊，她朝前倒下去，很可能根本來不及反應她是被什麼東西打擊就死了。」
「她在這裡幹什麼？」
「她可能正跪著。」醫生說，「跪在這個寄物櫃面前。」
警官走到寄物櫃跟前，打量著它。
「我想上面有個女學生的名字。」他說，「謝絲塔……讓我想想看，這是……這是那個埃及女孩的名字，不是嗎？謝絲塔公主殿下。」說完他轉向亞當。「看來這和另一件事有關，對吧？等等……她不就是今晚他們報告失蹤的那個女孩嗎？」
「是的，先生。」警官說，「一輛小汽車來接她。據認為是她叔叔派來的，她叔叔正住在倫敦的克拉里奇旅館。她一上車，車子就開走了。」
「沒有收到報告嗎？」
「還沒。我們已經和各有關單位取得聯繫。蘇格蘭警場也插手了，正在偵查。」
「這真是個既簡單又巧妙的綁架手段。」亞當說，「不會有反抗，也不會有喊叫。你只要打聽到那個女孩在等一輛汽車來接她，然後你只要在那輛汽車來到之前，把自己打扮成一個高級司機的模樣，開一輛轎車來就行了。那女孩想也不想就會跨上汽車，你把汽車開走，她一點也不會懷疑發生了什麼事。」

「沒有發現被丟棄的汽車嗎？」凱爾西問道。

「我們還沒得到這樣的消息。」警官說，「我說過了，蘇格蘭警場目前正在偵查。」接著他又加了一句：「還有安全特調處[24]也正在偵查。」

「看起來有點像政治陰謀。」警官說，「我不認為他們能把她弄到國外去。」

「他們為什麼要綁架她呢？」法醫問。

「天知道。」凱爾西悶悶不樂地說，「她曾經告訴我，她害怕會被人綁架，現在想來真慚愧，當時我竟認為她在裝腔作勢。」

「當你告訴我的時候，我也是這麼想。」亞當說。

「難就難在我們知道的情況還不夠充分。」凱爾西說，「淨是些不完整的線索。」他朝周圍環視了一下。「唉，看來我在這兒也沒什麼別的事了。你們就按慣例拍照、找指紋吧。我最好還是到屋子裡去看看。」

是強森小姐接待他。她受到震驚，可是依然能控制自己的情緒。

「太可怕了，警官。」她說，「有兩個女教師被殺害了。可憐的喬薇小姐情況很不好。」

「我想盡快見到她。」

「醫生給她服了藥，現在她鎮靜多了。要我帶您去見她嗎？」

「好，再等一兩分鐘。首先請詳細跟我講講你最後一次見到范希坦小姐的情況。」

「我昨天一整天都沒見到她。」強森小姐說，「我一整天都不在這兒，到快十一點的時候才回來，我直接上樓進入自己的房間就上床睡覺了。」

「你不曾偶然朝窗外體育館的方向看一眼嗎？」

「沒有，沒有。我絲毫也沒想到體育館。我和我姐姐一起待了一整天。我好久沒見到她了，頭腦裡想的全是家裡的事。我洗了個澡，上床看了一會兒書，然後就關燈睡覺了。後來我知道的就是，喬薇小姐衝了進來，面色蒼白，渾身發抖。」

「范希坦小姐今天不在學校嗎？」

「不，她在。今天是她負責校務，包士卓小姐外出了。」

「還有誰在學校？我指的是女教師。」

強森小姐想了一會兒。

「范希坦小姐，喬薇小姐，法語教師白朗琪小姐，羅恩小姐。」

「我知道了。好，我想你最好還是帶我去見喬薇小姐。」

24 安全特調處（Special Branch），蘇格蘭警場的一個部門，專門處理與國家有關的罪案與活動。

喬薇小姐正坐在自己房間裡的一把椅子上。雖然這天夜裡滿暖和的，可是她開了電爐，膝蓋上裹著一條毯子，她轉向凱爾西警官，面色蒼白得嚇人。

「她死了……她死了嗎？是不是有可能……可能她還會醒過來？」

凱爾西慢慢地搖了搖頭。

「這太嚇人了。」喬薇小姐說，「包士卓小姐又不在。」她大哭起來。「這一定會毀了學校，」她說，「這會毀了芳草地女校。我承受不了，我實在承受不了啊。」

凱爾西在她身旁坐下來。

「我知道。」他同情地說，「我知道，對您說來，這是個可怕的打擊，但我希望您勇敢些，喬薇小姐，把您知道的都告訴我。我們愈早發現是誰下的手，麻煩和謠傳就會愈少。」

「是的，是的，這我明白。您知道，我……我很早就上床了，因為我想好好睡個長覺。可是我睡不著，相當煩惱。」

「為學校煩惱嗎？」

「是的。同時也為謝絲塔的失蹤苦惱。後來我開始想史萍傑小姐了，還想到她的被害是否……是否會影響到家長們，家長們下學期會不會再送他們的孩子來上學。我為包士卓小姐感到非常難過。我的意思是，她創建了這所學校，這所學校辦得如此成功。」

「我知道。現在請繼續講下去。您很煩惱，您睡不著覺……」

「睡不著，我就數羊，也試了所有方法。後來我就起身，吃了阿斯匹靈。我吃了阿斯匹靈以後就隨手拉開窗簾。我也說不上為什麼要拉開窗簾。也許是因為我一直在想著史萍傑小姐吧。後來你知道，我看見……我看見那裡有光。」

「什麼樣的光？」

「嗯，跳動的光。我的意思是……我認為那一定是手電筒。就像強森小姐和我上次看到的燈光一樣。」

「一模一樣，是嗎？」

「是的，是的，我認為是一模一樣，也許稍微弱一些，可是我也不確定。」

「好，後來呢？」

「後來，」喬薇小姐說著，嗓音突然變得洪亮了。「我下了決心，這次我一定要去看看是什麼人在那兒，他們在幹什麼。所以我起身穿上大衣和鞋子，然後就衝出去。」

「您沒有想到要叫別人嗎？」

「沒有，沒有，你知道，我想盡快趕到那裡，我很怕那個人會跑掉……不管那人是誰。」

「對，說下去，喬薇小姐。」

「所以我拚命快跑，一直朝著門口跑去，在還沒到門口的那一段，我就踮著腳尖走，這樣……這樣我就能朝裡面張望而不被察覺。我到了門口，門沒關，就開著一道縫。我輕輕地推開，四處看了看，然後……然後就看到她在那兒，臉朝下倒在地上，死了……」

她開始渾身發抖。

「好了，好了，喬薇小姐，這樣就行了。順便問問，那裡有一根高爾夫球棍，是您拿去的嗎？還是范希坦小姐拿去的？」

「高爾夫球棍？」喬薇小姐含糊地說，「我想不起來了。哦，對了，我是在大廳裡拿的。我把它帶著，以防萬一……嗯，怕屆時也許用得上。我想大概在看到艾莉諾的時候，我就把它扔掉了。後來我渾渾噩噩回到了房子裡，找到強森小姐。哦，我受不了，我受不了了，芳草地就這樣完了……」

喬薇小姐歇斯底里地提高了嗓門。強森小姐走上前來。

「對任何人說來，發生兩起謀殺案都是精神上極大的刺激，」強森小姐說，「對一個像她這樣年紀的人更是如此。您不用再問她別的問題了吧？」

凱爾西警官搖搖頭。

他走下樓梯的時候注意到，凹牆內有一些和水桶堆放在一起的老式沙袋。也許這些都是戰爭時期的東西。可是他突然不安地想到，把范希坦小姐打死的人，未必是個使用短棍殺人的職業殺手。這幢房子裡有個人，有個不想再次開槍發出響聲的人。很可能他上次殺了人以後，早就把那把可作為罪證的手槍扔掉了，於是他拿了一件表面看來無害，實際上卻能致人於死的武器，甚至還可能事後又把它整齊地放回原處了。

16 體育館之謎

「我滿頭鮮血，可是並不低頭。」亞當自言自語地說道。

他瞅著包士卓小姐，心想，他從未如此敬慕過一個女人。她冷靜、鎮定地坐在那裡，眼見她畢生的心血正在付諸東流。

不時有電話打來，通知又一個學生要離校了。

最後包士卓小姐做出決定。她向警察們打了一聲招呼以後，就把安恩·沙普蘭叫來，口述了簡短的聲明。學校將暫時關閉至學期結束。如果家長們感到把孩子們接回家不方便，歡迎他們把孩子們留下來由她照管，她們的教育會繼續進行。

「你有家長的名單和地址嗎？有他們的電話號碼嗎？」

「有的，包士卓小姐。」

「先開始打電話吧。打完電話再給每個人寄一份文字通知。」

「好的，包士卓小姐。」

她出去的時候，在門口停了下來。

她臉紅了，話從口中一下子衝了出來。

「恕我多言，包士卓小姐，這本來不關我的事……只是，過早做出決定，這……這不是太可惜了嗎？我的意思是，經過了最初的驚慌以後，人們只要有時間想一想，一定不會要他們的孩子退學的，他們會通情達理，想到好的一面。」

包士卓小姐以犀利的眼光望著她。

「你認為我這麼輕易就承認失敗了嗎？」

安恩臉紅了。

「我知道您認為我說這話太無禮了。可是……可是，嗯，我確實是這樣想。」

「孩子，你是個鬥士，我很高興看到這點。可是你錯了，我並沒有接受失敗。我只是根據我對人性的了解行事。如果你催促家長把他們的孩子領回去，非叫他們領回去不可，那麼他們就不會願意這麼做，他們會想出理由來讓她們留下，最壞就是頂多決定下學期才讓孩子再回學校……如果還有下學期的話。」她最後悲傷地加了這麼一句。她看著凱爾西警官。「一切都靠您了。」她說，「偵破這兩樁謀殺案——不管是誰做的案，把他抓起來——那麼我們就會渡過難關。」

凱爾西警官看起來愁眉苦臉。他說：「我們會盡力而為。」

安恩・沙普蘭走了出去。

「她是個能幹的女孩。」包士卓小姐說，「也很忠誠。」

這句話只不過是暫時打個岔而已。接著她咄咄逼人。

「您難道一點也不知道是誰在體育館裡殺死了我的兩個女教師嗎？事到如今你應該知道才對。還有，最迫切要破案的是這次綁架。對這件事情我感到自責。那女孩曾經說過有人要綁架她。上帝寬恕我，我當時還認為她是為了炫耀自己的重要性。如今我明白這其中必有蹊蹺。必定有人曾經暗示過或警告過，很難說得上究竟是哪一樣……」她突然停下來，接著又說：「你們什麼消息也沒有嗎？」

「還沒有。可是我認為您對這件事不必過分擔心。這案子已經上呈刑事調查部了。安全特調處也正在偵查。他們應該能在二十四小時，最多三十六小時內找到她。我們是個海島，這也是個有利條件。所有港口、機場等等都已得到通報。每個區的警察局都在密切監視著。事實上，綁架一個人還算容易……可是要把肉票藏起來，這就是個問題了。我們會找到她。」

「我希望你們找到她時她還活著。」包士卓小姐悲傷地說，「我們面對的，似乎是個草菅人命的傢伙。」

「如果他們想殺掉她，就不會費這麼大的勁來綁架她了。」亞當說，「他們可以在這兒輕而易舉地殺掉她。」

他感覺到他最後說的這句話有點不祥。包士卓小姐看了他一眼。

「看來是的。」她冷冷地說。

電話鈴響了。包士卓小姐接起電話。

「喂？」

她向凱爾西警官打個手勢。

「是您的電話。」

亞當和包士卓小姐看著他接起電話，咕嚕咕嚕地說了什麼，用筆記下了一兩點，最後說：「我明白了。奧頓派爾，沃爾郡的一個地方。是，我們一定配合，是，局長。那麼我就在這兒繼續調查下去。」

他放下電話，默然不動地沉思了一會兒，才抬起頭來。

「親王閣下今天早上收到勒索贖金的信了。是用新的花冠牌打字機打出來的，郵戳是樸資茅斯的。我敢打賭這不過是個幌子。」

「贖金要送到什麼地方？怎麼送法？」亞當問道。

「奧頓派爾以北兩英里處的十字路口。那兒是一片光禿禿的荒野。明天早晨兩點，把裝錢的信封放到汽車協會後面的石頭下面。」

「多少錢？」

「兩萬英鎊，」他搖搖頭。「我看這不像是行家幹的。」

「您打算怎麼辦？」包士卓小姐問。

凱爾西警官望著她，他變成了另外一個人。他的職務要求他保持緘默。

「小姐，這件事不是由我負責。」他說，「但我們會有辦法的。」

「我希望你們的辦法能夠成功。」包士卓小姐說。

「應該沒問題。」亞當說。

「不是行家幹的？」包士卓小姐說，她抓住了剛才那句話。「不曉得……」然後她嚴峻地說：「我的教職員怎麼樣？就是說，剩下的這些怎麼樣？我應該信任他們呢，還是不要？」

凱爾西警官猶豫了一下。她又說：「您擔心如果您告訴我誰還有嫌疑，我會在舉動中洩漏出來。您錯了，我不會。」

「我認為您是不會。」凱爾西說，「可是我不能冒任何風險。從表面上看來，似乎你的教職員中沒有一個是我們要找的人。至少目前看來是如此，因為我們還沒能仔細審查他們。我們對這學期新來的人特別注意……也就是白朗琪小姐、史萍傑小姐以及您的祕書沙普蘭小姐。沙普蘭小姐過去的經歷完全沒問題。她是一位退役將軍的女兒。她以前擔任過的職務和她本人說的一致，她從前的雇主都可以為她作證。除此以外，昨夜案發時，她有不在場證明。范希坦小姐遇害時，她正和一位丹尼斯．拉伯恩先生在一家夜總會裡，他們是那裡的熟客。拉伯恩先生的人品極好。白朗琪小姐以前的經歷也查證過了。她在英格蘭北部一所學校教過書，也在德國兩所學校教過書，她工作過的學校給她的評語極好。據說她是一等教師。」

「以我們的標準來衡量，她可算不上。」包士卓小姐不以為然地說。

「她在法國的背景也查過了。至於史萍傑小姐，還不能得出最後結論。她受訓練的地點與她說的相符，不過在她從事工作的期間有些空檔，還無法查明。可是，由於她已經被殺害了，」警官補充說，「似乎可以免除對她的懷疑。」

「我同意。」包士卓小姐淡然地說，「史萍傑小姐與范希坦小姐都已經死去，不可能是嫌疑犯。我們再理清楚。白朗琪小姐的背景儘管清白，但由於她還活著，所以她還算是個嫌疑犯？」

「兩起謀殺案可能都是她幹的。昨夜她在這兒，在大樓裡。」凱爾西說，「她說她很早就上床，並且睡著了，在大家發生驚動以前，她什麼也沒聽見。我們沒有證據證明她說的是假話。可是喬薇小姐斬釘截鐵地說她很狡猾。」

包士卓小姐不耐煩地搖搖手，表示對此不屑一顧。

「喬薇小姐總是認為所有的法語教師都很狡猾。她對她們有偏見。」她看了亞當一眼。「你認為呢？」

「我認為她挺愛管閒事。」亞當不慌不忙地說，「也許這是天生的好奇心，也許還有別的什麼，我不確定。我看她不像是個殺人犯。可是誰知道呢？」

「問題就在這裡。」凱爾西說，「這兒確實有個殺人犯，一個殺人不眨眼的傢伙，已經殺過兩次人了……可是很難令人相信，這會是教職員中某個人幹的。強森小姐昨夜和她姐姐一起在『海上利姆斯頓飯店』，不管怎樣，她已經在您這兒工作了七年。喬薇小姐從一開始就和您一起工作。而且她們倆和史萍傑小姐的死都無關。李奇小姐在您這兒工作一年多了，昨夜她住在二十英里以外的奧頓格蘭旅館。布萊克小姐和朋友們一起在小港口。羅恩小姐在您這兒工作一年了，她的背景清白。至於您的工友們，老實說，我看不出他們有哪個會是凶手。他們都是當地人……」

包士卓小姐愉快地點點頭。

「我完全贊同您的推理。這樣一來，剩下的人就都沒嫌疑了，不是嗎？所以……」她沒說下去，以譴責的眼光瞅著亞當。「看來一定是……一定是你幹的。」

他驚訝得張大了嘴巴。

「你在場，」她沉思著說，「可以隨便來去；你有充分的藉口說明你來這裡的理由；你的背景完全沒問題。可是要知道，你也可能是個冒牌貨。」

亞當鎮定下來。

「說真的，包士卓小姐。」他欽佩地說，「我向您致敬。您真是一切都考慮到了。」

§

「天啊！」薩克利夫人在吃早餐的時候喊了起來。「亨利！」

她剛打開報紙。飯桌兩頭只有她和她丈夫。週末來作客的客人還沒抵達。

把報紙翻到財經版的薩克利先生，正在專心讀著股票漲落的預測，沒回答他的妻子。

「亨利！」

響亮的呼聲終於讓他聽見了。他抬起頭來，面色驚慌。

「瓊安，什麼事？」

「什麼事？又一樁謀殺案！芳草地女校！珍妮佛的學校。」

「什麼？拿來，讓我看看！」

儘管他妻子說他手上那份報紙也有這則消息，薩克利先生還是從桌子那頭彎過腰，把他妻子手中的報紙奪了過去。

「艾莉諾．范希坦小姐……體育館……體育教師史萍傑小姐遇害的同一地點……嗯……嗯……」

「簡直不能相信！」薩克利夫人哀嘆說，「芳草地，這麼好的一所名門女子學校。王室子女在那兒上學，還有別的……」

薩克利先生把報紙揉成一團扔到桌子上。

「只有一件事可以做，」他說，「你馬上趕去，把珍妮佛帶回來。」

「你是說把她帶走……」

「我就是這個意思。」

「你不認為這太過分了嗎？羅莎蒙德花了那麼大工夫，好不容易把她弄進去，現在又要退學？」

「你不會是唯一一個把女兒領出來的家長。你那寶貴的芳草地女校馬上就要有許多空額了。」

「哦，亨利，你認為是這樣嗎？」

「是的，我是這樣認為。那裡很不對勁。今天就把珍妮佛帶回來。」

「好……當然，我想你是對的。然後怎麼安排？」

「送她上附近的現代化中學。他們那兒不會有謀殺案。」

「哦，亨利，他們也有謀殺案。你不記得了？有一所學校裡的一個男學生開槍打死了理科教師。這件事登在上星期的《世界新聞報》上。」

「真不知道英國會變成什麼樣。」薩克利先生說。

他厭惡地把餐巾扔到桌子上，大步走出房間。

§

亞當獨自一人在體育館裡，他熟練的手指翻弄著寄物櫃裡的東西。看來他不大可能找到警察找不到的東西，可是誰知道呢。正如凱爾西所說的，每個部門採用的方法都不太相同。

是什麼東西把這座花費巨大的現代化建築物和突然的凶殺案聯繫起來呢？到這兒來約

會……這想法可以排除。沒有人會以這個發生過謀殺案的地方作為第二次約會的地點。他又重新想起，這兒可能有一樣某些人在尋找的東西。不可能是一盒珠寶。這是可以排除的。這兒沒有祕密的地方，沒有假抽屜、機關之類的設計。寄物櫃裡的東西都簡單得可憐。這兒有祕密玩意兒，不過它們都是學校生活的祕密。可以張掛的偶像照，盒裝香菸，一本不適合學生閱讀的廉價小開本讀物。他特地到謝絲塔的寄物櫃那兒。范希坦小姐就是在那兒彎身時被殺害的。范希坦小姐想在這裡找到什麼呢？她找到了沒有呢？殺害她的凶手會不會把這樣東西從她手中奪走，及時溜了出去而沒被喬薇小姐發現呢？

這個櫃子裡沒有什麼好看的，就算有，現在也早已不翼而飛了。

外邊傳來的腳步聲使他從沉思中驚醒過來。當茱莉亞．奧仲出現在門口時，他已站在館內中央，點燃一根香菸。茱莉亞有點猶豫的樣子。

「你要什麼嗎，小姐？」亞當問道。

「我想拿我的網球拍，不知道是不是可以。」

「沒什麼不可以。警官把我留在這裡。」他扯謊解釋說，「他有要事回警察局了，叫我在他離開的時候留在這裡。」

「我猜你留在這裡是為了看他是不是還會回來吧？」茱莉亞說。

「你說的是警官嗎？」

「不，我說的是凶手。凶手會回來的，不是嗎？會回到犯罪現場。他們不得不回來，有一股力量迫使他們這樣做。」

「也許你說得對。」亞當抬起頭來看看放在櫃子裡那一排排的球拍，「哪個是你的？」

「在字母U下邊的。」茱莉亞說，「就在盡頭。上面有我們的名字。」

她指著他遞給她的球拍上的膠帶。

「用過好一陣子了。」亞當說，「本來應該是一支很不錯的球拍。」

「我可以再拿珍妮佛．薩克利的球拍嗎？」茱莉亞問道。

「這個是新的。」他把它遞給她的時候讚賞地說。

「全新的。」茱莉亞說，「她姨媽前幾天才寄給她的。」

「她真幸福。」

「她應該有支好球拍，她的網球打得好極了。這學期她的反手球真是沒話說。」她環視了一下。「你認為他會回來嗎？」

亞當過了一會兒才弄懂她的意思。

「哦，你指的是凶手嗎？不，我認為這不大可能。這不是有點冒險嗎？」

「你不認為凶手們會感到他們必須回來嗎？」

「不會，除非他在現場留下什麼東西。」

「你指的是一條線索嗎？我很希望能找到一點線索。警察找到線索沒有？」

「他們不會告訴我的。」

「不會，我認為他們不會……你對犯罪案件感興趣嗎？」

她好奇地瞅著他。他回看了她一眼。她還沒有女人的樣子。她必定和謝絲塔年齡相仿，可是在她的眼神裡，除了對事物感興趣的好奇以外，沒有別的。

「嗯，我想，在某種程度上……我們大家都會感興趣。」

茱莉亞點點頭表示同意。

「是的，我也這樣認為。我可以想出各種各樣的破案方法……可是大部分都很離譜。然而這也很有趣。」

「你不喜歡范希坦小姐嗎？」

「我從來沒想過。她不錯，有點像包……包士卓小姐。可是實際上並不像。她倒比較像劇場裡的替身演員。我並不是說她的死是件有趣的事，我對她的死感到很難過。」

她拿了兩支球拍走了出去。

亞當留下來巡視著體育館。

「這裡究竟藏過什麼東西呢？」他喃喃自語道。

§

「老天啊，」珍妮佛說，她放過了茱莉亞的正手抽球，沒去接它。「媽媽來了！」

這兩個女孩轉過身，注視著在李奇小姐捍衛下薩克利夫人那激動的身影：她匆匆地往這邊走過來，一邊走著一邊打手勢。

「我猜又要大吵大鬧了。」珍妮佛無可奈何地說，「都是為了謀殺案的事。茱莉亞，你運氣真好，你母親正在高加索，平平安安地坐在一輛巴士上。」

「可是還有伊莎貝爾姨媽。」

「做姨媽的不會這樣多管閒事。」她接著說，「你好，媽媽。」這時薩克利夫人已經到了她跟前。

「你去把行李整理好，珍妮佛。我要帶你回去。」

「回家嗎？」

「是的。」

「可是……你的意思不是一走了之吧？不是永遠不再回來了吧？」

「我的意思就是這樣。」

「但你不能這樣做，真的不能。我的網球如今打得很不錯了。我很可能會贏得單打冠軍，我和茱莉亞可能會贏得雙打冠軍……雖然這個可能性比較小。」

「你今天就跟我回家。」

「為什麼？」

「不要問問題。」

「我猜是由於史萍傑小姐和范希坦小姐被人謀殺的緣故。可是沒人謀殺女學生呀。我想他們不會。還有三個星期就是運動會了。我認為我跳遠會得第一，跨欄也很有可能獲勝。」

「別跟我爭了，珍妮佛，你今天就得跟我回去，你父親非要你回去不可。」

「可是，媽……」

珍妮佛跟在母親的身旁朝房子的方向走去，一路上還在倔強地爭辯著。

突然，她離開母親奔向網球場。

「再見了，茱莉亞，看來我媽完全給嚇壞了，我爸也是。真討厭，不是嗎？我會寫信給你。」

「我也會寫信給你。這裡發生的事情我都會告訴你。」

「我希望他們下一個要殺的不是喬薇，我倒情願是白朗琪小姐，你呢？」

「是的，她是我們最丟得開的人。哎，你有沒有注意到，李奇小姐的臉色很難看？」

「她一句話也沒說。媽媽來把我帶走，她氣壞了。」

「也許她會阻止你母親帶你回去，她不是非常有說服力嗎？她不像別的人。」

「她使我想起了一個人。」珍妮佛說。

「我認為她和任何人沒有任何相同之處。她看起來總是與眾不同。」

「哦，對啊，她是與眾不同。我指的是外貌。不過我本來認識的那個人是相當胖的。」

「我很難想像李奇小姐會是個胖子。」

「珍妮佛……」薩克利夫人喊道。

「我覺得做父母的真讓人受不了。」珍妮佛氣惱地說，「大驚小怪，小驚大怪，古古怪怪，他們總是沒完沒了。我覺得你的運氣真好……」

「我知道，你說過了。可是，跟你說實話，現在我倒希望我媽離我近些，而不是在安納托利亞的一輛巴士上。」

「珍妮佛！」

「來啦！」

茱莉亞朝體育館的方向慢步走來。她步子愈走愈慢，最後乾脆停了下來，她站在那兒，皺著眉頭沉思著。

午飯鈴響了，可是她幾乎沒聽到。她低頭盯視著手中的球拍，沿著小路走了一兩步。接著，她突然轉過身子，大步地毅然朝房子走去。她從大門走了進去。大門是禁止通行的，因此她盡量避免遇上其他學生。大廳空蕩蕩的。她奔上樓梯，進了自己的小寢室，急匆匆地環視了一下，然後掀起她床上的墊被，把球拍塞在底下。接著，她很快地把頭髮撫平，故作端莊地走下樓梯，朝餐廳走去。

17／阿拉丁的山洞

那天晚上，女學生比平時更安靜地上床了。原因之一是女學生的人數已大為減少。她們至少有三十人已經回家，其餘的人由於性情各異而有不同的反應。有的興奮，有的驚慌，有的純粹由於神經緊張而吃吃傻笑，還有的人則鎮定自若，思索著問題。

茱莉亞．奧仲隨著第一批人群靜悄悄地走上樓。她回到自己的房間，關上房門，站在那兒，諦聽著外面傳來的耳語聲、吃吃的笑聲、腳步聲和互道晚安的聲音。之後的一切歸於寂靜……或是近乎寂靜無聲了。只有微弱的聲音在遠處迴盪，還有進出浴室的腳步聲。

門上沒有裝鎖。茱莉亞拉了把椅子抵住門，把椅子靠背的上端頂牢在門的把手下面。這樣，要是有人推門進來，她就會及時察覺。但是，不大可能有人進來。女孩們被嚴格禁止進入彼此的房間，唯一可以進入女學生房間的教師是強森小姐，這也只是在有誰生病或不舒服的時候。

茱莉亞走向自己床邊，掀起床墊，在底下摸索著。她取出網球拍，拿在手裡，站了一會兒。她已決定就在此時把它檢查一下，而不是等到以後。在所有燈光都應熄滅時，如果她的房間從門下露出一線燈光，必定會引起注意。而此時，有燈光是正常的，因為在十點半之前可以開著燈更衣，要是願意的話，還可以在床上看書。

她站著，低頭盯著網球拍。怎麼可能在一支網球拍裡藏東西呢？

「但是必定有東西藏著。」茱莉亞自言自語，「必定有。珍妮佛家裡發生的偷竊案，那個女人到學校編造一番新球拍的愚蠢故事……只有珍妮佛才會相信。」茱莉亞輕蔑地思忖著。不，這是「新燈換舊燈」，就像阿拉丁的故事一樣，這意謂著這支網球拍大有問題。珍妮佛和茱莉亞從未向人提起她們交換過網球拍……至少，她自己沒向人提起。

所以，這就是那支人人都在體育館尋找的球拍。現在就靠她來發現這究竟是為什麼了。她仔細地檢查，一點也看不出它有什麼不尋常的地方。這是一支上好的球拍，有些磨損，但重新串過線後仍然好用。珍妮佛曾抱怨過拍子不大平衡。

網球拍唯一可藏東西的地方是拍柄。她想，可以把拍柄挖空，做成一個藏東西的地方。這聽起來有點離譜，卻有可能。如果拍柄被更動過，就可能影響球拍的平衡。

拍柄上有一圈皮革，上面印了字母，字母差不多已經磨光了。這圈皮革當然是黏上去的。如果把皮革扯開來呢？茱莉亞坐在梳妝台邊，拿起一把削筆刀動起手來，終於設法把皮革拉了開來。內層是一圈薄木料，看起來不大平整，裡面滿滿地塞了一個木塞。茱莉亞把削筆刀插進去，刀啪的一聲折斷了。指甲剪更管用。最後她終於把它撬開了。裡面露出了紅藍斑駁的一塊東西。茱莉亞撥弄了一下，心裡突然明白了。是黏土！可是網球拍裡通常不會有黏土啊？她牢牢地捏住指甲剪，把一團團黏土挖出來。黏土裡包著東西。摸上去像是鈕釦或小石頭。

她使勁挖著黏土。

有東西滾到桌子上來了……然後又有東西滾出來，最後成了很大一堆。

茱莉亞向後靠著，喘不過氣來。

她目不轉睛地盯著，一盯再盯……

像一團流動的火光，紅的、綠的、深藍和耀眼的白色……

此刻，茱莉亞一下子長大成人了。她不再是個孩子，而是變成了一個女人，一個在端詳著珠寶的女人……

各種各樣奇幻的想法閃過她的腦際。阿拉丁地窖……瑪格麗特[25]和她的珠寶盒（她們上星期被帶到柯芬園去看歌劇《浮士德》），致命的寶石……希望鑽石[26]……談情說愛……她自己穿著黑絲絨禮服，脖子上戴著耀眼的項鍊……

她坐在那裡，凝視著，做著美夢。她把寶石捧在手裡，讓它們穿過指縫落在桌子上，像一串火光，像奇妙、歡樂且閃閃發光的小溪流。

然後，某種東西，或許是一些輕微的聲音，使她從幻想中驚醒。

她靜坐沉思，想靠自己的常識來決定應當怎麼辦。那微弱的響聲使她警覺起來。她把珠寶推到一起，拿到洗臉台邊，把它們投進裝海綿的袋子裡，然後把海綿和指甲刷塞在上面。隨後她回轉身走近網球拍，把黏土塞進拍柄，把木塞重新裝上。接著，她想用膠水把皮革黏合到柄端上去。然而皮革老是向上捲曲。後來她利用幾條膠帶反面朝上，再把皮革壓上去，這樣才黏住了。

球拍恢復了原狀。它看上去、摸上去都和原先一樣，它的重量感覺起來幾乎沒有什麼改變。她朝它看看，然後不在意地把它扔在一張椅子上。

她再看看她的床，鋪得很整潔，似乎等待她去睡，但她沒脫衣服。相反地，她坐在那裡聆聽。外面那是腳步聲嗎？

她突然害怕起來。已經有兩個人被殺害了。如果有任何人知道她發現了什麼，她也會被殺掉。

房間裡有個比較重的橡木櫃。她設法把它拖到門前，盼望把鑰匙插在鎖孔裡是芳草地的規矩，她走到窗子邊，把上層窗扉拉上，上了門。窗戶附近沒有樹，也沒有爬在牆上的藤

25 瑪格麗特（Marguerite）是《浮士德》（*Faust*）中的女主角，魔王變出一盒珠寶誘惑她這個天真純潔的姑娘。

26 希望鑽石（Hope Diamond），據信出自印度，一六六〇年代由法國商人在一座寺廟神像的額頭上取下來重達一百一十二克拉的鑽石，後來輾轉流傳於法、英王室，最後由英國珠寶收藏家亨利・菲利普・霍普（Henry Philip Hope）購得，並用自己的姓氏「Hope」命名。據傳這顆鑽石蠱惑了許多君王，擁有它的人常發生不幸或死亡。

蔓。她不認為有人能從窗戶裡爬進來，但她不打算冒險。

她看看她的小鐘。十點半。她深深吸了口氣，把燈熄掉。不能讓人注意到有任何不尋常的事。她把窗簾拉開一點。天上一輪滿月，她能清楚看到門。之後她坐在床沿上，手裡拿著她最大的一隻鞋。

「誰要是想進來。」茱莉亞自言自語，「我就使勁敲牆壁。瑪麗・金就在隔壁，我會把她敲醒。我還要拉開嗓門高聲喊叫。要是招來了許多人，我就說是做噩夢。在發生過這麼多事情以後，任何人都可能會做噩夢。」

她坐在那裡，時間在消逝。忽然她聽到了什麼……沿著走道的輕微腳步聲。她聽到腳步聲在她門外停止，然後她看到門上的把手在慢慢轉動。

她應當高聲喊叫嗎？還不必。

門被人推開……只推開一道縫，但櫃子抵住了它。這必定使門外的人感到迷惑。

又隔了一會兒，隨後是敲門聲，輕輕的敲門聲。

茱莉亞屏住呼吸。停歇了一會，敲門聲又來了……仍然是輕微被壓低了的聲音。

「我睡熟了。」茱莉亞對自己說，「我什麼也沒聽到。」

是誰在半夜裡跑來敲她的門呢？如果是有權來敲門的人，就會大聲喊叫，啪啪噠噠地轉動門的把手，發出響聲。但這個人不敢發出響聲……

茱莉亞坐在那裡好一會。敲門聲沒再聽見，把手不再轉動。但是茱莉亞仍舊提心吊膽地坐在那裡。

有很長一段時間她就這麼坐著。她不知道過了多長時間她才被睡魔困住。學校的鐘聲終於把她驚醒，她發現自己在床邊不舒服地蜷曲著睡了一夜。

§

早餐之後，女孩們上樓整理各自的床鋪，然後下樓到大廳做祈禱，最後分散到各個教室去了。

正當女孩們朝不同方向急忙忙向前走的時候，茱莉亞走進一間教室，又從另一道門走出來，加入那些匆匆忙忙轉過教學大樓的人群當中，然後又急轉到一叢杜鵑花後面，接著又這麼巧妙地轉了幾轉，最後走到校園的牆腳下。

那裡有一棵菩提樹，樹枝幾乎拖到地上。茱莉亞一輩子都在爬樹，她很輕捷地就爬上樹。葉子茂密的樹枝把她完全藏了起來。她坐下來，不時看著錶。她相當肯定，她的消失一時不會被人注意到。學校裡的秩序已經打亂，兩個教師喪命，一半以上的女孩子已經回家。這意謂著所有的班級都要重新整編，在午餐以前不可能有人注意到茱莉亞·奧仲不在學校裡，而到那時……

茱莉亞又看了看錶，輕鬆地從樹上爬到牆頭，騎在牆上，然後俐落地跳到牆的另一邊。

一百碼以外就是一個汽車站，幾分鐘後應該會有一輛巴士到達。不久，果然來了一輛車子。她招呼了一聲，跳上了車，接著從棉布上衣裡抽出一頂氈帽，戴在略顯蓬亂的頭髮上。她在火車站下了車，踏上駛向倫敦的火車。在她房間裡的洗臉台上，她留下一張給包士卓小姐的紙條：

親愛的包士卓小姐：

我沒有被人綁架，也沒有逃走，請不必擔心。我會盡快回來。

忠實的茱莉亞·奥仲

§

白屋大廈三二八號，赫丘勒·白羅稱職的貼身管家喬治打開門，帶點驚訝地注視著一位臉上有點髒的女學生。

「請問，我能見見赫丘勒·白羅先生嗎？」

喬治花了比平時更長一點的時間來作答。他發現來者是一位不速之客。

「沒有預約，白羅先生不見任何客人。」他說。

「我恐怕沒時間等待預約，說實在的，我真的必須現在見到他。事情很緊急，是關於幾起謀殺和一起搶劫之類的案子。」

「我要去問問白羅先生是不是願意見你。」喬治說。

他把她留在門廳裡，自己退回去和主人商量。

「主人，有位年輕女士急於要見你。」

「必然如此，」赫丘勒．白羅說，「可是我不輕易見客。」

「我正是向她這麼說的，主人。」

「什麼樣的年輕女士？」

「嗯，先生，她像個小女生。」

「小女生？年輕小姐？你到底指的是什麼，喬治？這兩者是不一樣的。」

「主人，恐怕您沒有弄懂我的意思。我應該說，她是一個小女生……就是說，還是上學的年齡。雖然她的上衣有點髒，而且撕破了，但她基本上是個年輕小姐。」

「一個社交用詞。我明白了。」

「她希望見你，是關於幾起謀殺和一起搶劫案。」

白羅的眉毛一揚。

「幾起謀殺，一起搶劫。很有獨創性。請這位小女生——年輕小姐——進來。」

茱莉亞走入室內，略顯一點羞怯。她說話有禮貌而又十分自然。

「您好，白羅先生。我是茱莉亞．奧仲。我想您認識我母親的好朋友，薩默海夫人。去年夏天我們和她住在一起，她談起許多關於您的事情。」

「薩默海夫人……」

白羅的思緒回到一個位於山坡上的小村莊和山頂上的一間旅舍。他回想起一張有雀斑的迷人臉龐，一張斷了彈簧的沙發，一大群的狗，還有其他令人愉快和不愉快的往事。

「莫琳．薩默海，」他說，「啊，是的。」

「我叫她莫琳阿姨，但她實際上不是我阿姨。她告訴我們您是多麼了不起，說您救了一個無辜坐牢的人[27]。當我不知道該怎麼辦、該去找誰的時候，我就想起了您。」

「我感到十分榮幸。」白羅嚴肅地說。

他為她拉出一把椅子。

「現在告訴我。」他說，「我的管家喬治說，你想和我商量一起搶劫案和幾起謀殺案……那就是不只一個人被殺囉？」

「是的。」茱莉亞說，「分別是史萍傑小姐和范希坦小姐。當然還發生了綁架……但我想這其實不關我的事。」

「你把我搞糊塗了。」白羅說，「這些刺激的事發生在哪裡？」

「在我們的學校……芳草地。」

「芳草地！」白羅叫起來。

他把手伸到身旁摺疊得十分整齊的報紙上，然後翻開其中一份，瀏覽了一下頭版，點了點頭。

「我開始明白了。」他說，「現在告訴我，茱莉亞，從頭一五一十地告訴我。」

茱莉亞告訴了他。這是一個很長的故事，而且內容詳盡，但她講得有條不紊，偶爾間斷一下，回過頭補充一些遺漏的情節。

她把故事講到昨晚她在宿舍裡檢查網球拍這一刻。

「您知道，我想它就像阿拉丁的故事〈新燈換舊燈〉，那支網球拍一定有什麼不對勁。」

「有嗎？」

「有。」

絲毫沒有故作端莊，茱莉亞一把拉上裙子，把襯褲幾乎捲到大腿上，露出用膠帶黏在大腿上部一大塊像灰色膏藥的東西。

她一邊撕下一條條膠帶，一邊發出痛苦的「哎喲」聲，她把那張像一大塊膏藥的東西取下，白羅才看清楚是一只裝在塑膠海綿袋裡的小包裹。茱莉亞打開了包裹，沒打聲招呼，就一股腦把那堆閃閃發光的寶石傾倒在桌子上。

「天啊！」白羅低聲驚嘆。

27 參克莉絲蒂的《麥金堤太太之死》一書。

他把這些寶石撿起來，讓它們在指縫間滑過。

「天啊！它們是真的，真貨！」

茱莉亞點點頭。

「我想一定是的，否則人們不會因為它們而殺人，對吧？我懂得，為了這些寶石，人們會殺人！」

突然間，像前一天晚上一樣，茱莉亞孩子般的眼睛裡流露出女人的眼神。

白羅熱切地望著她，點點頭。

「是的，你懂，你感覺到那種魔力。它們對你不可能只是些色彩繽紛的漂亮玩物……更可能是個遺憾。」

「它們是珠寶哪！」茱莉亞欣喜若狂地說。

「你說，你是在一支網球拍裡找到它們？」

茱莉亞把她的故事講完。

「你現在什麼都跟我講了吧？」

「我想是的。也許，在某些地方我可能有點誇大……有時我的確有點誇張。但是我的好朋友珍妮佛卻和我相反。她可以把最刺激有趣的事情變得枯燥無味。」她又盯著那堆閃閃發亮的東西。「白羅先生，它們究竟屬於誰？」

「這非常難說。但它們既不屬於你也不屬於我。我們現在要決定下一步怎麼辦。」

茱莉亞用期待的眼光望著他。

「你決定放手不管，讓我一個人來處理嗎？很好。」

赫丘勒・白羅閉上眼睛。

他忽然睜開眼睛，變得活潑起來。

「在這種情況之下，我似乎也沒辦法坐視不管了。雖然我寧可少管閒事。辦事必須有條理、有方法。但是從你所告訴我的內容看來，這件事是既無方向，又沒有條理。這是因為這個案子裡有許多線索，它們都匯集在同一個地方，那就是芳草地。不同的人，抱持不同的目的，代表著不同的利益，這一切都匯集到芳草地。所以我也要去芳草地。至於你……你母親在哪裡？」

「媽媽坐巴士到安納托利亞去了。」

「啊，你媽乘巴士到安納托利亞去？就是這麼回事！我了解她為什麼會是薩默海夫人的朋友了！告訴我，你去薩默海夫人家玩得很高興吧？」

「哦，是的，很有趣，她有幾隻可愛的狗。」

「那些狗，是呀，我還記得很清楚。」

「這些狗從窗子裡跳進跳出，像童話劇一樣。」

「你說得對。伙食呢？你覺得伙食怎麼樣？」

「哦，有時有點特別。」茱莉亞承認。

「特別，是呀，的確是。」

「但是莫琳姨媽會做非常美味的蛋捲。」

「她會做非常美味的煎蛋捲。」白羅高興地說，接著嘆了口氣。「這樣說來，赫丘勒．白羅沒有白費心神。」他說，「是我教你的莫琳阿姨怎樣做煎蛋捲的。」

他拿起電話。

「我要告訴你的好校長，要她對你放心，並告訴她，我會和你一起到芳草地去。」

「她知道我沒事。我留了張條子說我沒被綁架。」

「不過，向她再保證一下，她會更滿意。」

不久電話接通了，對方說她是包士卓小姐。

「喂，是包士卓小姐嗎，我的名字是赫丘勒．白羅。你的學生茱莉亞．奧仲現在在我這裡。我建議立即和她一道開車到你們那兒去。請轉告負責辦理這件案子的員警，一包貴重物品已經安全地存放在銀行裡。」

他掛斷電話，望著茱莉亞。

「要不要來杯糖汁？」他提議。

「糖汁？」茱莉亞一臉疑惑。

「哦，是果汁。黑醋栗、覆盆子還是紅醋栗？」

茱莉亞要了紅醋栗汁。

「但是珠寶還沒放進銀行。」她指出。

「很快就會放進去。」白羅說，「這是為了讓芳草地聽電話的人、竊聽的人或是聽人談起這事的人，以為珠寶已經放入銀行，不再是在你的手中。要想從銀行弄走珠寶需要時間和計畫。我不希望在你身上再發生什麼事，我的孩子。我要承認，我對你的勇氣和智慧有很高的評價。」

茱莉亞聽了很高興。但有點困窘。

18 商議

赫丘勒·白羅原本已準備好反擊一位女校長對穿著尖頭皮鞋、蓄著大鬍子、上了年紀的外國人所產生的狹隘偏見。但是他感到驚訝又愉快，包士卓小姐以一種世界主義者的精神和鎮定接待了他。而且她對他的一切知之甚詳，使他感到十分欣慰。

「白羅先生，您人真好，」她說，「這麼快就打電話來，減輕我們的憂慮。特別是，我們還沒來得及為這事憂慮，您的電話就來了。茱莉亞，你知道，吃中飯時，大家並沒有注意到你不在。」她轉向這位女孩，又說：「今天早上很多女孩被接回去了，餐桌上出現許多空位。我想，此刻就算有一半的人不在也不會引起恐慌。這不是正常的情況。」她說，轉過來朝著白羅，「我向您保證，我們通常不是這麼散漫。當我接到您的電話後，我馬上到茱莉亞的房間去，也發現了她留下的條子。」

「包士卓小姐，我不想讓您以為我被人綁架了。」茱莉亞說。

「我了解，但是，茱莉亞，你也許該告訴我你打算做什麼。」

「我想我還是不這麼做的好。」茱莉亞說，接著又出人意外地加了一句：「Les oreilles ennemies nous écoutent[28]。」

「白朗琪小姐似乎沒能改進你的口音。」包士卓小姐神情愉快地說，「但我不是在責備你，茱莉亞。」她轉而看著白羅，「現在，如果您願意，我想聽聽究竟發生了什麼事。」

「冒犯一下。」

赫丘勒．白羅說，他走進房間的另一頭，打開門朝外看看，做出誇張的關門動作，然後回轉身來，帶著微笑。

「現在沒人打擾我們，」他神祕地說，「我們可以開始談了。」

包士卓小姐瞧著白羅，然後瞧瞧門，又瞧瞧白羅。她的眉毛一揚，他堅定地注視著她的目光。包士卓小姐緩慢地轉過頭，這時，她又恢復了輕鬆自在的態度，她說：「那麼，茱莉亞，讓我們聽你談談全部的情況吧。」

茱莉亞開始娓娓道來。交換網球拍、神祕的女人，到最後她發現藏在網球拍裡的東西。

包士卓小姐轉向白羅。

28　法語，意思是「我們的一言一行都有人注意」。

「茱莉亞小姐對每件事的敘述都很精確。」他說，「我負責處理她帶給我的東西。我已經把它們安全地存放在銀行裡。因此我想，您可以預見到，您這裡不會再發生什麼不愉快的事了。」

「我了解。」包士卓小姐說，「是的，我了解……」她沉默了一會兒，然後又說：「你覺得茱莉亞留在這裡比較好，還是讓她到倫敦她阿姨那兒去？」

「啊，請你讓我留在這裡吧。」茱莉亞說。

「你在這裡感到愉快嗎？」包士卓小姐說。

「我喜歡這裡。」茱莉亞說，「而且，這裡正在發生一樁樁令人感到刺激的事情。」

「這並不是芳草地本身具有的特色。」包士卓小姐嚴肅地說。

「我想茱莉亞在這裡不會再有危險了。」赫丘勒．白羅說。他又朝門口瞧了瞧。

「我想我能理解。」包士卓小姐說。

「儘管如此，」白羅說，「還是應當謹慎小心。你懂得謹慎小心嗎？」他又說，眼睛瞧著茱莉亞。

「白羅先生的意思是，」包士卓小姐說，「他希望你對你所發現的事情保持緘默。不要對同學們談起這件事。你能保持緘默嗎？」

「能。」茱莉亞說。

「你深更半夜在網球拍裡發現了什麼，說給朋友聽，確實是個刺激的故事。」白羅說，

「但這故事不能說出去，這一點很要緊，為什麼如此，其中有很重要的道理。」

「我理解。」茱莉亞說。

「我能信任你嗎，茱莉亞？」包士卓小姐說。

「您可以信任我。」茱莉亞說，「我發誓。」

包士卓小姐笑了笑。

「我希望你母親不久就會回家來。」

「媽媽？哦，我也很希望。」

「我從凱爾西警官那兒得知，」包士卓小姐說，「他們已經做了一切努力來和你母親取得聯繫。不幸的是，安納托利亞的巴士老是發生意想不到的耽擱，常常不按時刻表行駛。」

「這件事我可以告訴媽媽嗎？」茱莉亞問。

「當然可以。好吧，茱莉亞，一切就這麼決定了。你現在可以走了。」

茱莉亞離開了。她隨手關上門。包士卓小姐眼睛緊盯著白羅。

「我想，我應該沒弄錯您的用意。」她說，「您剛才裝模作樣地關上那扇門，實際上……您故意讓它微微開著。」

白羅點點頭。

「以便我們的談話讓人偷聽到，對吧？」

「是的，如果有人想偷聽的話。這是保障這個小孩的安全預防措施。要讓人知道，她發現的東西已妥當地放進銀行，不是由她保管。」

包士卓小姐朝他看了一會兒，然後冷峻地抿起嘴唇。

「這一切都必須有個了結。」她說。

§

「我們的想法是，」警察局長說，「設法把我們的看法和情報彙集起來。我們很高興和您一塊兒攜手合作，白羅先生。」他又說，「凱爾西警官還清楚地記得您。」

「那是許多年以前的事了。」凱爾西警官說，「那時是由沃倫警官負責那個案子，而我還是個缺乏經驗的警佐，自知分寸。」

「這位先生是……為了方便起見，我們叫他亞當·古德曼，您不認識他，白羅先生，但是我相信您一定知道他的……他的，嗯，上級。安全特調處。」他補充說。

「帕威上校？」赫丘勒·白羅若有所思地說，「啊，是啊，自從上次見到他以來，已經有好久了。他還是像從前那樣睡眼惺忪嗎？」他問亞當。

亞當笑了起來。

「我看您相當了解他，白羅先生。我從來沒見他完全清醒過。如果我看見他清醒，我就知道他對眼前的事情心不在焉。」

「我的朋友，你說得有道理，觀察得很精準。」

「好了。」警察局長說，「我們言歸正傳吧。我並不是要大家都聽我的，或是把我的意見強加於人。我是來這裡了解一下，正在辦理這件案子的人知道些什麼、在想什麼。這件案子有許多層面，然而有一件事或許我應當首先提到。我說這話是由於……呃，上級單位的委託。」他望著白羅。「我們不妨說，有個小女生——一個女學生——跑到您那兒去，說她在挖空的網球拍柄裡發現了什麼。這是個動聽的故事，對她來說，一定很刺激。一堆五顏六色的石頭。人造寶石、上等仿製品這類的東西，或者甚至不太貴重的寶石，它們看起來都能像真的寶石一樣吸引人。不管怎樣，是一個孩子發現以後會感到非常興奮的東西。她甚至可能誇大了它的價值。這是很可能的，您不這樣想嗎？」他緊盯著赫丘勒・白羅說。

「在我看來是很有可能。」赫丘勒・白羅說。

「好的。」警察局長說，「把這些……嗯，五顏六色的石頭帶進這個國家的人，應該是在不知情的情況下。我們不希望發生任何非法走私的問題。

「此外還有外交政策問題。」他接著說道，「我現在了解，事情有點微妙，在涉及到石油、礦藏和這類事關重大的問題的時候，我們不得不和該國當權的政府打交道。我們不希望發生任何尷尬的局面。你沒辦法叫報紙不刊登謀殺新聞，謀殺新聞從不曾逃出新聞記者之手。但是迄今還沒有人把謀殺和珠寶聯繫起來。就目前來說，還沒有必要這樣做。」

「我同意，」白羅說，「我們必須考慮到國際上的複雜問題。」

「完全正確。」警察局長說，「我想我這麼說還是對的：拉馬特的已故統治者被看作是我國的一位朋友，他可能在我國擁有財產，並且有他的打算；而目前的當權者有鑑於此，可能希望他的計畫能夠實現。這到底意謂著什麼，我猜，目前還無人知道。如果拉馬特的新政府聲稱有權得到某些他們認為屬於他們的財產，那麼要是我們對這些財產是否在我國一無所知，事情會好辦得多。但現在直截了當地拒絕實在是不明智。」

「在從事外交斡旋時，人們不會直截了當地拒絕。」赫丘勒·白羅說，「相反地，人們會說這件事情正受到最大關切，但關於拉馬特已故統治者擁有的任何小……就說是儲備金好了，在目前尚未得到任何明確的消息。它可能還在拉馬特，它可能由已故阿里·玉素福親王的某位忠實朋友保管著，也可能已由五、六位人士攜往國外，甚至可能暗藏在拉馬特城中某處。」他聳聳肩。「總之就是不知道。」

警察局長嘆了一口氣。

「謝謝您。這正是我的意思。」他繼續說，「白羅先生，您在這個國家的高層人士中有朋友，他們對您很信任。他們可能願意私下把物品留在您手中，如果您不反對的話。」

「我不反對。」白羅說，「我們就談到這裡為止吧。我們還有更嚴重的事情要考慮，不是嗎？」他環顧四周。「或許您不認為如此，但歸結到底，七十五萬英鎊和人的生命比較起來算得了什麼？」

「白羅先生，您說得對。」警察局長說。

「您講得對極了。」凱爾西警官說，「我們所要找的是謀殺犯。我們很願意聽聽您的意見，白羅先生。因為它是一個猜不完的問題，我的猜想可以和任何人一樣幻妙，有時還要更天馬行空。整個事情就像亂成一團的毛線。」

「說得好極了。」白羅說，「我們不得不拿起這團毛線，把我們要尋找的一種顏色，謀殺犯的顏色拉出來，對吧？」

「沒錯。」

「如果複述一遍不會使您太厭煩的話，那就請您談談迄今為止所知道的一切情況。」

他靜下心來聽著。

他聽凱爾西講，又聽亞當．古德曼講，接著又聽警察局長簡短扼要地談了一下。之後他的身體朝後靠著，閉上眼睛，緩緩地點點頭。

「兩起謀殺，」他說，「發生在同一地點，差不多是在相同的情況下。一起綁架，綁去一個可能是整個事件核心的女孩。讓我們先來確定一下為什麼她會被綁架。」

「我可以告訴您她自己說過的話。」凱爾西說。

在他複述這個女孩的話時，白羅仔細聽著。

「這沒有什麼意義。」他抱怨說。

「我當時正是這麼想。事實上我當時認為，她不過是想抬高自己的身價……」

「但事實上她仍然是被綁架了。為什麼？」

「他們曾經要過贖金。」凱爾西慢吞吞地說，「但是……」他停頓了一下。

「但您認為這其實是假的？提出這種要求僅僅是用以支持綁架的說法？」

「正是這樣。約定的事情後來沒有履行。」

「這樣說來，謝絲塔是由於其他原因被綁架。什麼原因呢？」

「是為了使她講出……嗯，那些貴重物件藏在什麼地方嗎？」亞當疑惑地提出。

白羅搖搖頭。

「她並不知道那些東西藏在哪裡。」他指出。「至少這一點很清楚。不，其中必定有原因……」

他的聲音逐漸消失，一時沉默不語，皺緊眉頭。之後他坐直身子，問了一個問題。

「她的膝蓋。」他說，「你曾經注意過她的膝蓋嗎？」

亞當驚奇地盯著他。

「沒有。」他說，「為什麼我要注意她的膝蓋呢？」

「一個男人有許多理由去注意一個女孩的膝蓋。」白羅嚴肅地說，「很不幸，你沒有注意。」

「她的膝蓋有什麼奇特的地方嗎？一塊傷疤？還是諸如此類的東西？我不知道。她們大部分時間都穿著長筒襪，而她們的裙子又正好遮到膝蓋下面。」

「或許，在游泳池邊看到過？」白羅抱著一線希望提出。

「從沒見她下游泳池。」亞當說，「我想游泳對她來說太冷了。她是習慣溫暖氣候的。您問這個是什麼意思？一塊傷疤？還是什麼？」

「不，不，完全不是這個。啊，可惜。」他轉向警察局長。「如果您同意，我想給我在日內瓦的老朋友，那裡的一位警察局長寫封信，我想他也許能幫助我們。」

「是關於她在那裡上學的情況嗎？」

「是的。您真的同意？那好。這只是我的一個小小想法。」他停了一下繼續說：「順便問問，這次綁架，報紙上沒有登載什麼吧？」

「易卜拉罕親王堅持不要見報。」

「但我在花邊新聞裡注意到一小段話。是某位年輕的外國小姐忽然離開學校的事。這個專欄暗示說，這是一件剛剛萌芽的浪漫史。如果可能，必須防患於未然。」

「這是我的主意。」亞當說，「這麼個寫法似乎不錯。」

「好主意。我們現在從綁架再談到更嚴重的問題吧。謀殺，芳草地女校發生的兩起謀殺。」

19 繼續商議

「芳草地女校的兩起謀殺。」白羅若有所思地又說了一遍。

「我們已經把事實全部告訴您了。」凱爾西說，「如果您有什麼想法……」

「為什麼在體育館？」白羅說，「這是你的問題，對吧？」他對亞當說：「嗯，現在我們有了答案。因為在體育館裡有一支網球拍，裡面藏著價值連城的寶石。而有人知道了這支球拍。這人是誰？可能是史萍傑小姐本人。她對體育館的態度有點古怪，你們都這麼說。她不喜歡人們上那兒去，這是指那些未經許可的人。她似乎懷疑她們的動機，特別是對白朗琪小姐。」

「白朗琪小姐。」凱爾西若有所思地說。

赫丘勒．白羅又對亞當說：「你自己不也認為，白朗琪小姐的態度，在涉及體育館的時候有點特別嗎？」

「她解釋，」亞當說，「她解釋得太多。如果她沒有不厭其煩地想把事情解釋清楚，我本來絕不會懷疑她為什麼到那兒去。」

白羅點點頭。

「正是這樣。這的確令人費解。但是我們所知道的是，史萍傑凌晨一點在體育館被人殺害了，當時她沒有什麼事情要上那兒去。」

他轉向凱爾西警官。

「史萍傑小姐沒有來芳草地之前在哪兒？」

「我們不知道。」凱爾西說，「她離開她上次的工作地點，」他提到一所有名的學校。「是在去年夏天。從那以後她在什麼地方我們不知道。」他一本正經地接著說：「在她生前沒有機會問這個問題。她沒有近親，也顯然沒有任何密友。」

「那她可能曾經到過拉馬特。」白羅沉思地說。

「我相信當地發生動亂時，有一批教師正在那裡。」亞當說。

「那麼讓我們姑且說她當時在那裡，她在某種情況下聯想到那支網球拍。讓我們假定，在經過一段時期，她熟悉了芳草地的日常作息後，有一天晚上她到體育館去，拿了網球拍，正準備取出藏在球拍裡的珠寶時……」他頓了一頓。「就在那時有人打斷了她。是不是有人一直在注意她？在那天晚上尾隨著她？這個不明人士有把槍，而且朝她開了槍，但是來不及把珠寶挖出來，或者把球拍拿走，因為聽到槍聲的人已經朝著體育館趕來。」

他沒再說下去。

「您認為這就是當時的事發經過嗎？」

「我不知道。」白羅說，「這只是一種可能。另一種可能是，那個帶槍的人已經先在那裡，因看見史萍傑小姐而大吃一驚。那是個史萍傑小姐已經有所懷疑的人。你曾經告訴我，她是那種喜歡打聽祕密的人。」

「是個女人嗎？」亞當問道。

白羅望著他。之後，他把視線慢慢轉到其他兩人身上。

「你不知道。」他說，「我也不知道。可能是從外面來的一個人……」

他的語調一半是在提出問題。凱爾西搖頭。

「我想不是的。我們已經仔細查過住在附近的人。當然，特別是查過陌生人。有一位科林斯基夫人住在附近……亞當認識她。但是她不可能與任何一起謀殺案有牽連。」

「那麼再回過頭來看芳草地，只有一個方法可以使我們了解事實真相……排除法。」

凱爾西嘆了口氣。

「對。」他說，「歸根究柢，就只有這樣。就第一起謀殺來說，能夠懷疑的層面相當廣。幾乎每個人都有可能謀殺史萍傑小姐。可以排除的只有強森小姐和喬薇小姐……還有患耳痛的一位女孩。但是第二起謀殺的懷疑面就縮小了。李奇小姐、布萊克小姐和沙普蘭小姐不在內。李奇小姐當時正在二十英里外的奧頓格蘭旅館，布萊克小姐在利特爾波特，沙普蘭小姐則在倫敦野鳥之巢夜總會，和丹尼斯・拉伯恩先生在一起。據我所知，包士卓小姐也不在吧？」

亞當咧嘴笑笑。凱爾西和警察局長露出震驚的神色。

「包士卓小姐，」凱爾西嚴肅地說，「當時正和韋爾沙姆公爵夫人在一起。」

「那麼這就排除了包士卓小姐。」白羅一本正經地說，「還剩下誰呢？」

「兩個住在校內的工友，吉本斯太太和一個叫作多里斯・霍格的女孩。我不需要認真考慮她們。剩下的還有羅恩小姐和白朗琪小姐。」

「當然還有學生。」

凱爾西似乎很吃驚。

「您該不會懷疑她們吧？」

「說實在的，不會。但我們必須精確。」

凱爾西警官對精確性並不講究。他繼續說下去。

「羅恩小姐在這裡約有一年。她有良好的資歷。我們沒有掌握任何對她不利的事。」

「那麼我們來談談白朗琪小姐。這是行程的終點了。」

一陣沉默。

「沒有什麼證據。」凱爾西說，「她的證明文件似乎都夠真實。」

「它們勢必如此。」白羅說。

「她曾經窺探過。」亞當說，「但窺探不是謀殺的證據。」

「等一等。」凱爾西說，「有過一把鑰匙的事情。在我們第一次和她談話時……我再查一查……體育館有把鑰匙從門上掉下來，她撿了起來，忘記放回原處，帶著它走開了，被史萍傑罵了一頓。」

「無論是誰想要晚上去那裡尋找球拍，都必須有鑰匙才能開門進去。」白羅說，「為了達到這個目的，就必須取得鑰匙的壓模。」

「一定是的。」亞當說，「如果是這樣，那她絕不會向你提起鑰匙的事。」

「這倒未必。」凱爾西說，「史萍傑可能已經向人談過鑰匙的事，如果是這樣，她可能心想，最好還是漫不經心地提一提較好。」

「這是要記住的一點。」白羅說。

「這並沒有使我們對問題更深入多少。」凱爾西說。

他憂鬱地望著白羅。

「如果我獲悉的消息正確，」白羅說，「似乎有個可能性。我知道，茱莉亞．奧仲的母親在學期的第一天認出了這裡的某個人。一個她看見了感到吃驚的人。從事情的來龍去脈來看，很可能這個人和外國某項陰謀有關。如果奧仲夫人能肯定地指出白朗琪小姐就是她認得的那個人，那我想我們就可以相當有把握地進行下去。」

「說來容易做來難。」凱爾西說，「我們一直在設法和奧仲夫人聯繫，但是整個情況叫人頭疼！當她女兒說她是搭乘巴士時，我想她的意思是指一般的長途汽車旅行，按預定行程進行，一批人一塊兒行動。但根本不是那麼回事。她似乎喜歡隨便坐上當地巴士到她突然想去的地方。她並不是透過庫克旅遊公司或者其他旅行社的安排。她完全是單獨行動，到各處遊逛。對這樣一個女人你有什麼辦法？任何地方她都可能去。像安納托利亞這樣的地方多著哪！」

「是的，這使得事情更難辦。」白羅說。

「有不少長途汽車旅行都辦得不錯。」凱爾西以生氣的聲調說道，「一切都很便利，在哪裡停歇，參觀些什麼，一切都包括在費用裡，使你明確知道自己身在何處。」

「但是很明顯，那種旅行對奧仲夫人沒有吸引力。」

「而同時，我們卻在這裡給難住了。」凱爾西繼續說，「那個法國女人隨時都會索性一走了之。我們沒有辦法阻止她。」

白羅搖搖頭。

「她不會那樣做。」

「這您無法肯定。」

「我能肯定。如果你犯了謀殺罪，你不會去做任何異乎尋常的事情，以免引人注意。白朗琪小姐在本學期結束之前，會安安靜靜地留在這裡。」

「我希望您是正確的。」

「我相信我是正確的。記住，奧仲夫人看見的那個人並不知道奧仲夫人看到她。到時候會叫人大吃一驚。」

凱爾西警官嘆了口氣。

「如果這是我們唯一的辦法……」

「還有別的方法，例如聊天。」

「聊天？」

「聊天，它是很有價值的。如果一個人想要隱瞞什麼，在聊天中，他遲早會說出來。」

「露出自己的馬腳？」警察局長的話音中有點懷疑。

「事情不會那麼簡單。一個人對自己想隱瞞的事情總是守口如瓶。但是他往往對別的事情說得太多。而聊天還有其他用處。有些與罪案無關的人了解一些事情，但是不明白他們了解的東西有多重要。而這提醒我……」

他站了起來。

「請原諒我得離開一下。我要去問問包士卓小姐這裡是不是有人會畫畫。」

「畫畫？」

「畫畫。」

「哼，」白羅走開後，亞當說，「先是要知道女孩子的膝蓋，現在又是畫畫！真不知道下一次是什麼！」

§

包士卓小姐回答了白羅的問題，沒有表現出任何驚訝。

「羅莉小姐是我們的客座美術女教師。」她輕快地說，「但她今天不在這裡。您要她給你畫什麼？」她和善地又說了兩句，好像對待小孩一樣。

「臉孔。」白羅說。

「李奇小姐擅長人物素描，她很聰明，畫人物唯妙唯肖。」

「這正是我所需要的。」

他暗自讚許，包士卓小姐沒有詢問他想要畫畫的理由。她隨即離開房間，然後又和李奇小姐一起回來。

在互相介紹之後，白羅說：「您會畫人物素描？畫得快嗎？是用鉛筆嗎？」

艾琳．李奇點點頭。

「我常常畫，消遣消遣。」

「好，那就請吧，給我畫張已故史萍傑小姐的素描。」

「這很難，我認識她的時間很短。我試試看吧。」

她閉上眼睛想了想，然後開始敏捷地畫起來。

「好，」白羅說，從她手上把畫拿過來。「現在，請你再畫包士卓小姐、羅恩小姐、白朗琪小姐，還有……嗯，園丁亞當。」

艾琳．李奇疑惑地看看他，然後又開始工作。他看著她的畫稿，欣賞地點點頭。

「您真行，真的很行。那麼寥寥幾筆，把神態都畫出來了。現在我想要求您做些更難的事情。例如，給包士卓小姐畫上不同的髮型，改變她眉毛的形狀。」

艾琳盯著他看，好像認為他發瘋了似的。

「沒有，」白羅說，「我沒發瘋。我要做個試驗，就這麼回事。請照我要求的畫。」

不一會兒她說：「畫好了。」

「好極了。現在再同樣給白朗琪小姐和羅恩小姐變化形象。」

在她畫完以後，他把三張畫依次排在一起。

「現在我來指給你看。」他說，「儘管您做過一些改變，包士卓小姐依然是包士卓小姐，不會認錯。但是看看另外兩位吧。因為這不是她們的精確形象，又因為她們沒有包士卓小姐的個人特色，她們看起來幾乎是不同的一個人，對吧？」

「我懂您的意思了。」艾琳．李奇說。

在他細心地把這幾張素描摺起來的時候，她朝著他看。

「您準備拿這些畫做什麼？」她問道。

「好好利用。」白羅說。

20 聊天

「嗯……我不知道該說些什麼，」薩克利夫人說，「我真的不知道該說什麼……」

她帶著明顯的厭惡看著赫丘勒．白羅。

「亨利，當然，」她說，「不在家。」

這個聲明的意義有點模糊不清，但赫丘勒．白羅知道她心裡在想什麼。她是在想，亨利才能應付這類事情。亨利有許多國際上的往來。他常常飛往中東，飛往迦納，也飛往南美洲和日內瓦，甚至有時還飛往巴黎，但是不常去。

「整件事情，」薩克利夫人說，「令人十分難過。我很高興珍妮佛平安地回來和我在一起。不過，我要說，」她又加上幾句，顯出幾分煩惱。「珍妮佛實在非常令人厭煩。先是吵著要去芳草地，後來又說她不喜歡這個地方，說這是一個很勢利的學校，不是她想要去的那種學校，而現在呢，因為我把她接回來了，她整天繃著個臉。這真是太糟糕了。」

「無可否認它是所很好的學校。」赫丘勒．白羅說，「許多人說它是英國最好的學校。」

「它過去是，我敢說。」薩克利夫人說。

「將來還會是。」赫丘勒．白羅說。

「您這樣想？」薩克利夫人疑惑地看著他。

他的同理心逐漸消除了她的戒心。她得以擺脫她和子女相處時所遇到的困難、責任和挫折，而沒有什麼比這更能減輕一個做母親的人在生活中承受的負擔。忠誠往往使人沉默地忍受一切。但對於像赫丘勒．白羅這樣一個外國人，薩克利夫人覺得不存在忠誠的問題，她用不著沉默地克制自己。和他談話不同於和其他女孩的母親交談。

「芳草地正在經歷一個不幸的階段。」赫丘勒．白羅說。

這是他此刻所能想到最好的一句話。他感覺到這句話不具說服力，但薩克利夫人立刻就抓住這一點大做文章。

「不只是不幸而已！」她說，「兩起謀殺，一個女孩被綁架！你不能把你的女兒送到一個教師老是被謀殺的學校去。」

這似乎是一個很有道理的觀點。

「如果這兩起謀殺，」白羅說，「結果證明都是一個人所為，而這個人又被逮住，那麼事情就不大一樣了，對吧？」

「呃，我想是這樣。對的。」薩克利夫人迷惑不解地說，「我是說，您的意思……哦，我明白了，您的意思是像開膛手傑克[29]或另外一個人……是誰？和德文郡有關。克林姆？尼爾·克林姆[30]。他專門殺害同類型的女人。我猜想這個謀殺犯專門殺害女教師！我真希望你們能抓住他，關進監獄，把他吊死，因為一個人只允許犯一次謀殺案，對嗎？就像一隻狗只許咬一次人……我剛才說什麼來著？哦，是呀，如果能抓住他，呃，我想事情就不一樣了。當然，這樣的人不會很多，對吧？」

「希望如此。」赫丘勒·白羅說。

「但是還發生了綁架案。」薩克利夫人說，「你總不願意把你女兒送到一個可能被綁架的學校去吧？」

「絕對不願意，夫人。我看得出您把整件事情想得十分清楚。您說的一切都太有道理了。」

薩克利夫人挺高興。好久沒有人對她說過這樣的話了。亨利僅僅說過「你要送她上芳草地究竟為的是什麼啊？」之類的話；而珍妮佛老是臭著個臉，不理人。

「我曾經想過這件事情。」她說，「想過很多。」

29　開膛手傑克（Jack the Ripper），一八八八年八月至十一月於倫敦轟動一時的謀殺犯，他的真實姓名、國籍和年齡至今不明。他在倫敦東區殺害了許多人，始終沒有破案。

30　尼爾·克林姆（Neil Cream），與開膛手傑克幾乎是同一時期的連續殺人犯，專挑髮色淡、皮膚白皙的女人下手。

「那麼我就不應當讓您為綁架的事擔心，夫人。這事就你知我知。我就私底下告訴您關於謝絲塔公主的事件。那並不是真正的綁架……人們懷疑是一起桃色事件。」

「你是說，那個頑皮的女孩只不過是私奔去和某人結婚？」

「我得守口如瓶。」赫丘勒．白羅說，「您知道，大家不希望發生任何醜聞。這是我對你私下講的話，不要外傳。我知道您什麼都不會說出去。」

「當然不會，」薩克利夫人一本正經地說。她低頭看白羅從警察局長那兒帶來的信件。「我不大了解您是誰……呃，白羅先生。你就是書上所稱的私人偵探嗎？」

「我是個顧問。」白羅高傲地說。

這種哈利大街[31]的氣勢大大鼓勵了薩克利夫人。

「您要和珍妮佛談些什麼？」她問道。

「只是要了解她對發生的事情有什麼印象。」白羅說，「她的觀察力很敏銳，對吧？」

「我不能這麼說。」薩克利夫人說，「她完全不是那種遇事留心的孩子。我的意思是，她常常是很講究實際的。」

「這總比無中生有捏造事實的好。」白羅說。

「噢，珍妮佛才不會做那種事。」薩克利夫人很肯定地說。她站起來，走向窗前喊道：「珍妮佛。」

「我希望，」當她回轉身的時候，她對白羅說，「您能讓她理解，她爸爸和我都是一心為了她好。」

珍妮佛走進房間，緋著臉，以深深懷疑的眼光看著赫丘勒．白羅。

「你好！」白羅說，「我是茱莉亞．奧仲的朋友。她到倫敦來找我。」

「茱莉亞去過倫敦？」珍妮佛說，微微有點吃驚。「為什麼？」

「來徵求我的意見。」赫丘勒．白羅說。

珍妮佛不大相信的樣子。

「我把我的意見告訴了她。」白羅說，「她現在已經回到芳草地去了。」

「這麼說，她的伊莎貝爾阿姨並沒有把她帶回去。」珍妮佛說，朝著她母親投出惱怒的一瞥。

白羅瞧著薩克利夫人。但由於某種原因……或許是因為白羅來訪時，她正在點數送洗衣服的件數，或是有某種未加說明的急事要做……她站起身離開了房間。

「那裡正在發生許多事情，我置身事外，覺得有點難受。」珍妮佛說，「這麼大驚小怪！我告訴媽媽這太傻了。畢竟還沒有學生被人謀殺。」

「關於這兩件謀殺案，你有沒有自己的看法？」白羅問。

31 哈利大街（Harley Street），英國倫敦市的一條街道，許多醫生在那裡開設診所。

珍妮佛搖搖頭。

「是不是有人行為反常？」她提出她的看法，接著又若有所思地說道，「我想包士卓小姐現在得找幾個新教師了。」

「是呀，看來有可能。」白羅說，「珍妮佛小姐，有個女人來過，給你一支新球拍，調換你的舊球拍，你記得嗎？我對這個人很感興趣。」

「我還記得。」珍妮佛說，「直到今天，我還不知道到底是誰送的球拍。根本不是吉娜姨媽送的。」

「這個女人看上去是什麼樣子？」白羅說。

「那個帶球拍來的人？」珍妮佛半閉著眼睛似乎在思索。「唔，我不知道。她穿一件帶小斗篷的服裝，華麗而俗氣，戴著一頂鬆軟的帽子。」

「是嗎？」白羅說，「我指的不一定是她的服飾，而是她的臉孔。」

「我想，她臉上塗了很多化妝品。」珍妮佛沒有表情地說，「我覺得，在鄉村，這有點太過分了。她的頭髮是金色的。我想她是個美國人。」

「你以前見過她嗎？」白羅問。

「哦，沒有。」珍妮佛說，「我想她不是當地人。她自稱是來參加午宴或者雞尾酒會什麼的。」

白羅若有所思地望著她。他感到有趣的是，為什麼人家對她說什麼，她都全盤接受。他溫和地說：「但是她說的也許不是真話？」

「哦，」珍妮佛說，「是的，我看不是實話。」

「你很肯定你以前沒見過她嗎？比如說，她是否有可能是學校裡的一位學生或者教師化裝的？」

「化裝？」珍妮佛有點迷惑不解。

白羅把艾琳．李奇畫的白朗琪小姐的素描放在她面前。

「不是這個女人吧？」

珍妮佛懷疑地看著他。

「有點像她……但我想不是她。」

白羅點點頭，心裡在想著什麼。

沒有跡象顯示，珍妮佛已辨認出這實際上是白朗琪小姐的素描。

「您知道，」珍妮佛說，「我真的沒有仔細看她。她是個美國人，是個陌生人，而她又和我談著球拍的事……」

顯然，在那之後，除了新球拍之外，珍妮佛的眼睛什麼也看不見。

「我明白了。」白羅說，「你在芳草地曾經看到任何你在拉馬特見過的人嗎？」

「在拉馬特？」珍妮佛思索著。「哦，沒有……好像……我想沒見過。」

白羅立刻抓住她那微微有點懷疑的表情。

「你不能肯定嗎，珍妮佛小姐？」

「呃，」珍妮佛抓抓前額，有點苦惱。「我的意思是，你會見到一些人，他們看起來像誰誰誰。但你記不清他們像誰。有時你看見以前見過的人，但你記不起他們是誰。當他們對你說：『你不記得我了』，這的確是十分尷尬的事，因為你實在是記不起來。我是說，你看見他們的臉孔，好像認得，但你記不起他們的名字，記不起在什麼地方看見。」

「這是事實。」白羅說，「是呀，這是事實。人們常會有這種感受。」他停頓片刻，又繼續說下去，溫和地挑動了她一下。「比如說，謝絲塔公主，當你看到她時或許會認識她，因為你在拉馬特一定見過她。」

「哦，她那時在拉馬特嗎？」

「很可能，」白羅說，「畢竟她是王室的一位親戚。你可能在那裡見過她？」

「我不曾見過。」珍妮佛皺著眉頭說，「她不會露面跑來跑去。我的意思是，她們都戴著面紗之類的東西。雖然我想在巴黎和開羅她們都不戴面紗，在倫敦，當然也不戴。」

「總之，你沒有感覺你在芳草地見到以前碰過的人？」

「沒有，我確定沒有。當然大多數人看上去差不多，你可能四處都看得到他們。有的人長著一副奇怪的臉相，像李奇小姐那樣，只有這種人，你才會去注意。」

「你覺得你以前在什麼地方見過李奇小姐嗎？」

「不算真的見過。應該只是一個看上去像她的人。那個人比她胖得多。」

「比她胖得多的人……」白羅若有所思地說。

「想像不到李奇小姐胖胖的模樣。」珍妮佛邊說邊咯咯地笑起來。「她十分嬌小、貴氣。無論如何，李奇小姐不可能在拉馬特，上學期她因為生病沒來學校。」

「其他女孩呢？」白羅問，「你以前曾見過學生中的任何人嗎？」

「只有我原來認識的人。」珍妮佛說，「我原先認識她們當中的一兩個。你知道，我畢竟只在學校裡待了三星期，甚至連面熟的人也還不到一半。如果我明天碰到她們，大多數我都不認識。」

「你應該對周圍的事更加注意些。」白羅嚴肅地說。

「一個人不可能注意到每件事。」珍妮佛爭辯說。接著她又說：「如果芳草地繼續辦下去，我很想回去。務必請你替我在媽媽面前說句話。不過我想阻攔我的實際上是爸爸。住在鄉下真傷腦筋，沒有機會提升我的網球技術。」

「我向你保證我會盡力而為。」白羅說。

21 蒐集線索

「我想和你談談，艾琳。」包士卓小姐說。

艾琳．李奇隨著包士卓小姐走進她的客廳。芳草地女校安靜得出奇。還留在學校裡的學生約有二十五名，這些都是她們的父母因為有困難或者感到厭煩而沒接回去的學生。驚惶失措的浪潮已如包士卓小姐所願地被她的策略控制住了。眾人普遍認為，到了下學期一切都會水落石出。他們覺得包士卓小姐暫時把學校關閉的做法非常明智。

沒有一個教職員離開學校。強森小姐由於時間太多而感到無聊。成天沒事做讓她無法忍受。喬薇小姐看上去衰老悽慘，在一種悲戚的情緒中到處踱來踱去。她受到的打擊顯然比包士卓小姐更重。

的確，包士卓小姐仍然舉止如常，泰然自若，顯然保持這種態度對她沒什麼困難，她從未顯示出緊張或一蹶不振的神情。兩個年輕的女教師則挺能接受這額外的閒暇。她們在游泳池中泡著，給親朋好友寫信，索取郵輪旅遊廣告資料，以資研究比較。安恩・沙普蘭手頭有充裕的時間，她對此並無怨恨。她在花園裡打發掉不少時間，以一種令人意想不到的效率專心致志於園藝。她寧可讓亞當教她，而不要老布里格斯。這也是很自然的事。

「什麼事，包士卓小姐？」艾琳・李奇問。

「我一直想和你談談。」包士卓小姐說，「這所學校能否繼續辦下去，我還不知道。人們感受如何，往往難以估計，因為各人有各人的想法。但結果是，誰的感受最強烈，誰就能在最後把其餘所有的人轉變過來。所以要嘛芳草地從此完結……」

「不，」艾琳・李奇插嘴說，「不會完結。」她幾乎跳起腳來，她的頭髮立即飄下來。「你絕不能讓它停辦，否則那將是一種罪惡，一種犯罪。」

「你說得很堅決。」包士卓小姐說。

「我感受非常強烈。有許多事情實在不值得花半點力氣，但芳草地的確值得我把精力投擲進去。我一來到這裡，就覺得芳草地值得我投注心力。」

「你是個鬥士。」包士卓小姐說，「我喜歡鬥士，我向你保證，我不會乖乖投降。從某方面來說，我能從戰鬥中得到快樂。你知道，如果一切太容易、事情太順遂，人就會變得——我想不出一個能準確表達的詞語——自滿？厭倦？也許兩者兼而有之。但是我現在既不感到厭倦，也不感到自滿，我準備用我的每分每毫、全力以赴地去戰鬥。現在我想向你說的就是這一點：如果芳草地繼續辦下去，你願意在合作的基礎上參與領導嗎？」

「我？」艾琳・李奇盯著她看，「我？」

「是的，親愛的。」包士卓小姐說，「你。」

「我不能。」艾琳・李奇說，「我所知有限，我太年輕。噢，我還沒有您所需要的經驗和知識。」

「我知道我需要的是什麼，你不可能代替我來說。」包士卓小姐說，「提醒你，處於這個時期，這並不是一個具有吸引力的建議。你或許在別處可以做得更好。但我要告訴你這一點，而你必須相信我：在范希坦小姐不幸死去之前，我就已經決定，要把這所學校辦下去，而你就是我所需要的接班人。」

「您那時就這麼想過？」艾琳・李奇目不轉睛地望著她。「但是我當時認為……我們全都認為，范希坦小姐……」

「我沒有對范希坦小姐做過任何安排。」包士卓小姐說，「我得承認，我心裡考慮過她。過去兩年來，我一直在考慮她，但有些事情總是使我遲疑不決。我沒有和她談過任何肯定的事情。我敢說每個人都認為她會是我的接班人。她自己也可能這樣想過。直到前不久，我自己也是這麼想。後來我決定，她不是我所需要的接班人。」

「但她在各方面都很合適。」艾琳・李奇說，「她會絲毫不差地按照您的方式和您的想法辦事。」

「沒錯，」包士卓小姐說，「而這也正是問題所在。你不能抱住過去不放。有一點傳統是好的，但絕不能太多。學校是為今天的孩子辦的，它不是為五十年前甚至三十年前的孩子辦的。在有些學校，傳統比任何東西都重要，但是芳草地不是這樣的一所學校，它不是一所有悠久傳統的學校。它是一個女人的創作……如果我可以這麼說的話，而那個女人就是我自己。我曾對某些理想進行試驗，我曾盡我最大的能力把它們付諸實踐……雖然預期效果未能產生的時候，我也不得不修改它們。它不是一所常規的學校，但我們也並不因它是非常規的學校而自豪。它是一所試圖充分利用兩個世界——過去的世界和未來的世界——的學校，但是真正的重點在於現在。這就是它準備怎樣辦下去和應當怎樣辦下去的一條準則。學校應由具有理想——現代理想——的人來辦。保留過去的可取之處，同時又放眼未來。你現在和我開始辦校時的年齡差不多，但你具有我現在不可能再有的東西。你可以在聖經裡找到這樣的話：『他們的老年人做著夢，而他們的年輕人有想像力。』我們這裡不需要夢幻，而是需要想像力。我相信你有想像力，這就是為什麼你是適當的人選，而艾莉諾・范希坦不是。」

「這本應該是很好的事。」艾琳・李奇說，「本應該是我非常喜歡的事。」

包士卓小姐有點為她的語氣感到驚訝，雖然對此她沒有表現出來。相反地，她迅速表示同意。

「是的，」她說，「這本來應該是很好的。但現在這就不一定很好，對吧？呃，我想我了解。」

「不，不，我完全不是這個意思，」艾琳・李奇說，「完全不是。我……我不能詳細地說清楚，但是如果您過去……如果您過去問我，在一星期或兩星期前這麼對我說，我會立刻就說我不能，說這是非常不可能的事。而為什麼……為什麼它現在有可能，唯一的理由是因為……呃，因為它是一場戰鬥，要把擔子扛起來。是否可以讓我……讓我考慮一下，包士卓小姐？我現在不知道說什麼好。」

「當然。」包士卓小姐說。

她仍然覺得驚奇。她想，你永遠不會真正懂得一個人。

§

「李奇走過去了，她的頭髮又披了下來。」安恩·沙普蘭說道。她正彎腰面對花床，這時挺直了身子。「如果沒辦法把頭髮夾住，我不懂為什麼她不把它剪掉。她的頭形輪廓很好，剪掉會好看一點。」

「你應該把這話告訴她。」亞當說。

「我們還沒有這種交情。」安恩·沙普蘭接著又說：「你想這地方能維持下去嗎？」

「這是一個非常令人懷疑的問題。」亞當說，「我算什麼人，怎麼能夠判斷呢？」

「我想你能夠像別人一樣判斷。」安恩·沙普蘭說，「你知道，它可能維持下去。老公牛——女孩們這麼叫她——已經達到了她的目的。一開頭就把學生家長弄得迷迷糊糊。從開學以來過了多少時間……才一個月？我怎麼感覺似乎有一年了。我巴不得學期快點結束。」

「如果學校辦下去，你還會來嗎？」

「不會，」安恩肯定地說，「一定不會。我已過膩了學校生活，過了這麼久的學校生活，一輩子都夠受用了。不管怎樣，我生來不是一個適合和一群婦女關在一起的人。而且，說實在的，我不喜歡謀殺案。這種事在報紙上讀起來很有趣，作為一本好書，入睡前看看也是一種樂趣。但變成真人真事卻不是那麼有意思。」接著，安恩若有所思地說：「我想在這學期結束離開這裡時，就和丹尼斯結婚安定下來。」

「丹尼斯？」亞當說，「就是你對我提過的那位男士吧？據我記憶所及，他的工作性質經常要到緬甸、馬來亞半島、新加坡、日本這些地方去。如果你和他結婚，未必就能安定下來吧？」

安恩忽然笑了起來。

「是的，結了婚未必能安定下來。從物質、地理意義上說，還不能。」

「我想你能找到比丹尼斯更適合的人。」亞當說。

「你在向我求婚嗎？」安恩問。

「當然不是。」亞當說，「你是一個有野心的女孩，不會想嫁給一個卑微的兼差園丁。」

「我剛才正在想，要不要嫁給刑事調查部的人員。」安恩說。

「我不是刑事調查部的人員。」亞當說。

「不，當然不是，」安恩說，「讓我們保持優雅的談吐。你不在刑事調查部，謝絲塔沒有被綁架，花園裡的一切依然美妙可愛。不妨說，」她朝四周看看，又接著說：「所有的一切都沒有什麼兩樣。」過了一會兒她說：「關於謝絲塔又在日內瓦露面或者怎麼樣，我一點都不理解。她怎麼到那裡去的？你們這幫人一定非常疏忽，竟然會讓人把她帶出這個國家。」

「我得守口如瓶。」亞當說。

「我想你不會知道其中最關鍵的部分。」安恩說。

「我得承認。」亞當說，「我們要感謝赫丘勒・白羅先生，他已有了一個好主意。」

「什麼，那個把茱莉亞帶回學校並來看包士卓小姐的可笑小個子嗎？」

「是的，他自稱是顧問偵探。」亞當說。

「我想他差不多是個過時的人物了。」安恩說。

「我完全不了解他究竟想幹什麼。」亞當說，「他甚至去訪問過我的母親……要不就是他的一個朋友去過。」

「你的母親？」安恩說，「為什麼？」

「我不清楚。他似乎對母親們有一種病態的興趣。他還去看了珍妮佛的母親。」

「他去看了李奇的母親沒有？還有喬薇的母親呢？」

「據我所知，李奇小姐沒有母親。」亞當說，「否則，毫無疑問，他也會去看她。」

「喬薇小姐有個母親在查頓罕，她告訴過我。」安恩說，「不過我想她大概有八十多歲了。可憐的喬薇，她自己看上去也快八十了。現在她正走過來要跟我們談話。」

亞當抬起頭來看了看。

「是的。」他說，「在過去一個星期她老了許多。」

「因為她真心愛這個學校。」安恩說，「學校就是她的生命。她不忍心看到它走下坡。」

喬薇比開學那天的確老了十歲。她的步伐已經失去那種輕快的力道，不再快活而忙碌地東奔西跑，現在她走到他們跟前，步子有點遲緩。

「請到包士卓小姐那兒去一趟。」她對亞當說，「她要對你交代一點花園的事。」

「我得先把身上弄乾淨點。」亞當說。

他放下工具，朝花棚的方向走去。

安恩和喬薇小姐一道朝校舍走去。

「周圍靜悄悄的，對吧？」安恩朝四處看了看說道，「就像一個沒有觀眾的劇院。」她似乎在思索著什麼，又接著說：「但又十分巧妙地讓人們在售票處前走過，使他們看上去像是觀眾。」

「真可怕。」喬薇小姐說，「可怕！想到芳草地會落到這樣的地步真傷心。我腦子裡丟不開煩惱，晚上睡不著覺。一切都毀掉了。這許多年的心血、這許多年建立起來的美好事物都毀掉了。」

「會重新好起來的。」安恩愉快地說，「你知道，人們是健忘的。」

「也不是那麼健忘。」喬薇小姐冷冷地說。

安恩沒答話。她的內心其實同意喬薇小姐的看法。

§

白朗琪小姐從她上法國文學課的教室走出來。

她瞧了瞧手錶。是的，還有許多時間可以做她想做的事。由於留在學校的學生很少，這些日子以來，時間總是很多。

她上樓走進自己的房間，戴上帽子。她不是那種出門不戴帽子的人。她在鏡子裡端詳了一下自己的外表，心裡十分滿意。我是缺乏引人注目的個性！不過這樣也有好處！她對自己笑笑。這讓她用起姐姐安潔的證明書易如反掌，甚至護照的照片也沒被人挑出毛病。在安潔死去後，如果廢置那些極好的證件不用，那是萬分可惜。安潔是真正以教書為樂。而對她來說，教書極其叫人厭煩。但薪水很不錯，遠遠超過自己過去的收入。而且事情進行得超級順利，將來是會大大不同。哦，是的，大大不同。死氣沉沉的白朗琪小姐就要時來運轉了。她在想像中看到了這點。在旅遊勝地蔚藍海岸，她服飾華麗，打扮入時。人生在世，就是要有錢。哦，是的，凡事都將稱心如意起來。來到這個令人憎恨的英國學校還是值得的。

她拎起手提包，走出房間，沿著走廊走去。她的視線落在一個跪在那裡忙著工作的婦女身上。新來的雜務工，當然是個警探。他們的頭腦多簡單，還當別人不知道呢！

她嘴上帶著輕蔑的微笑，走出校舍，經過車道走到前門。公車站就在對面，她站在那兒等著。公車一會兒就會來到。

在這條僻靜的鄉村道路上人煙稀少。有輛汽車停在那兒，一個人臉朝打開的引擎蓋，俯著身子。一輛自行車靠在籬笆旁。還有個人也在等公車。

這三人當中無疑有一個會尾隨她，他會做得很巧妙，不會那麼顯眼。她充分注意到這一事實，但是她不在乎。歡迎她的「影子」看到她上哪兒去，看到她幹些什麼。

公車來了。她上了車。一刻鐘以後，她在城裡的主要廣場下車，沒有費神去看她背後跟著的人。她橫過馬路，走到一家大百貨公司陳列著新式睡袍的櫥窗面前。蹩腳的貨色，鄉下人的審美觀！她癟著嘴，這麼想著。但是她卻站在那兒張望，好像被深深吸引了似的。

隨後，她走進商店，買了一兩樣小東西，走上二樓，進入婦女休息室。那兒有一張書桌，幾把便椅，一間電話間。她走進電話間，投入硬幣，撥了她要的電話號碼，等候回話的聲音，看它是否正確。

她滿意地點了點頭，然後按了通話鍵開口說：「我這兒是白朗琪公館。白朗琪公館，你懂嗎？有一筆欠款，我不得不提醒你。明天晚上以前你得付清。明天晚上！付到倫敦全國信用銀行萊德柏里街分行白朗琪公館的戶頭裡，數目我現在告訴你。」

她講了一個數目。

「如果這筆錢不匯入，我就有必要向有關部門報告我在十二日晚上觀察到的一切。注意，我說的是史萍傑小姐。你還有二十四小時多一點的時間。」

她掛上電話，踏進休息室。有個婦女剛從外面進來，也許是商店的顧客，也許不是。如果是後者，要想竊聽已經太遲了。

白朗琪小姐走到隔壁的洗手間去梳洗一番，然後試了幾件上衣但沒買。接著她又走到街上，臉上帶著微笑。她到一家書店瀏覽了一下，才又乘車回到芳草地。

她走上車道時，臉上還帶著微笑。她把事情安排得很好。她要的數目不算太大，對方接到通知後，短時間內仍可以籌措。有這筆錢在手頭花花倒很不錯。因為，將來當然還可以再向對方要求付款……

是的，這將是不算太壞的一項收入來源。她問心無愧，一點也沒去考慮她有責任把知道和看到的事向警察報告。那個史萍傑原是個可惡的女人，粗魯，缺乏教養，好管別人閒事。哼，她是咎由自取。

白朗琪小姐在游泳池旁站了一會兒。她看著艾琳．李奇跳水。安恩．沙普蘭也從水池中爬上來又跳進水裡，她也跳得很好。女孩們笑著，尖聲叫著。

鈴聲響了。白朗琪小姐走去上三年級的課。學生心不在焉，無精打采，但白朗琪小姐幾乎沒注意到，她很快就會永遠擺脫教書這一行了。

她走回自己的房間梳洗一下，準備用晚餐。她模糊地看到，但沒有真正注意，她把一件在花園裡穿的外衣丟在屋子角落的一把椅子上，而不是像平常那樣懸掛起來。

她向前傾著身子，在鏡子裡端詳一下自己的臉孔，撲了點粉，塗了唇膏……

那個動作出現得非常敏捷，使她完全意想不到。這個動作毫無聲響，完全是行家行徑！椅子上的外衣似乎自行聚攏來，掉在地上。一瞬間，在白朗琪小姐的背後，伸出了一隻拿著沙袋的手。她還來不及張嘴喊叫，沙袋就悶聲打在她的後腦勺上了。

22 安納托利亞的插曲

奧仲夫人坐在路旁俯瞰深谷。她正一邊講法語一邊打手勢地和一位大塊頭的土耳其婦人交談。儘管交談困難，這位土耳其婦女卻盡可能詳細地談著她最近的一次流產。她解釋說，她有過九個孩子，其中八個是男孩，還流產過五次。她似乎對流產和生產同樣感到高興。

「你呢？」她友好地觸碰奧仲夫人的肋骨。「有幾個男孩、女孩？」

她舉起手準備在手指上數一數。

「一個女孩。」奧仲夫人說。

「男孩呢？」

眼見這位土耳其婦女對她的尊敬即將減損，奧仲夫人心中湧起一股民族主義的自尊，只好扯一個謊。她舉起右手五個手指。

「五個。」她說。

「五個男孩？好極了！」

土耳其婦女滿意又敬重地點點頭。她還說，如果她那位能說一口流利法語的表妹在這裡，她們彼此一定能更加了解。隨後她又繼續講她最近一次流產的故事。

其他旅客都在她們四周懶散地坐著，並從他們隨身帶去的籃子裡取出一些奇怪的食物吃著。巴士看上去有點破舊，正停靠在一塊突出的岩石。司機和另一個人在車篷內忙著。奧仲夫人完全算不出時間過了多久。洪水封鎖了兩條道路，他們不得不繞道而行，有一次他們滯留了七小時，直到他們要穿過的河水退了以後才繼續上路。安卡拉指日可到，她所知道的就只有這一點。她聽著朋友熱切而不連貫的談話，揣摩著什麼時候該欽佩地點點頭，什麼時候得同情地搖搖頭。

一個聲音打斷了她的思路，這個聲音和她現在的環境完全不協調。

「我想，您是奧仲夫人吧？」這個聲音說。

奧仲夫人抬起頭來看了看，不遠的地方剛開來一輛轎車，站在她對面的人無疑是從這輛車上下來的。他的臉孔顯然是英國人的臉孔，聲音是英國人的聲音。他穿著筆挺的灰色法蘭絨西裝。

「天哪，」奧仲夫人說，「李文史東博士？」

「我們是有點相似。」這個陌生人愉快地說，「我叫阿特金森。我是從安卡拉領事館來的。兩三天來，我們一直設法和您取得聯繫，但是道路中斷了。」

「設法和我聯繫？為什麼？」奧仲夫人突然站起來，一個快活旅行者的形象頓時化為烏有，她的全身散放出母性的警覺。「茱莉亞？」她尖聲說，「茱莉亞發生了什麼事嗎？」

「不，不，」阿特金森讓她放心。「茱莉亞平安無事，完全和她無關。芳草地女校發生了麻煩，我們要盡快把您送回那兒。我用車送您回安卡拉，一個鐘頭內您就可以上飛機。」

奧仲夫人張開嘴，接著又闔上。隨後她站起來說道：「您得把我的包裹從巴士頂上取下來。那個深顏色的。」她轉過身，和她的土耳其同伴握手，說道：「真遺憾，我現在得回家了。」

她以十分友好的姿態向整車的同伴揮手，喊出一聲土耳其人告別的話，秀出她少少的土耳其詞彙。她準備立刻跟隨阿特金森先生一道回去，不再提什麼問題。他和別人一樣，覺得奧仲夫人是一位通情達理的婦女。

23 攤牌

在一間比較小的教室裡，包士卓小姐注視著被召集來的人們。學校的全體教職員都在這裡：喬薇小姐、強森小姐、李奇小姐，還有兩位比較年輕的女教師。安恩·沙普蘭拿著筆記本和鉛筆坐著，以便包士卓小姐要她做記錄。包士卓小姐旁邊坐著凱爾西警官，再過去，坐著赫丘勒·白羅。亞當·古德曼獨自一人坐著，位於教職員和他所謂的行政管理階層之間。包士卓小姐站起來用她那老練而果斷的語調開始發言。

「你們是本校的教職員，並且都關心學校的命運。」她說道，「我認為應該讓你們了解目前這場調查究竟已經進展到何種程度。凱爾西警官已經告訴我某些事實真相了。赫丘勒·白羅先生有廣泛的國際人脈，已經從瑞士方面得到很有價值的資料，他本人將彙報與此有關的情況。我要抱歉地說，我們的調查還未取得最後結果，但是一些次要的問題已經澄清了，我想，讓諸位了解目前進展的情況，一定會使各位得到寬慰。」

包士卓小姐把目光轉向凱爾西警官，於是他就站了起來。

「就本人的身分來說，」他說道，「我不能透露我所知道的全部情況。我能夠向諸位肯定的一點是，我們已有進展，並且開始了解這所學校裡發生的三件命案是誰做的。除此之外，我沒有更多情況可以奉告。我的朋友……赫丘勒．白羅先生不受保守官方機密的約束，因而可以完全自由地告訴你們他本人的看法，他將向諸位透露他所掌握的某些情況。我相信諸位都是忠於芳草地女子學校和包士卓小姐，你們一定會對白羅先生即將談到的事情保守祕密，因為這些事不足為外人道。對於相關情況的傳言和猜測愈少愈好，因此我要求諸位對今天在這裡聽到的事保密。大家都明白了嗎？」

「當然。」喬薇小姐第一個做了有力回應。「我們是忠於芳草地女校，但願如此。」

「自然如此。」強森小姐說。

「哦，是的。」兩位年輕的女教師接著說道。

「我同意。」艾琳．李奇說。

「那麼，也許白羅先生可以開始了？」

赫丘勒．白羅站起來向周圍的人微笑著，並且很小心地捻著他的小鬍子。兩位年輕的女教師差點笑出來，但兩人遞了個眼色，還是把嘴抿住沒出聲。

「對於諸位來說，這是一段多難而又焦慮不安的日子。」他說，「首先我希望大家明白我充分了解這一點。自然，包士卓小姐的日子最不好過，但是你們也都吃了苦。首先，你們有三位同事不幸被害，其中有一位長期在此執教，我說的是范希坦小姐。史萍傑小姐和白朗琪小姐兩位當然是新到不久，但我相信她們的遇害一定使諸位感到震驚，而且這也是一件痛苦的事。諸位一定也很感到驚恐不安，看來似乎是有人要對芳草地女校的女教師報仇。我可以向大家保證，凱爾西警官也可以向大家保證，絕對沒有這種事。芳草地女校由於一系列巧合事件，一時成了某些邪惡人物注意的焦點。我們也許可以說，是鴿群裡闖進了一隻貓。這裡發生了三起謀殺案和一起綁架案。我想首先談談綁架案，因為在整個事件中，第一個困難在於要排除那些無關的事，這些事情雖然本身也構成犯罪，但足以使最重要的線索模糊不清，也就是那位無比凶殘狠毒的凶手的線索。」

他從口袋裡拿出一張照片。

「首先，我要大家傳閱這張照片。」

凱爾西把照片拿過來，轉手交給了包士卓小姐，她接著把照片交給教職員看。最後，照片送回到白羅手裡。他注視著大家的臉色，發現她們都毫無表情。

「請問各位，你們認得出照片中的那個女孩嗎？」

人人都搖頭。

「你們一定要認認看。」白羅說，「因為這是我從日內瓦弄到的謝絲塔公主的照片。」

「但這根本不是謝絲塔公主。」喬薇小姐叫起來。

「的確如此。」白羅說，「整個事件的開端是在拉馬特開始的，就像你們知道的，大約三個月前那裡爆發了一次革命政變。統治者阿里．玉素福親王設法出逃，由他的私人駕駛開飛機送他。然而他們的飛機在拉馬特以北的山中墜毀，直到過些時候才被發現。阿里親王隨身攜帶的一件貴重物品不見了，在飛機殘骸中沒有找到它。有傳言說東西已被帶到這個國家。有幾幫人急於把這寶物弄到手。他們的一條線索就是阿里．玉素福親王留下的唯一一位親人，他的表妹。這女孩當時在瑞士一所學校讀書。有一種可能，如果寶物被安全地帶出拉馬特，它會送交謝絲塔公主，或交給她的親屬或監護人。一夥人被派去監視她的叔叔易卜拉罕親王，還有一夥人則去監視公主本人。人們知道，她本學期將來這所學校就讀。很自然，會有人奉派到這裡來謀取一個職位，並且嚴密監視與公主接觸的任何人、信件和電話等等。但是他們想出了一個更為簡單和有效的辦法，那就是綁架謝絲塔公主，並且派他們自己的人冒充謝絲塔公主到這裡來。這樣做萬無一失，因為易卜拉罕親王當時正在埃及，他計畫到夏末才來英國訪問。包士卓小姐本人並沒有見過這女孩，她是透過駐倫敦的大使館處理她入學的所有事務。

「這計畫再簡單不過了。真正的謝絲塔由一位駐倫敦的大使代表陪同離開瑞士。或者可以說，人們認為是如此。但事實上，後來駐倫敦的大使館接到通知說，瑞士學校的一位代表會陪同這女孩到倫敦來。所以真正的謝絲塔公主被帶到了瑞士一處旅遊勝地的舒適小屋中，就一直留在那裡。另外一位女孩來到了倫敦，大使館的一位代表迎接了她，並把她帶到這所學校來。當然，這位替身的年齡必須比真正的謝絲塔大得多才行。但這點並不會引起疑心，因為東方的女孩看上去一向比她們的年齡要大些。一位專門扮演女學生的法國女演員被選中充當了這個角色。

「我問過，」白羅帶著沉思的語調說道，「是否有人注意到謝絲塔的膝蓋。膝蓋可以準確地顯示年齡。一位二十三、四歲婦女的膝蓋絕對不可能被誤認為是十四、五歲女孩的膝蓋。可惜沒人注意到她的雙膝。

「但是，計畫並沒有像預期的那麼成功。沒人試圖和謝絲塔接觸，她沒接到什麼重要信件或電話。隨著時間消逝，又產生了新的擔憂。易卜拉罕親王可能提前來到英國。他這個人不會事先宣布他的計畫。據我了解，這個人慣於在某晚宣布『明天我要去倫敦』，接著就會動身。

「同時，假謝絲塔知道，隨時都會有一個認識真謝絲塔的人來到。在謀殺案發生後，她特別擔心，於是她就向凱爾西警官談起綁架的問題，以便為以後的綁架事件埋下伏筆。當然，真正的綁架不會是那樣。一得知那位叔叔第二天上午就要把她帶出去，她就打了一個簡短的電話，於是比真來接她的車早了半小時，便開來了一輛掛著假外交使團車牌的豪華轎車，這樣謝絲塔表面上就『被綁架了』。實際上，這輛汽車開到第一個大城市時，她就下了車，並且立刻恢復了自己的本來面目。送來了一張虛張聲勢的贖票通知，只不過是要人相信這個把戲而已。」

赫丘勒・白羅停了一下又接著說：「你們應該看得出，這不過是搞陰謀的人玩的詭計，企圖使人判斷失誤。人們把注意力集中在此地發生的綁架案，可是誰也沒想到，綁架案其實早在三週以前就已經在瑞士發生了。」

白羅出於謙虛未說出口的真正意思是，只有他想到。

「我們現在繼續下去。」他說，「談比綁架更為嚴重的事情……謀殺。

「假的謝絲塔有可能殺害史萍傑小姐，但她不可能殺害范希坦小姐或者白朗琪小姐，而且她沒有殺害任何人的理由，也沒人要求她這樣做。她的任務僅是收取一件貴重的包裹……因為這包裹照理說該交到她手裡；或者，退而求其次，設法弄到相關情報。

「現在讓我們再回到事件發生的起點拉馬特。在拉馬特，普遍謠傳阿里．玉素福親王把這貴重的包裹交給他的私人駕駛包柏．羅里森，而羅里森又安排把包裹送往英國。事發當天，羅里森到過她姐姐薩克利夫人和女兒珍妮佛在拉馬特下榻的旅館。薩克利夫人和女兒剛好出去，但是羅里森還是上樓到她住的房間裡，至少在那裡停留了二十分鐘。這是一段相當長的時間。當然，你可以說，他或許在給他姐姐寫一封長信。但他沒這樣做，他只是留下一張一兩分鐘就可寫好的便條。

「有幾夥人進行了推斷，一個很合情理的推論是，當他停留在姐姐房間裡時，他把那件東西放在他姐姐的物品中，而她也把東西帶回了英國。現在我們就談談兩條不同的線索。有一夥人……也可能不只一夥，斷定薩克利夫人已把東西帶回英國，結果她在鄉下的房子被搜查了一番，而且搜得很徹底。這表明搜查的人並不知道東西藏在哪裡。他們只知道東西也許被夫人保存在某個地方。

「但是，另外有人很清楚地知道東西藏在哪裡。我想現在把羅里森藏東西的地方透露出來已沒有什麼關係。他把東西藏在一支網球拍裡，他把拍柄挖空，後來又把它很巧妙地接攏，以至於很難看出拍柄被挖開過。

「那球拍不是夫人的，而是她女兒的。有人清楚地知道藏東西的地點，於是有一天夜裡就來到體育館，事先印下了房門鑰匙的圖樣並且配了一把。在那樣晚的時刻，人人都該入睡了，但是偏有人還未就寢。史萍傑小姐看見體育館的手電筒燈光，於是出去查看。她是一位強而有力的年輕婦女，相信自己應付得了任何狀況。那個人可能正在一堆球拍中搜尋所要找的那一支。她被史萍傑小姐看到並且認了出來，當然這就不容有任何遲疑。搜尋的人是一個殺人成性的傢伙，於是就開槍打死了史萍傑小姐。接著，凶手不得不迅速行動。槍聲已經被人聽到，有人正在向體育館走來，無論如何，凶手一定要逃出體育館，不能讓人看見。球拍只得暫時留在原處……

「在後來幾天裡，他們又要了另一個花招。有一天，珍妮佛·薩克利從網球場回來，被一個操美國口音的陌生婦女攔住，她花言巧語地騙這女孩說，有個親戚給她送來了一支新的網球拍。珍妮佛毫不懷疑她的說法，就把自己的球拍和這女人手中一支昂貴的新球拍對調。但有個情況是這個操美國口音的女人所不知道的。幾天前，珍妮佛·薩克利和茱莉亞·奧仲交換了球拍，因此，那個陌生女人拿走的，實際上是茱莉亞·奧仲的舊球拍，雖然在識別的標籤上仍寫的是珍妮佛的名字。

「現在我們要講到第二個慘劇。范希坦小姐出於人們不知道的理由（也許與那天下午謝絲塔被綁架有些關係），在人們都已入睡後，拿了手電筒來到體育館。有人尾隨在她身後，當范希坦在謝絲塔的更衣箱邊俯下身去時，這人就用棍棒或沙袋把她打死了。這罪行像上次一樣又立刻為人發覺……喬薇小姐發現體育館有燈光就立刻趕來。

「警方再次派人看守體育館，凶手又不能去搜尋和檢查網球拍了。但這時候，聰明的茱莉亞·奧仲思考了這些情況，終於得出一個結論：原來屬於珍妮佛而現在歸她所有的網球拍一定有某種重要性。於是她自行檢查球拍，發現自己的猜想果然不錯，遂把藏在球拍中的東西交給了我。

「這些東西。」赫丘勒·白羅說，「現在已被安全地保管起來，也與我們這裡的人無關了。」他停頓了一下又繼續說：「我們還得繼續分析第三個慘劇。

「白朗琪小姐到底知道些什麼或懷疑什麼，我們永遠不得而知。她可能在史萍傑小姐被害的那天夜裡看到什麼人離開房子。不管她知道或懷疑什麼，她至少知道那個凶手是誰。她沒有把情況透露出來，打算用保密做代價詐取一筆金錢。

「向一個也許犯過兩起凶殺案的人敲詐，這是再危險不過的事了。」赫丘勒·白羅激動地說，「白朗琪小姐也許有所防範，但是並不周到。她和凶手做了約定，最後被殺害了。」

他又停頓了一下。

「就這些。」他向四周環視了一下說道，「現在你們對事件的全部情況應該清楚了。」他們的目光都盯著他。原本臉上露出的好奇、驚詫、激動等表情，現在好像突然化為一片寧靜，似乎他們害怕表露任何情緒。赫丘勒・白羅對他們點點頭。

「是的，」他說道，「我知道你們的感覺，『真相快要揭曉了』，對吧？你們知道，我、凱爾西警官和亞當・古德曼先生一直在進行調查。你們知道，我們一定要弄清楚現在是否還有貓藏在鴿群當中！你們明白我的意思了吧？這裡是否還有人在玩弄喬裝打扮、冒充欺騙的把戲？」

聽眾中略有騷動，那是一種短暫、偷偷的斜視，他們想看看別人，但又不敢這樣做。

「我很高興地向你們保證，」白羅說，「在座的各位，現在完全符合自己原本的身分。例如喬薇小姐就是喬薇小姐……那絲毫不容懷疑，她在女校創辦時就來到這裡了。強森小姐也毫無疑問是強森小姐。李奇小姐就是李奇小姐。沙普蘭小姐就是沙普蘭小姐。羅恩小姐和布萊克小姐也是羅恩小姐和布萊克小姐。還有，」白羅把頭回過去說，「亞當・古德曼，他是這裡的園丁，如果他並不真的是亞當・古德曼，至少也是他的證明文件上所指的那個人。那麼，我們到底走到了哪一步呢……我們要找的不是偽裝成別人的那個人，而是以自己真正的身分出現、實際上卻是殺人凶手的那個人。」

整個房間現在是靜悄悄的。氣氛使人感到壓抑。

白羅又繼續說下去。

「首先，我們要找到三個月前曾在拉馬特逗留過的那個人。這個大家爭奪的珠寶被藏在網球拍中的事，只有一個辦法可以獲知：一定有人親眼看見包柏・羅里森把東西放進球拍。事情就是這麼簡單。那麼在座的諸位中，有哪一位三個月前是在拉馬特呢？喬薇小姐當時在這裡，強森小姐當時在這裡。」接著他的目光又轉向兩位年輕的女教師。「羅恩小姐和布萊克小姐當時也在這裡。」

他用手指了一下。

「但是李奇小姐……李奇小姐上學期不在這裡，對吧？」

「我……不在這裡。我那時生病了。」她匆匆地回答，「我離開了一學期。」

「這個情況我們原先並不了解，」赫丘勒・白羅說，「是幾天前有人隨口提起的。起初警察問你的時候，你僅僅說，你到芳草地女校已有一年半時間。這倒是一點不假。但是你上學期並不在這裡。你很可能在拉馬特……我想你是到拉馬特去了。請注意，這件事可以從護照上看出，你應該也明白。」

出現了一陣沉默，然後艾琳・李奇抬起了頭。

「是的，」她平靜地說，「我當時是在拉馬特，為什麼不可以？」

「你為什麼去拉馬特，李奇小姐？」

「這你當然知道。我當時生病了，醫生建議我去休養，到國外去。我曾寫信給包士卓小姐說我要請一個學期的假，她充分了解。」

「的確如此，」包士卓小姐說，「信中還附了醫生的證明，建議李奇小姐最好過一個學期再恢復工作。」

「所以，你就到拉馬特去了？」赫丘勒．白羅問。

「我為什麼不能去拉馬特？」艾琳．李奇小姐回答時聲音有些顫抖。「學校教員可以享受低價的交通費。我希望休養一下，我需要陽光，所以就到拉馬特去了。我在那裡停留了兩個月。請問，這有何不可？為什麼不可以？」

「你從未談及拉馬特發生革命時你人在當地。」

「我為什麼要談這個？這和這裡的人有什麼關係？我沒有殺害任何人，我可以對你說，我沒有殺害任何人。」

「你要知道，你被認出來了。」赫丘勒．白羅說，「但不是很肯定。珍妮佛這孩子很粗心。她說她認為在拉馬特看見了你，不過後來又說，不可能是你，因為，據她說，她見到的人比較胖，而不是個瘦子。」他身體又朝前傾，一雙眼睛直盯著艾琳．李奇的面孔。「你有什麼要說的嗎，李奇小姐？」

她身體轉動了一下。

「我知道你企圖證明什麼！」她大聲說，「你企圖證明這些謀殺案不是情報人員幹的，而是一個碰巧在拉馬特、也碰巧看見珠寶被藏進網球拍中的人幹的。這個人知道這孩子將到芳草地女校來求學，所以她認為自己有機會可以把珠寶據為己有。但是我告訴你，根本不是這麼回事。」

「我認為發生的情況就是這樣。必定如此。」白羅說，「有人看見珠寶被藏起來，而為了把珠寶弄到手，竟然把所有的道德責任或利害關係全都拋到九霄雲外！」

「沒這回事，我可以告訴你，我什麼都沒看見……」

「凱爾西警官。」白羅轉過頭來招呼。

凱爾西警官點點頭，走到門邊，開了門，接著奧仲夫人進了房間。

§

「您好，包士卓小姐。」奧仲夫人打著招呼，看起來有點困窘。「很抱歉，我的樣子有點不整潔，但是昨天我還在安卡拉附近，是剛搭飛機回來的。我相當狼狽，沒有時間梳洗什麼的。」

「沒關係，」赫丘勒・白羅說，「我們想問您一些事情。」

「奧仲夫人，」凱爾西說，「當您送女兒到這所學校來時，您曾在包士卓小姐的客廳中停留過，您曾向窗外眺望——這窗戶面對前面的車道——您驚叫起來，似乎認出了什麼人。是這樣嗎？」

奧仲夫人注視著他回憶道：「我在包士卓小姐的客廳時嗎？我往窗外張望……是的，沒錯！我的確看到了一個人。」

「您看到這個人之後大吃一驚，對吧？」

「嗯，我是有些吃驚……您知道，這是好多年前的事了。」

「您的意思是說，在大戰快結束時，您在情報部門工作的那段時間嗎？」

「是的。那是十五年前的往事。當然，她看上去已經老了許多，但我還是立刻認出了她。我不知道她究竟在這裡幹什麼。」

「奧仲夫人，請您看看這裡在座的人，並且告訴我，您是否看到了那個人。」

「是的，當然看到了。」奧仲夫人說，「我一進來就看見她。她就在那裡。」

她伸出手指點著。凱爾西警官的動作是迅速的，亞當也不慢，但他們兩人都不夠快。安恩．沙普蘭已經站了起來，手裡拿著一支嚇人的小自動手槍，對準奧仲夫人。包士卓小姐動作比兩個男人更敏捷，她已衝上前去，但是最後就屬喬薇小姐身手最俐落。她並不是去遮護奧仲夫人，而是去保護安恩．沙普蘭和奧仲夫人之間的那個女人。

「不，你不可以！」

喬薇大叫，正當小手槍打響時，她已撲到包士卓小姐身上。

喬薇的身體搖晃了幾下後頹然倒下，強森小姐奔向她；亞當和凱爾西已經捉住安恩．沙普蘭。她像隻野貓似地掙扎著，但是小手槍還是被奪了下來。

奧仲夫人上氣不接下氣地說：「當時人們就說過她是一個劊子手，儘管她還很年輕，卻是一個最危險的情報人員。她的代號是安吉莉卡。」

「你這婊子造謠！」安恩．沙普蘭衝口而出。

赫丘勒．白羅說：「她沒造謠。你是個危險人物，你一直在從事危險的勾當。直到現在，沒人懷疑過你的身分。你用自己的名字所從事的都是真正的工作，你也做得很出色……但你做這些工作都是另有企圖，那就是收集情報。你曾為一家石油公司工作過；也為一個考古學家工作過，他的工作需要到世界某個地方去；你還為一個女演員工作過，她的保護人是個有名望的政治家。你從十七歲起就是個情報人員，只不過是換了不少主人罷了。你的工作完全是雇傭性質，而且得到很高的報酬。你經常玩雙重身分的把戲。大多數任務你是用自己的名字進行，但某些工作卻以不同的身分出現。那是當你假裝要回家和母親團聚的時候。

「但是，沙普蘭小姐，我訪問過那位住在鄉村有個保母照顧的老年婦女，她是個神經錯亂的精神病人，我十分懷疑，她根本就不是你的母親。她不過是你藉以離職並避開朋友的一個擋箭牌罷了。去年冬天你和『精神病嚴重發作的母親』度過了三個月，那期間你人其實在拉馬特。你不是以安恩．沙普蘭的身分，而是以安吉莉卡．達．托雷多，一個西班牙或接近西班牙血統的舞女身分去的。你在旅館時，住在薩克利夫人隔壁，你用某種方法看到包柏．羅里森把珠寶藏在球拍裡。當時你沒有任何機會拿到球拍，因為全體英國僑民都要撤退，但是你仔細看了她們行李上的標籤，據此了解行李的去向。在此地謀得一個祕書職位對你而言易如反掌。我進行了一些調查。你給了包士卓小姐的前任祕書一大筆錢，讓她以『健康欠佳』的理由辭去職務。你編造了一個挺說得通的藉口，說什麼你受託要從一所著名女校的『內部』挖出素材撰寫一系列報導。

「這整件事看起來相當輕而易舉，對吧？一個孩子的網球拍不見了，有什麼了不起？你大可晚上溜進體育館去把珠寶偷出來。但是你沒有留意到史萍傑小姐。也許她曾經看到你在檢查球拍，也許她那晚正好醒著。總之她跟蹤你到體育館，你便開槍把她打死了。後來，白朗琪小姐企圖敲詐你，你也殺害了她。你嗜殺成性，對吧？」

他停下來。凱爾西警官用一種單調的官方語氣向犯人提出了警告。

她並沒在聽。她轉向赫丘勒．白羅，低聲惡罵，使全部的人都為之一驚。

「喲！」亞當在凱爾西把她帶走時說，「我原本還以為她是一個好女孩呢！」

強森小姐一直跪在喬薇小姐的身旁。

「恐怕她受了重傷。」她說，「醫生沒到之前，最好別移動她。」

24 白羅細說從頭

奧仲夫人穿過芳草地女校的走廊，把剛才經歷過的驚險場面拋到了九霄雲外。現在她只是一個慈母，一心只想找到自己的小寶貝。她發現她獨自在一間教室裡。茱莉亞埋首在課桌上，舌頭微微伸出，正在腸思枯竭地寫作文。

她抬起頭來張望，接著就飛快地跑過去，撲到母親懷裡。

「媽媽！」

接著想到自己的年齡，她不禁感到羞怯，也為自己的感情如此奔放而深覺難為情，於是她又放開母親，用一種故意很隨便的語調……幾乎是責備似的說：「你回來得太快了吧，媽媽？」

「我飛回來的。」奧仲夫人回答，帶有歉意。「從安卡拉。」

「哦，」茱莉亞說，「嗯，你來我很高興。」

「是的。」奧仲夫人說，「我也很高興。」

她們互相望望，好像有些發窘。

「你在做什麼呢？」奧仲夫人問，向前走近了些。

「我正在寫李奇小姐指定的一篇作文。」茱莉亞回答，「她真的很會出題目，都非常有趣。」

「這一次是什麼？」奧仲夫人問。她俯下身去看。

題目寫在一頁紙的最上頭。茱莉亞用她那歪歪斜斜的字體不整齊地在下面寫了十來行。

「『比較馬克白和馬克白夫人對謀殺的態度』。」奧仲夫人唸道。「嗯，」她有些不確定地說，「這題目還挺有議題性的！」

她唸著女兒作文的開頭部分。

「『馬克白，』」茱莉亞寫道，「『很想謀殺，並且翻來覆去地想。但要使他動手還得有個推動力。一旦他行動起來，他就會以謀殺為樂事，從來不內疚也不恐懼。馬克白夫人十分貪婪、野心勃勃。她認為要達到目的可以不擇手段。不過一旦她那麼做了，她便發現自己不喜歡這樣。』」

「你的文字還不夠漂亮。」奧仲夫人說，「我認為你需要稍加潤飾，不過文章算是有點內容。」

§

凱爾西警官有點埋怨地說：「你倒不要緊，白羅，你能說、能做的許多事，是我們不能說、不能做的；我承認，整個過程是安排得天衣無縫，讓她出乎意料，使她錯認我們是盯上李奇，接著奧仲夫人的突然出場，更使她驚惶失措。感謝上帝，她在打死史萍傑後還保留著那把自動手槍。如果子彈和那一致……」

「會一致的，我的朋友，會一致的。」白羅說。

「那麼我們完全可以確定是她殺害了史萍傑。我看喬薇小姐的情況不太樂觀。但是，白羅，我還是弄不懂沙普蘭如何能夠殺害范希坦小姐。這在實際上是不可能的。她有不在場的鐵證……除非拉伯恩這個年輕人和野鳥之巢夜總會的全體人員也和她一道參與了這個陰謀。」

白羅搖了搖頭。

「啊，不。」他說，「她的不在場證明是完全確實的。她殺害了史萍傑小姐和白朗琪小姐。但是范希坦小姐……」他遲疑了一會兒，把目光轉向坐在一旁聽他們討論的包士卓小姐。「范希坦小姐是被喬薇小姐殺害的。」

「喬薇小姐？」包士卓小姐和凱爾西警官都同時驚叫起來。

白羅點點頭。

「我能肯定。」

「但是……為什麼？」

「我想，」白羅說，「喬薇小姐對芳草地女校過分熱愛……」他的目光轉向包士卓小姐。

「我明白了……」包士卓小姐說，「是的，沒錯，我明白了……我應該早就知道。」她停頓了一下。「你的意思是說她……」

「我的意思是，」白羅說，「她和您一起創辦了這所學校，她一直把芳草地女校看作是你們兩人共同的事業。」

「在某種意義上是如此。」包士卓小姐說。

「正是。」白羅說，「但那僅僅是指財務方面。當你開始談到退休的問題時，她認為自己應該是繼任的校長人選。」

「但是她太老了。」包士卓小姐表示反對。

「是的。」白羅說，「她太老並且也不適合做校長，但是她本人並不這樣想。她認為當您離職後，她理所當然應該擔任芳草地的校長。後來，她發現情況並非如此。她發現您在考慮另外的人選，您已屬意艾莉諾·范希坦。喬薇小姐很愛芳草地女校，但是並不愛艾莉諾·范希坦。我想她很恨范希坦。」

「是有可能。」包士卓小姐說，「是的，艾莉諾·范希坦是……我該怎麼說才好？她總是非常自負，目空一切。如果一個人心懷怨妒，一定無法忍受這種事。您的意思是這樣，對吧？喬薇嫉妒她。」

「是的。」白羅說，「她熱愛芳草地女校而又嫉妒艾莉諾．范希坦，不能容忍范希坦掌管芳草地女校。也許後來您的某些舉動使她認為您有些猶疑不決。」

「我確實有點猶疑不決。」包士卓小姐說，「但我的猶疑不決並不像喬薇料想的那樣。實際上，我是想到比范希坦小姐更年輕的一個人。不過我考慮後曾說，她還不具備足夠的經驗。我記得那次喬薇是和我在一起的。」

「於是她就認為，」白羅說，「你是指范希坦小姐。以為你是說范希坦小姐年紀太輕。她對這完全同意。她認為她自己具有的那種經驗和才智更為重要。但是後來，您畢竟還是回到原先的決定上去了。您選定艾莉諾．范希坦為接班人選，並在那個週末讓她代管學校。我認為當時發生的情況大致是這樣。那個星期日晚上，喬薇小姐心神不寧，於是起身，結果發現體育館上的亮光。正像她說的那樣，她出來走到那兒去。只有一件事和她自己所說的有出入。她拿的不是一個高爾夫球棍，而是從大廳的一堆沙袋中取了一個。她去那裡完全是預備對付一個竊賊，去對付一個已經是第二次闖入體育館的傢伙。她手裡拿著沙袋防身，以防被襲擊。然而她發現了什麼呢？她發現艾莉諾．范希坦跪著觀看一個寄物櫃，於是她就想……她可能是這樣想（赫丘勒．白羅附帶地說：「因為我善於設身處地揣想別人的情況。」），她想：『如果我是一個強盜，一個竊賊，我會跑到她身後把她擊倒。』這個念頭產生後，她模糊地意識到自己要幹什麼，於是就舉起沙袋打下去。就這樣，艾莉諾．范希坦死了，攔路石除掉了。我想，她在下手之後有些驚恐。這件事一直困擾著她……因為喬薇小姐這個人畢竟不是天生的殺人犯。就像有些人那樣，她是被嫉妒和糾纏不休的一種思想所驅使。纏住她不放的思想就是對芳草地女校的熱愛。既然艾莉諾．范希坦已死，她十分確定她會繼您之後主管芳草地女校，於是她就沒有坦白自己的罪行。她對警方的報告完全符合實際情況，只是隱瞞了一個重大細節，那就是她本人是凶手。但當警方問到那根被認為是由范希坦小姐帶去的高爾夫球棍時，在情緒緊張的情況下，她很快就回答說，是她把球棍帶到那裡去的。她完全沒讓你們想到她動用了沙袋。」

「為什麼安恩．沙普蘭也用沙袋去打死白朗琪小姐呢？」包士卓小姐問。

「一方面，她不能冒險在學校裡發出槍聲；另一方面，她是一個很聰明的女子。她想把這第三次謀殺與第二次謀殺連結起來，因為第二次她有不在場證明。」

「我不明白艾莉諾．范希坦在體育館裡究竟要幹什麼。」包士卓小姐說。

「我認為我們可以猜一下。也許她內心對謝絲塔的失蹤相當關心，遠超出她所表現出來的程度。她和喬薇小姐一樣感到不安。在一定程度上，這對她關係更為重大，因為您讓她代管學校……而綁架事件正好發生在她負責期間。此外，她盡可能裝出不在乎的樣子，因為她不願意面對不愉快的事實。」

「看起來她是個色厲內荏的人。」包士卓小姐沉思著說，「我有時候也這麼覺得。」

「我想她也不能入睡。於是就靜悄悄地跑到體育館去查看謝絲塔的寄物櫃，希望在那裡能找到這女孩子失蹤的線索。」

「您好像料事如神，白羅先生。」

「那是他的專長。」凱爾西警官不無妒意地說。

「您要艾琳．李奇給我們許多教職員畫素描又有什麼用意呢？」

「我想考驗一下珍妮佛這孩子認人的能力。不久我就明白了，珍妮佛對自己的事情十分全神貫注，以至於對外來的人只會偶然望一眼，看到他們一些外表而已。白朗琪小姐的髮型一改變，這張素描她就認不出來了。那麼，她當然更認不出安恩．沙普蘭，因為她是您的祕書，珍妮佛沒有機會在近處看見她。」

「您認為拿球拍的人是安恩．沙普蘭本人？」

「是的。這件事從頭到尾是同一個女人幹的。您還記得，有一天你按鈴要她送一個通知給茱莉亞，但是蜂鳴器響了卻沒人來，所以您改派一個女學生把茱莉亞找來。沙普蘭很善於喬裝打扮。一頭漂亮的假髮，一雙改畫過的眉毛，一套『華麗』的服裝和帽子。她只需要離開打字機二十分鐘便可完成。我從李奇小姐高超的素描中發現，一個女人僅僅改變一些外表的裝飾，就可以很容易改變她的相貌。」

「李奇小姐……我懷疑……」包士卓小姐像在想些什麼。

白羅望了凱爾西警官一眼，於是警官說他該走了。

「李奇小姐……」包士卓小姐又說了。

「把她請來。」白羅說，「這是最好的辦法。」

艾琳．李奇來了。她面色蒼白，有些對抗的神情。

「您想知道，」她對包士卓小姐說，「我在拉馬特幹了些什麼嗎？」

「我想我已經有了一點概念。」包士卓小姐說。

「正是這樣。」白羅說，「現在的孩子對生活中的真實面都十分了解，但是他們的目光仍舊流露著天真無邪的神情。」

他說他也得走了，於是就悄悄走出去。

「情況就是這樣，對吧？」包士卓小姐說。她的語氣很輕快卻一本正經。「珍妮佛只是說她見到的人很胖，卻不知道她見到的是一個孕婦。」

「是的。」艾琳．李奇說，「是這樣。那時候我懷孕了。我不想放棄這兒的工作。整個秋天我都應付過去了，但是那之後逐漸可以看出來。我得到醫生的證明，說我不宜於繼續工作，於是就藉口說自己有病。我到了國外一個遙遠的地方。我想，在那裡不會碰見什麼熟人。回國後孩子就生下了……卻是一個死胎。這學期我回來工作，我原本料想沒人會知道。那麼您現在可以理解，為什麼當時我說，如果您提出要我合作，我必須拒絕了吧？只是看看現在，學校搞得這樣一團糟，我認為，我或許可以接受挑戰。」

她停了一下，又用一種實事求是的口吻問道：「您想讓我現在就走，還是等到學期終了？」

「你可以留到學期終了。」包士卓小姐回答，「如果還有一個新的學期（我仍舊希望能有），你可以再回來。」

「再回來？」艾琳．李奇問道，「您的意思是說，您還需要我？」

「當然我還需要你。」包士卓小姐說，「你並沒有謀殺任何人，對吧？沒有想珠寶想得發瘋，以至於去謀財害命吧？我可以說出你發生了什麼事。也許你抑制自己的感情太久了，你和一個男人談戀愛，結果你有了孩子。我想你們不能正式結婚。」

「我們從來不存在結婚的問題，」艾琳．李奇說，「我知道這點，不能責怪他。」

「那麼，好，」包士卓小姐說，「你原來想要那個孩子嗎？」

「是的，」艾琳．李奇說，「是的，我想要這個孩子。」

「情況就是這樣。」包士卓小姐說，「現在我還要談一點我的看法。我相信，儘管發生了這種戀愛事件，你真正的天賦還是教書。我認為你的職業對你的意義，遠遠超過一個普通婦女的家庭生活和天倫之樂。」

「是的，」艾琳．李奇說，「這一點我能肯定。我一直明白這一點。這是我真正想從事的工作，也是我願意一生全心傾注的工作。」

「那麼你就別說傻話了。」包士卓小姐說，「我向你提出一個很好的建議。那就是，如果情況恢復正常……讓我們花兩、三年時間一起把芳草地女校的盛名恢復起來。為了做到這點，你的想法會和我的不一樣。我會聽取你的意見，甚至採納其中一部分。我想，你會要求把芳草地女校的作風改變一下吧？」

「在某些方面是的。」艾琳．李奇說，「我不隱瞞我的觀點。我希望招收真正想學習的學生。」

「啊，」包士卓小姐回答道，「我懂了，你不喜歡那種勢利作風，對吧？」

「是的，」艾琳回答，「我認為這會敗壞風氣。」

「有一點你不懂。」包士卓小姐說，「為了要招收到你所需要的那種學生，那一點勢利作風還是不能少。這不過是十分微小的一部分，你要知道。一些外國的王室、顯貴或平民，以及這個國家或那個國家一些頭腦發昏的父母，都希望送他們的女孩上芳草地女校。結果呢？出現了一個冗長的申請入學名單，於是我觀察這些女孩子，接見這些女孩子，並且從中挑選。如此一來你便可以挑選你要的學生。你明白了嗎？我挑選我需要的女學生。我很仔細地挑選，有的品行好，有的頭腦好，有的單純是因為有學習能力，有些則是因為她們沒有什麼別的機會，但是可以培養成有用之材。你還年輕，艾琳，你充滿了理想，你關心的只是教學，並且僅僅是從倫理方面來考慮。你的觀點是正確的。學生素質是關係重大，但是，如果你想辦好任何事情，你知道，你必須是一個善於打交道的人。思想也和其他事物一樣，必須銷售得出去。為了使芳草地女校繼續辦下去，今後我們辦事還得更圓滑些。我必須抓住一些人，一些過去的畢業生，軟硬兼施，讓她們把女兒送到本校來。接著其他人就會接踵而來。你讓我施展我的手段，然後你可以按你的理想辦校。芳草地女校會繼續辦下去，並且會成為一所好學校。」

「它將會成為英國最好的一所學校。」艾琳．李奇熱情地說。

「太好了。」包士卓小姐說，「艾琳，我要走了。把你的頭髮剪一剪，好好整理一下。你好像永遠沒辦法弄好你的髮髻。現在，」她的聲調變了。「我要去看看喬薇。」

她進去，走到床前。喬薇靜靜地躺著，臉色蒼白，一點血色也沒有，看上去生命垂危。一名警察手拿記錄本坐在近旁，強森小姐坐在床的另一邊。她望著包士卓小姐，輕輕地搖了一下頭。

「哈羅，喬薇。」

包士卓小姐叫了她，並握著她那雙瘦削的手。喬薇小姐的眼睛睜開了。

「我想告訴你，」她說，「霍諾莉亞，是我……是我。」

「是的，親愛的，我知道。」包士卓小姐說。

「嫉妒，」喬薇說，「我想……」

「我知道。」包士卓小姐說。

淚水從喬薇小姐的雙頰緩緩流下來。

「真可怕……我本來不想……我不知道我怎麼會做出這種事來！」

「不要再想它了。」包士卓小姐說。

「但是我不能……你永遠不會……我永遠不會原諒我自己……」

包士卓小姐把對方的手握得更緊了。

「聽著，親愛的。」她說道，「你救了我的性命，你知道，你救了我以及那位善良的奧仲夫人。這是有價值的，不是嗎？」

「我希望，」喬薇小姐說，「我能為你們兩位犧牲自己的生命，那才彌補得了……」

包士卓小姐深懷悲憐地注視著她。喬薇小姐深深吸了一口氣，面露笑容，接著，把頭微微倒向一邊，斷氣了。

「你奉獻了你的生命，我親愛的，」包士卓小姐輕輕唸著，「我希望你能永遠明白這一點。」

25 遺物

「有位魯賓遜先生來拜訪您，主人。」

「唔。」

赫丘勒·白羅伸手把放在面前書桌上的信拿了起來，看著看著陷入了沉思。

他招呼了一聲。

「請他進來，喬治。」

這封信只有短短幾行：

親愛的白羅：

一位魯賓遜先生可能不久會來拜訪你。你或許已經對他有所了解。他是社交界的名人。在現代的社會，需要這種人……我相信，如果我有資格這樣說的話，在這個問題上，他是站在天使那一邊。要是你有什麼懷疑，這封信就算是一種介紹吧！當然，我要強調下面這一點，那就是，我們不知道他為什麼要見你。

哈哈，再笑一聲，呵呵！

你永遠的　伊方．帕威

魯賓遜先生走進房間時，白羅放下那封信，站了起來。他彎彎身，和對方握了手，並指著一張椅子請客人坐下。

魯賓遜先生坐了下來，拿出一塊手帕揩著寬大而蠟黃的臉。他說天氣很熱。

「我想你不至於在這樣的熱天步行到這裡來吧？」

白羅問起這點時面露驚訝之色。想著想著，他的手指頭不禁捋了捋鬍鬚，終於放心了。客人絲毫不感疲憊。

魯賓遜先生看上去也同樣驚訝。

「沒有，當然沒有。我是乘了自己的勞斯萊斯來的。但是交通經常阻塞……有時候得等上半個小時。」

白羅同情地點點頭。

接下來是一陣沉默……這是在兩段談話之間出現的那種沉默。

「我很高興得知——我們總是會聽到許多事情，當然大多數是無稽之談——您正在關切一所女子學校的事。」

「啊。」白羅說，「那件事！」

他在椅子上把身體向後一靠。

「芳草地，」魯賓遜先生若有所思地說，「是英國的一所一流學校。」

「那是一所好學校。」

「您是說現在，還是過去？」

「我希望是前者。」

「我也希望如此。」魯賓遜先生說，「但恐怕會是曇花一現。嗯，人們總要盡力而為，爭取一些金援度過不可避免的困頓時期，招收一些經過仔細挑選的新學生。我在歐洲的一些社交圈還有一點影響力。」

「我也對某些人士進行了勸說。我們就等著看她們能否如你所言度過難關。幸好人們很快就會忘掉這些事。」

「那也不過是希望而已。我們應該承認，那所學校發生了一系列事件，很可能會使一些慈愛的媽媽神經緊張……有的爸爸也會如此。女體育教師，女法語教師，還有第三位女教師……都被謀殺了。」

「正是如此。」

「我聽說，」魯賓遜先生說，「（人們總是聽到太多事情了）那位做案的年輕婦女打從年輕時就對女教師十分厭惡。她曾在學校裡度過了不幸的童年時光。精神病學家對此十分重視。至少，他們會據此謀求減輕罪責，這是現在他們所使用的策略。」

「那條路子似乎是上策。」白羅說，「請原諒我這麼說，但我希望它最後失敗。」

「我完全同意您的看法，那是一個殘忍無比的殺人犯。但是他們會很看重她傑出的才能，她給許多名人當祕書的經歷，她在戰爭中立下的功勞……十分卓越，我認為，在反間諜方面……」

他說出最後這幾個字時帶有某種含義，語調裡似乎暗示著什麼問題。

「我相信她原來很善良，」他說得更輕快了。「相當年輕，卻十分聰明，效能極高……對雙方都是如此。那是她的本行，她應該守住老本行。但是我能理解這次誘惑力之大……她想孤軍奮戰，奪得大獎。」他又輕輕重複了一句：「超級大獎。」

白羅點頭表示同意。

魯賓遜先生身體向前傾著。

「東西在哪裡，白羅先生？」

「我想您知道東西在哪裡。」

「嗯，坦白說，我知道，銀行是一種功能很多的機構，對吧？」

白羅微笑了一下。

「說真的，我們不必說話繞圈子，我的好朋友，有什麼必要呢？您到底打算如何處置這些東西？」

「我在等待。」

「等什麼？」

「我們可以說……等待建議嗎？」

「是的，我明白了。」

「您知道，東西不是我的。我打算把東西交還給它真正的主人。不過我對眼前的情況算是了解，這並不容易。」

「政府的處境很為難。」魯賓遜先生說，「可以說處於弱勢的一方。由於石油、鋼鐵、鈾礦、鈷和其他種種東西，我們的對外關係十分微妙。但天大的好事，是女王陛下的政府對此事毫無所知。」

「但我不能無限期地把這些珠寶存放在銀行裡。」

「完全正確。因此我來向您建議，把東西交給我。」

「啊，」白羅驚問，「為什麼？」

「我可以舉出一些極好的理由。這些珠寶……幸好我們不是政府官員，我們可以直接這麼稱呼……無疑是已故阿里．玉素福親王的私人財產。」

「據我了解，情況是如此。」

「殿下在把東西交給空軍中隊長包柏．羅里森時，曾有某些指示。東西要運出拉馬特，並且轉交給我本人。」

「您有什麼證明嗎？」

「當然有。」

魯賓遜先生從衣袋裡取出一個長信封。再從信封裡取出幾頁文件。他把文件攤在白羅面前的書桌上。

白羅俯身仔細研究起文件來。

「看起來就像您說的那樣。」

「如果我問您一個問題，您不介意吧？」

「嗯，那麼……」

「絕不會。」

「您個人從這件事會得到什麼呢？」

魯賓遜先生不禁露出驚訝的神色。

「親愛的朋友，當然我會得到一筆錢，一大筆錢。」

白羅望著他沉思起來。

「我們從事的這個行業歷史很悠久。」魯賓遜先生說，「而且利潤豐厚。我們有一大幫人，在全世界有個組織。我不知應如何稱呼自己才好，我們是幕後的安排者，為國王，為總統，為政客，事實上，就是為所有那些在舞台上受到強光照射的人們（就像一位詩人形容的那樣）做安排。我們互相緊密配合，並且牢記保持信用。我們的利潤很高，但我們誠實無欺。我們提供的服務代價高昂，但是我們工作卓有成效。」

「我懂了，」白羅說，「那好吧！我同意您的要求。」

「我可以保證，這個決定將使人人滿意。」

魯賓遜先生的目光落在白羅右手邊那封帕威上校寫來的信。

「再耽擱您一下。我是個普通人，具有好奇心。你們會怎樣處置這些珠寶呢？」

魯賓遜先生寬大蠟黃的臉露出了一絲微笑。他身體向前傾著。

「我這就告訴您。」

於是他告訴了白羅。

§

孩子們在街上跑來跑去地玩著遊戲，他們的尖聲喊叫四處可聞。魯賓遜先生舉動笨拙地走下他的勞斯萊斯，正好和一個小孩撞個滿懷。

魯賓遜先生好心地把孩子扶到一旁，接著望了一下門牌號碼。

十五號，對了。他推開大門，走上三級台階來到前門。他注意到，窗戶上掛著潔白的窗簾，門上有個擦得閃亮的銅門環。這是一棟很平常的房子，坐落在倫敦一個偏僻地區的普通大街上，但是照管得很好，顯示了自重的氣派。

門開了。是一個大約二十五歲的女孩，長得可愛，皮膚白皙，但是漂亮得有些俗氣。她微笑著歡迎了他。

「是魯賓遜先生吧？請進。」

她把他領進一間小客廳。室內有電視機，窗簾是詹姆士一世式的，靠牆放著一架豎式小鋼琴。她穿著黑裙子、灰套衫。

「您想喝點茶嗎？我已把茶壺放上去了。」

「謝謝，不用了。我從不喝茶，而且我只能待一會兒。我來只是為了帶上我信中提到的東西。」

「是阿里的嗎？」

「是的。」

「難道沒有……不可能有任何希望嗎？我的意思是說，他真的被害了嗎？會不會有什麼差錯呢？」

「我想不會有差錯。」魯賓遜先生彬彬有禮地回答。

「是，是的，我料想也不會。不管怎樣，我從來沒有期望……當他回國後，我想我是再也見不到他了。我的意思不是說，我認為他將會遇害或者發生革命。我只是覺得……嗯，你知道他不得不繼續下去，做他那些事情……也就是人家期待他做的事，例如和他本國的女子結婚，如此等等。」

魯賓遜先生拿出一個包裹，放在桌上。

「請打開。」

她用手摸索了一下，打開包裹，然後撕開了最後一層包裝紙……

她呼吸不禁急促起來。

紅的，藍的，綠的，白的，全都燦燦發光，整個陰暗的小房間像被阿拉丁的神燈照耀著一般。

魯賓遜先生看著她。他曾經目睹許多婦女注視珠寶……

她最後上氣不接下氣地說：「這些是……這些不可能是真的吧？」

「這些是真的。」

「那它們一定值，它們一定值……」

她無法想像。

魯賓遜先生點了點頭。

「如果你想賣掉它們，你至少能夠得到五十萬英鎊。」

「不……不，這不可能。」

突然她用手掬起珠寶，用抖動的雙手把東西又重新包好。

「我很害怕，」她說，「這些東西嚇到我了。我該怎麼處理它們呢？」

門被猛然推開。一個小男孩衝了進來。

「媽，我從比利那兒拿來一個好棒的小坦克。他……」

他突然停住不說了，雙眼盯著魯賓遜先生。

這孩子是棕色皮膚，黑色眼珠。

他媽對他說：「到廚房裡去，艾倫。你的茶已經預備好了，還有牛奶、餅乾和一塊薑餅。」

「啊，太好了。」他邊嚷邊跑了出去。

「你叫他艾倫嗎？」魯賓遜先生問。

她臉紅了。

「這個名字最接近阿里的名字了。我不能叫他阿里，這會很為難他和四周的人。」

她繼續說下去，臉上又籠罩著愁雲。

「我該怎麼辦呢？」

「首先，你有結婚證書嗎？我必須確定你真的具有你說的身分。」

她凝視了一下，走到一個小書桌前，從抽屜裡取出一個信封，抽出一份文件遞給他。

「嗯，對……艾德蒙斯婚姻登記證……阿里．玉素福，學生……艾麗斯．考爾德，未婚。是的，完全無誤。」

「啊，這是合法的，沒錯……就目前看來。沒人清楚他是什麼人。這裡有許多伊斯蘭教的留學生，你知道。我們知道這份證明並不真正有效。他是一個伊斯蘭教徒，可以娶好幾個妻子，而他本人也明白他必須回去，並且結婚。我們也談到這點。接著我懷了艾倫，你知道，於是他說這對他是件好事……於是我們就照法律手續在英國結了婚，這樣艾倫就會是合法的婚生子。這是他盡力為我辦到的。他的確很愛我，你知道，的確如此。」

「是的，」魯賓遜先生說，「我可以肯定。」接下去他很明快地對她說：「好了，如果你願意把你的事交給我辦，我將設法出售這批珠寶。我會給你一位律師的地址，一位真正可靠的律師。我猜他會建議你把這筆款項的大部分放入信託基金。此外還有別的事情要辦，你孩子的教育問題，你也要安排一種新的生活。你需要處世方面的教育和指導。你將成為一位很富有的婦女，這樣一來，各種敲詐勒索者、騙取錢財的騙子，還有其他這類人都會蜂擁而來。除開物質生活，你的生活將不再輕鬆自在。有錢人的生活不可能輕鬆自在，我可以告訴你，我看過太多有錢人了，我對他們不再抱有幻想。但是你有堅強的性格，我想你可以撐得過去。你那個孩子可能比他父親幸福得多。」

他停了一下又問：「你同意嗎？」

「是的，把東西拿去吧。」她把包裹推到他面前，接著又突然說：「那個女學生，就是找到這些東西的那位，我想給她一塊。你認為她會喜歡哪一塊，什麼顏色的？」

魯賓遜先生想了一下。

「就挑塊綠寶石吧，我想，綠色代表神祕。你設想得很周到，她會喜出望外。」

他站了起來。

「我將向你收取費用。你知道，」魯賓遜先生說，「我們的收費很高，但是我絕不會欺騙你。」

她朝他冷靜地望了一眼。

「是的，我相信你不會。我也需要一個會辦事的人，因為我辦不來。」

「你看起來是位理智的婦女……如果我可以這樣說的話。那麼，我這就把東西拿去了？你不想保留……比方說，一塊？」

他以好奇的目光注視著她那突然出現的一絲激動，那渴望貪婪的眼光。然而那一絲表情霎時就完全消失了。

「不，我不想保留，即使僅僅一塊。」艾麗斯臉紅了。「啊，我想你會認為我有點傻，連一塊紅寶石或綠寶石都不想留下作為紀念。但是你知道，他和我……他是一個伊斯蘭教徒，但他還是讓我讀《聖經》。我們一道讀了那一段……關於一名婦女的價值遠遠超過許多紅寶石的那一段。所以，我不想要任何珠寶，我情願不要。」

「相當特別的女人。」

魯賓遜先生自言自語道，一邊走到街上，跨進停在那裡的勞斯萊斯轎車。

他又對自己重複說了一遍。

「十分特別的女人……」

專文推薦

藏在日常細節中的冒險

楊照（作家）

一開始，就都在那裡了。

一九二〇年，阿嘉莎．克莉絲蒂出版了《史岱爾莊謀殺案》，神探白羅就已經退休了。而且在這個案子裡，藉由敘述者海斯汀的轉述，就鋪陳出克莉絲蒂小說最基本的偵探原則：

「那些看來或許無關緊要的小細節……它們才是重要的關鍵，它們才是偉大的線索！」

「豐富的想像力就像洪水一樣，既能載舟亦能覆舟，而且，最簡單直接的解釋，往往就是最可能的答案。」

「沒有任何謀殺行為是沒有動機的。」

還有，一個不討人喜歡的死者，一群各有理由不喜歡死者、因而也就都有殺人動機的人，這些人彼此之間構成複雜的關係，有的互相仇視，有的互相愛戀，麻煩的是，有些愛人其實貌合神離，有些仇人其實私下愛慕；更麻煩的是，不論是愛或是仇，都有可能是扮演出來的。

一個外來的偵探必須周旋在這些嫌疑者之間，從他們口中獲取對於案情的了解，換句話說，他必須在很短的時間內，搞清楚誰是誰、誰跟誰吵架、誰跟誰偷情，然後判斷誰說的哪一句是實話、哪一句是謊言。常常謊言比實話對於破案更有幫助。

再偷偷透露一下，如果要和小說裡的凶手及小說背後的作者鬥智，就像克莉絲蒂對英國社會的了解，祕訣就在於要去追究小說裡的人物背景，尤其是他們的階級地位。基本上，階級地位愈高、權力愈大、愈有錢者，說的話就愈不要相信。例如在《史岱爾莊謀殺案》中，僕人、園丁說的話遠比有頭有臉的人說的要可信多了。就算要說謊，他們的謊言也比較天真，而且往往出於善良動機。當你歸納線索時，就會知道他們並非故意說謊，那是因為他們的認知受到蒙蔽或誤導，而你慢慢就從這蒙蔽或誤導中被引導到真相。

《史岱爾莊謀殺案》出版那年，克莉絲蒂三十歲，但書稿其實早在五年前就寫好了，畢竟要找到有人願意出版一個看來再平凡不過的家庭主婦寫的小說，並不是那麼容易。

所有和克莉絲蒂接觸過的人，都對於她的「正常」留下深刻印象。她看起來就和她那個年紀的典型英國家庭主婦一樣，害羞、靦腆，只能在社交場合勉強跟人聊些瑣事話題，完全無法演講，甚至連只是站起來對眾賓客說幾句客套話，請大家一起舉杯，她都做不到。她不演講，也很少答應接受採訪，就算採訪到她也很難從她口中得到有趣的內容。她會講的，幾乎都是記者本來就知道、或者自己就可以想得出來的。

例如說白羅這個神探的來歷。克莉絲蒂回答：他應該是個外國人，這樣就能在英國日常生活中看出英國人自己看不出的線索。她自己碰過的外國人，只有第一次大戰剛爆發時到英國避難的比利時人。比利時警察怎麼能跑到英國來？那一定是因為他已經退休了。他有潔癖，所以對於現場會有特殊的直覺，馬上感受到不對勁的地方。一個有潔癖的人，好像應該長得矮小些才相稱，一個矮小有潔癖的人最適當的名字，就是希臘神話裡的大力士「赫丘勒斯（Hercules）」，製造出荒唐的對比趣味。那白羅這個姓是怎麼來的呢？克莉絲蒂很誠實地說：「我不記得了。」

一切都如此順理成章，一切都如此合邏輯，不是嗎？有記者問她怎麼看自己的舞台劇〈捕鼠器〉，創下了英國劇場、甚至全世界劇場連演最多場紀錄的名劇？克莉絲蒂的回答也還是中規中矩，合理合節：那是一齣小戲，在一個小劇院演出，成本很低，任何人想到了都可以帶家人或朋友去看，老少咸宜，並不恐怖，也不特別荒謬打鬧，可是又什麼都有一點，包括恐怖和荒謬打鬧的成分。

她的身上找不出一點傳奇、怪誕色彩，那她為什麼能在五十年間持續寫偵探小說，創造了那麼多謀殺，還創造了那麼多詭計？

首先因為她是女性，以及她的身世，包括她的階級身分，使得她在描寫故事場景時比一般男性作者來得敏感。因為在她之前的偵探推理小說男性作家的階級身分都是高高在上，基本上他們會從較高的角度看社會，比較看不到底層的感受。而她的婚變以及婚變中遭逢的痛苦，都使她更能體會與觀察，將英國社會的複雜細節融入小說的核心情節，讓探案與線索分析結合在一起。

克莉絲蒂一生結過兩次婚，第一次在一九一四年，婚後不久，丈夫就參加了歐戰，是英國皇家空軍最早一批飛行員。一九二六年，這個丈夫有了外遇，直率地向克莉絲蒂要求離婚，在那之前，克莉絲蒂的媽媽才剛過世，雙重打擊之下，又遇到車子無法發動，克莉絲蒂崩潰了，她棄車而走，忘記了自己究竟是誰，躲進一家鄉間旅館，登記時寫了她心裡唯一有印象的名字——她丈夫情婦的名字。

離婚後，一次在晚宴中，有人提起近東烏爾考古的最新收穫，克莉絲蒂就取消了原定要去西印度群島的計畫，改訂了跨越歐洲到君士坦丁堡的「東方快車」，是的，就是這趟旅程給了她寫《東方快車謀殺案》的靈感。不過更重要的是，在烏爾，她認識了一位年輕的考古學家，比她小十四歲，這個人後來成了她的第二任丈夫。

這位考古學家陪她去參觀在沙漠中的烏克海迪爾城，卻在沙漠中迷路困陷了。幾小時中克莉絲蒂卻沒有一點驚慌不安，當下考古學家就決定要向她求婚。

原來，克莉絲蒂的內心是有這種冒險成分的。要不然她不會兩次選到的，都是喜愛冒險的丈夫，而她本身大概也不會吸引一個在各種危險情境下挖掘古代寶藏的人，讓他願意向一個大他十四歲的女人求婚。

這樣說吧，維多利亞時代後期的英國環境，壓抑限制了克莉絲蒂冒險、追求傳奇的內在衝動，她只好將這樣的衝動寄託在丈夫和寫作上。她一邊陪著第二任丈夫在近東漫走，一邊在小說中寫各式各樣的謀殺與探案。謀殺和探案都是冒險，還有，偵探偵查中做的事——蒐集線索，還原命案過程——其實和考古學家的考掘，如此相似！

克莉絲蒂寫得最好的，正是「藏在日常中的冒險」。她個性中的雙面成分，造就了特殊的偵探魅力。既嚮往非常傳奇，卻又有根深柢固的日常邏輯信念，兩者都在克莉絲蒂的小說中扮演了重要角色。她的謀殺案幾乎都和日常習慣緊密編織在一起，日常環境成了凶手最重要的掩護。有些日常規律明顯地被破壞了，讓我們很自然以為那會是謀殺的線索，沿著這些線索形成了閱讀中的推理猜測，然而白羅早就提醒了，真正重要的反而是那些「細節」，也就是看來像是依隨日常邏輯進行的事，或說藏在日常邏輯中因而不被看重的事，那裡要嘛藏著凶手的核心詭計、煙幕，要嘛藏著凶手致命的破綻。

凶案的構想，就是如何讓異常蓋上日常、正常的面貌，又如何故意將日常、正常予以扭曲，製造假象；那麼偵探要做的，就是如何準確地在日常中分辨出真正的異常，將假的、明顯的異常撥開來，找出細節堆疊起來的異常真相。

此外，克莉絲蒂的小說裡隱藏著極其曖昧的情感價值觀，最典型、最有名的就是《東方快車謀殺案》。透過追查過程，讓讀者知道為什麼凶手要訴諸於這種手段，其動機具有可同情之處，再加上克莉絲蒂對身分階級的觀察，她比較相信或讓讀者相信那些沒有權力、地位的人，隨著偵查節奏去認識可能或必須懷疑的人。克莉絲蒂最擅長營造「多重嫌疑犯」的小說特質，因為讀者在閱讀時必須被迫去認識很多不一樣的人。在她最受歡迎的作品，大概都具備這樣的特質。

當然，她的作品中還有兩個最突出的神探，即白羅和瑪波。白羅是比利時人，但為什麼必須是外國人？這是因為英國人具有高度階級意識，這種觀念一路滲透到所有互動細節，包括人與人之間如何說話。而白羅因為不是英國人，他會發現一般英國人不太看得出來的東西，以及兩個人互動的方法哪裡不正常。至於瑪波為什麼得是老太太？她一如那個年代的老人家，總是靜靜坐著打毛線，因為不起眼，自然讓人放鬆防備，所以瑪波探案的線索都是來自於這樣的互動模式。

然而，白羅有很明顯的優勢，瑪波的身分使她基本上只能進行「靜態」的辦案，案子的空間受到侷限，白羅卻可以跨越各種空間，恣意揮灑。而且白羅擁有警官身分，可以合理出現在各種犯罪現場，瑪波能出現的地方，相形之下就勉強、不自然多了。白羅是明白的outsider，在英國，只要他出現，就會覺得有外人在而感到緊張，於是很容易露出平常不會表現的行為；瑪波則看起來是insider，但實質上是outsider，因為總是沒人發現她、當她空氣人。這兩人的探案，是兩個極端。雖然讀者最愛白羅，但克莉絲蒂自己偏愛瑪波勝於白羅。

不管後來的偵探、推理小說發展了多少巧妙詭計，克莉絲蒂卻不會過時，因為她的推理如此密切地和日常纏繞在一起；活在日常中，我們就無可避免被克莉絲蒂的「日常細節推理」吸引，隨時讀來都充滿驚奇趣味。

名家盛讚克莉絲蒂（依推薦時間排序）

金庸（作家）

克莉絲蒂的寫作功力一流，內容寫實，邏輯性順暢，也很會運用語言的趣味。閱讀她的小說，在謎底沒有揭露之前，我會與作者鬥智，這種過程非常令人享受。其作品的高明之處在於：布局的巧妙完全意想不到，而謎底揭穿時又十分合理，讓人不得不信服。

詹宏志（作家、PChome網路家庭董事長）

推理小說在從先輩柯南・道爾等人的發明中出現力量時，誕生了一位《天方夜譚》故事中每天說故事說個不停的王妃薛斐拉・柴德，也就是「謀殺天后」克莉絲蒂，整個世界對聽這些故事才有如此的熱情。他們捨不得睡覺，每天問後來還有嗎、還有嗎，永遠不肯離去，這就是克莉絲蒂對推理小說的最大貢獻。

可樂王（藝術家）

所謂「克莉絲蒂式」的推理小說，就是一場和一個天才的寫作者或高明的恐怖份子在紙上捕掠捉殺的戰事。即便是一列火車、一處飯店或一間酒吧，在克莉絲蒂寫來皆充滿神祕和猜謎。在人生適合的下午裡，我總是一面嚼著口香糖，一面跟著矮子偵探白羅穿梭謀殺現場，克莉絲蒂的推理作品無疑是推理世界中最充滿「魔術性」的小說。

吳若權（作家、節目主持人）

我從小就對推理小說情有獨鍾，克莉絲蒂一系列的作品尤其令我愛不釋手。多年來，閱讀推理小說的經驗讓我覺悟：讀者在文字情節中推展開來的驚嘆，不只是因緣於故事的本身，而是自我性格的投射。從這個觀點來看克莉絲蒂一系列的作品，她簡直就是洞徹人性的算命師。而讀者，在她的文字中，發現了自己無可奉告的命運。

藍祖蔚（國家電影及視聽文化中心董事長）

做過藥劑師，難免懂得毒藥；嫁給考古學家，難免也就嫻熟文明的神祕；再加上曾經失蹤九天，一切不復記憶的離奇經驗，的確提供了寫作靈感，但若少了想像力，那些片羽靈光縱使辛辣如辣椒，卻不足以成菜。

推理小說重布局、重人物描寫，克莉絲蒂最厲害的卻是犀利的人性觀察，她一手創造的白羅探長，潔癖個性完全和她相反，更將她所憎厭的人格特質集於一身，殊不知，唯有不對著鏡子寫作，才能夠跳出框架與制式反應，開闢無限寬廣的新世界，建構多面向的詭異迷宮。

看完她的小說，你只會更加訝異，到底是什麼樣的心靈才能成就這般視野？

李家同（作家、前暨南大學校長）

克莉絲蒂的整體布局十分細膩，最後案情也都講解得非常詳細，回頭去看，在書中都找得到線索。故事的情節與內容也很好看，不是像一個流氓在街上被殺掉那麼單調。……看小說應該要花腦筋、要思考，從小就要養成思辨的能力，看她的小說，就是對邏輯思考能力極佳的訓練。

袁瓊瓊（作家）

雖然被公認是冷靜理性的謀殺天后，但是在理性之下，克莉絲蒂的底色依舊是感情。克莉絲蒂很明白，所有的慾望之後，都無非是某種愛情。在以性命相搏的犯罪世界裡，凶手以終結他人的性命來遂私欲，不過是為了成全自己的愛，或者是成全自己的恨。

鄧惠文（精神科醫師）

以推理小說作家而言，克莉絲蒂的風格相當獨樹一格。她的偵探在辦案時，靠的不光是科學證據的搜集，而是大量運用犯罪心理學，及對人性的深刻了解。例如在《五隻小豬之歌》中，白羅便是藉由聽取嫌疑犯訴說案情時所不自覺顯露的主觀意識及中心思想，而看出其中破綻，找出真凶。白羅是靠腦袋辦案，以心理層面去剖析案情，即使人們敘述的是同一件事，他可以聽出不同角色因出發點及看待角度不同所透露的情緒觀感，從而抽絲剝繭，還原事實真相。

克莉絲蒂所塑造的人物也生動且各具特色，不同個性所出現的情緒反應描寫，皆細膩而準確，讓讀者產生豐富的想像空間，一展卷便欲罷而不能。

吳曉樂（作家）

克莉絲蒂使用的語言平易近人，主要是以角色與情節的對應來斧鑿出故事的深度，堆疊出讓讀者回味的迂迴空間。而她筆下的角色往往性別、階級、性格、族群各異，塑造出多元又豐富的人物群像。

文學作品不問類型，若要流傳於世，最終仍得上溯至「人性」的理解與反思。而阿嘉莎．克莉絲蒂的作品中，我們可以看到人類屢屢得和自己的人生討價還價，或千方百計讓主觀意識與客觀條件達成某種程度的整合，讀者在重建人物的心理軌跡時，也見識到自身的是非成敗，我認為，這也是克莉絲蒂的作品能夠璀璨經年、暢銷不衰的主因。

許皓宜（心理學作家）

克莉絲蒂筆下的故事看似在談人性的醜惡，實則像一位披著小說家靈魂的心靈引導者，用她的文字訴說著人們得不到「愛」時的痛苦。於是在故事終了的剎那，你不得不對人生多了幾分「看透感」：原來，我們心裡的那些痛苦、報復與自我折磨的慾望，不是因為「憤恨」，而是起於對「愛的失落」。這或許是我們在情感世界中最珍貴且深刻的一種覺察了。

推理小說荒謬驚悚嗎？不，它其實很寫實。它幫我們說出心裡的苦、怨、醜陋的慾望，於是，我們可以重新學習愛了。

一頁華爾滋 Kristin（影評人）

從有記憶以來，閱讀克莉絲蒂最迷人之處往往不在真正的凶手是誰，而是在於「Why」（為什麼）與「How」（如何進行），在於人性與心理描摹的故事肌理。依循其書寫脈絡，會發覺不只是邏輯清晰、布局縝密、著重細節，她總能完美掌握敘事節奏，書中人物彷彿真實存在般鮮明躍然紙上，讀者情緒會隨精準文字保持流轉、跳動、收放，掩卷時並無太多真相水落石出的暢快，反倒淡淡的惆悵化為餘韻襲上心頭，原來還是種種意料之外，卻屬情理之中的人性盲目使然。私以為，那成就了克莉絲蒂的推理故事之所以無比迷人的主因之一。

冬陽（推理評論人）

雖然阿嘉莎．克莉絲蒂的作品並非我的推理閱讀啟蒙，卻是養成閱讀不輟的重要推手。首先，她無庸置疑是個說故事能手，打開我名為好奇的開關；其次是設計犯罪事件的巧妙多元，既日常又異常，凶手更是叫人意想不到。沒錯，我相信每個當讀者的都忍不住想破案，想早偵探一步識破詭計，或者像考試結束鈴響前一秒，瞎猜都要指著某個角色大喊「你就是犯人」！然後會忍不住作弊——不是翻到最後幾頁窺探真凶身分，而是往前翻查讓人起疑的段落、偵探顯然掌握重要線索的時刻，直到忍不住豎白旗投降，看神探（我知道啦，真正把我耍得團團轉的聰明人是作者）頭頭是道地分析我遺漏錯置的片片拼圖，終於看清真相全貌。這，就是偵探推理，我因此熟悉遊戲規則、沉醉在每一場迷人故事裡，成為這個類型書寫的俘虜，享受至今不疲的美好滋味。

石芳瑜（作家、永樂座書店店主）

布局細膩、處處留下線索，破案解說詳細，說明了這位安靜、害羞的推理小說女王心思縝密，且充滿想像力。密室殺人，完美犯罪，《東方快車謀殺案》不愧為古典推理小說的經典。再加上神祕的東方色彩，隨著火車抵達的迫切時間感，連非推理小說迷都會神經拉緊，讀完大呼過癮。

家庭主婦缺少人生經驗？處女座的阿嘉莎・克莉絲蒂充分展現她過人的寫作天分，靠得是從小開始的閱讀，以及對偵探小說的著迷。三十歲寫下第一本偵探小說《史岱爾莊謀殺案》的克莉絲蒂，在那個時代並不能說是「早慧」，但寫作生涯五十五年中，共創作了八十部偵探小說，卻令人難以企及。這位害羞靦腆的小說女神，大概是相信只要有足夠的理由，每個人都有殺人的可能！

余小芳（暨南大學推理研究社指導老師、台灣推理作家協會常務理事）

學生時代加入推理社團，社課指定讀物便是經典作品《一個都不留》，成為我對克莉絲蒂的初步印象，自此沉浸於推理小說的世界。隔年寒假陪同學參與轉學考，在斜風細雨的走廊中，滿足讀完《東方快車謀殺案》。隨著歲月遠走，已昇華成趣味回憶。

踏入推理文學領域需要認識的作家，阿嘉莎・克莉絲蒂絕對名列其中，她的作品常有英國小鎮風光、莊園式的謀殺、設備豪華的交通工具等，還有特色鮮明的偵探活躍其中。書中少有血腥、暴力的橋段，布局巧妙且結構嚴密，手法純粹、知性，故事內容與人物性格融為一體，以高超的想像力結合說好故事的能耐，為推理小說開創新局面。克莉絲蒂推理全集重編改版，值得新舊讀者一起探索。

林怡辰（國小教師、教育部閱讀推手）

多年後，還是難忘第一次閱讀阿嘉莎．克莉絲蒂作品的感動和激動。

這套將近一世紀的作品，文筆流暢，邏輯縝密，過程中不斷與作者較量、猜出凶手，直到最後解答不禁佩服，蛛絲馬跡處處展現作者的精妙手法，於是又拿起另一部作品，再次沉溺在謀殺天后所編織的日常世界中的奇幻，無可自拔。犯罪動機和手法穿越時空限制，如今讀來合理且依舊令人感動，閱讀中趣味橫生，難怪成為後來諸多偵探小說的原型。

克莉絲蒂創作生涯中產出的八十部推理作品，至今多部躍上大銀幕，無怪乎被稱之為「經典」，喜愛推理偵探作品的人不可不讀，你會驚異於她在文字中施展的魔法！

張東君（推理評論家、科普作家）

我愛克莉絲蒂！這位在台灣有時會被稱為克奶奶的超級暢銷推理小說家，即使是自認沒讀過她的書的人，也都會在各種書籍或影視作品中看到對她致敬的片段。由於她喜歡旅行和冒險，那些經驗與體驗都成為書中的場景，因此閱讀她的作品時，不只是雀躍地跟著偵探推理，也有了虛擬的旅行體驗。或者當成旅遊導覽書，在出發去尼羅河、去英國鄉間、去搭船搭火車時，就塞一本克奶奶的作品到隨身背包中。

我還是大學新生時，就聽學姐說她哥哥經常看克奶奶的小說，而且邊看邊狂笑。於是我跟著效仿，在某次搭飛機之前買了第一本小說當旅伴，不只看得超開心，看完後還到處找尋書中出現的那種有兜帽的斗篷，當成出門時的必備用品。克奶奶的作品是跨越文字、國界的。只要看過一本，就會不停地追下去。還好，真的是還好只有八十本。何況這次是全新校訂的紀念珍藏版，當然不能錯過！

發光小魚（呂湘瑜）（文史作家、助理教授）

一部好的偵探小說，除了情節設計巧妙之外，還需要洞悉人性，如此方能合理地交代人物的言行舉止與動機。阿嘉莎．克莉絲蒂便是其中翹楚，她的作品不管是偵探、愛情小說或戲劇，必要元素都是謎題與人性。在寧靜無波的場景下暗潮洶湧，永遠都有意料之外，讀者的情緒也會隨著劇情的進行起伏糾結。克莉絲蒂觀察到時代的變化，將犯罪心理融入作品中，於是，看她的小說不只能得到解謎的快樂，同時對人性也能夠有所省思。

此外，克莉絲蒂豐富的人生歷練及旅行經歷，例如一九二二年的環球之旅、居住過也旅行過的巴黎和埃及，甚至是追隨考古學家丈夫前往的中東，都讓她的小說讀來更加充滿異國情調。如果你也愛旅行，不如就讓我們一同搭上那一班南法的藍色列車，或由伊斯坦堡出發的東方快車，跟著白羅鑽進一樁奇案，一嘗旅程中破解謎題的快感吧。

盧郁佳（作家）

國小時，家裡買了一套阿嘉莎．克莉絲蒂全集，從此成了我的毒品，在白癡課本將我的腦袋啃噬成海綿般空洞時，撫慰受創的心靈，那時我仍對人心險惡一無所知。

數學課教你列算式，樂趣遠不如克莉絲蒂教你住宅平面圖、偷換時序的密室魔術，你從庭園長窗進房間，我從房門直通鄰房，他從走廊進房……從而學會故事是建構邏輯。她文風多變，時而《四大天王》中讓神探白羅向助手海斯汀大賣關子，眉頭緊皺，山雨欲來，預示天翻地覆，只能靠他拯救世界；時而用維吉尼亞．吳爾芙《自己的房間》中俏皮的語言，讓貧苦村姑安妮在《褐衣男子》中回憶南非出生入死的冒險，竟源於她耽讀村裡圖書館爛舊的冒險愛情小說，還有戲院每週末放映〈帕米拉歷險記〉，帕米拉每集從飛機跳落高空、搭潛艇、爬上摩天大樓，每次被黑幫老大抓到總不一刀斃命，卻老要用瓦斯毒死她，暗示續集又會逃出生天。

長大才發現，克莉絲蒂小說就是我的〈帕米拉歷險記〉：它以歌劇般輝煌龐大的天真陰謀、精細的人際觀察（一句話重音放在哪個字、從膝蓋鑑定女人的年齡等），召喚年輕讀者抱持浪漫精神投入未知的壯遊，瘋魔、衝撞、冒犯，傷痕累累毫無懼色。正如瓦斯在冒險片中太多、現實中卻太少；陰謀在現實中沒有克莉絲蒂寫得那麼複雜，但她刻畫的心理卻是現實中解謎的試金石。

賴以威（臺灣師範大學電機系副教授）

或許可以為經典下幾個定義：該領域的愛好者更都讀過；不是這個領域的愛好者，許多人也都聽過；影響後續的作品，在很多著作中都可以看到它的影子；值得反覆再三閱讀，每隔一陣子再讀都可以獲得閱讀的樂趣，有更多的體悟。我永遠記得第一次讀《東方快車謀殺案》時，被那宛如嚴謹設計數學謎題的鋪陳、推進給深深吸引、震撼。從這幾個角度來說，克莉絲蒂的推理小說被稱之為「經典」，可說是當之無愧。

謝哲青（作家、旅行家、知名節目主持人）

克莉絲蒂小說的魅力在於透過每個角色的對白，藉由不斷的說話來表現人物的個性，以彰顯其人格特質中一些無法被忽略的事實。我們從他們的言語、講話的過程和字裡行間，竟然就能知道誰是凶手。

我從克莉絲蒂的小說學到很多，除了推理小說有趣的事實之外，最重要的是，我在工作的職場跟人應對的時候，如何從語言和對話裡去捕捉某些隱而不顯的事實。許多人們欲蓋彌彰的東西，無論心事也好、祕密也好，克莉絲蒂都會用文學的手法，讓你理解語言的奧妙和魅力。

克莉絲蒂的書寫會讓你覺得彷彿自己也在現場，你可以從聽到的對話當中，學會如何理解人心的一些小技巧，這是小說家最出色、最偉大的地方。我們必須學習傾聽別人說話——這些人講話是真誠的嗎？他想要跟你分享什麼資訊？這些資訊可靠嗎？——這是我在閱讀推理小說時，最大的收穫和理解。

阿嘉莎‧克莉絲蒂大事記

1890		• 九月十五日出生於英格蘭德文郡托基鎮。
1894	4 歲	• 開始在家自學，父母親、姐姐教導閱讀、寫作、算術和彈鋼琴。
1895	5 歲	• 家中經濟走下坡，舉家搬至法國，學會流利的法語。
1905	15 歲	• 在巴黎寄宿學校學鋼琴和聲樂，但生性極度害羞，未成為職業鋼琴家，最終回到英國。
1907	17 歲	• 陪同母親前往埃及調養身體，對社交活動充滿興趣，但尚未對日後感興趣的埃及古物點燃熱情。 • 回英國後繼續寫作、參與業餘戲劇表演。
1908	18 歲	• 寫出第一篇短篇小說〈麗人之屋〉，同時也寫出第一部愛情小說《白雪黃漠》，以筆名向出版社投稿，但屢遭退稿。
1912	22 歲	• 與英國皇家軍官亞契‧克莉絲蒂（Archibald Christie）熱戀。 • 八月爆發第一次世界大戰，亞契奉派到法國作戰。
1914	24 歲	• 耶誕夜結婚，亞契隨即返回戰場。克莉絲蒂參與紅十字會工作，在醫院擔任護士和藥劑師，因此對藥理和毒物非常熟悉，造就後來多部推理小說情節都以毒藥殺人。
1916	26 歲	• 開始嘗試寫推理小說，寫出第一部小說《史岱爾莊謀殺案》，主角偵探赫丘勒‧白羅的靈感，來自於大戰期間英國鄉間的比利時難民營。本書歷經數家出版社退稿後，終獲柏德雷‧海德（The Bodley Head）圖書公司的出版機會，之後並簽下另五本小說的合約。
1919	29 歲	• 前一年亞契返回英國，八月生下女兒露莎琳。

1920	30 歲	• 出版《史岱爾莊謀殺案》。
1922	32 歲	• 出版第二部小說《隱身魔鬼》，主角是夫妻檔偵探湯米和陶品絲。 • 與亞契至南非、澳洲、紐西蘭、夏威夷和加拿大等國旅行十個月，在南非得到《褐衣男子》的靈感。
1923	33 歲	• 三月出版第三部小說《高爾夫球場命案》，白羅再度登場。
1926	36 歲	• 四月母親過世，克莉絲蒂陷入憂鬱。 • 六月在「威廉．柯林斯父子出版社」出版《羅傑艾克洛命案》。 • 八月亞契因外遇提出離婚，十二月初一次爭吵後，克莉絲蒂離家棄車失蹤，消息登上全國新聞。
1927	37 歲	• 一月在悲痛心情中寫出《藍色列車之謎》，第一次創造出聖瑪莉米德村，即後來瑪波小姐居住的村子。 • 分居期間在雜誌刊登以白羅為主角的短篇小說，後來集結出版《四大天王》。 • 十二月在雜誌刊登短篇小說〈週二夜間俱樂部〉，瑪波小姐初登場，後來收錄在一九三二年出版的短篇小說集《十三個難題》。
1928	38 歲	• 十月正式離婚，仍保留「克莉絲蒂」姓氏。 • 秋天搭乘「東方快車」前往土耳其的伊斯坦堡，再轉往伊拉克首都巴格達，參觀考古現場烏爾，認識考古學家伍利夫婦（Leonard and Katharine Woolley）。
1930	40 歲	• 二月應伍利夫婦之邀再訪烏爾，認識考古學家麥克斯．馬龍（Max Mallowan），九月於英國愛丁堡結婚。這段婚姻開啟克莉絲蒂旺盛的創作生涯，兩人到中東考古現場的旅行為許多作品帶來靈感。

- 婚後克莉絲蒂開始維持固定的寫作行程。十月出版《牧師公館謀殺案》，是第一部以瑪波小姐為主角的小說。
- 出版第一部以「瑪麗．魏斯麥珂特」（Mary Westmacott）為筆名的《撒旦的情歌》，並陸續發表了五部非犯罪小說。

1932　42 歲
- 出版《危機四伏》。

1934　44 歲
- 出版《東方快車謀殺案》，是白羅海外辦案三部曲之一，故事靈感來自中東的旅行經歷。一九七四年第一次改編成電影大獲好評。

1936　46 歲
- 出版《美索不達米亞驚魂》，白羅海外辦案三部曲之二。

1937　47 歲
- 出版《尼羅河謀殺案》，白羅海外辦案三部曲之三，故事背景是年輕時與母親同遊的埃及。一九七八年第一次改編成電影大受歡迎。

1939　49 歲
- 二次大戰期間，克莉絲蒂在大學學院醫院擔任義務藥師，學習到最新的毒藥知識，對於推理小說寫作大有助益。
- 出版《一個都不留》，是克莉絲蒂最著名作品之一。

1941　51 歲
- 出版《密碼》，呈現出克莉絲蒂對戰爭的看法。
- 出版《豔陽下的謀殺案》。

1942　52 歲
- 出版《藏書室的陌生人》、《五隻小豬之歌》等名作。

1944　54 歲
- 以「瑪麗．魏斯麥珂特」為筆名出版第三部作品《幸福假面》，被美國書評人發現是克莉絲蒂的作品，讓她從此失去匿名創作的自在樂趣。

1950	60 歲	• 獲選為皇家文學學會的會員。
1953	63 歲	• 出版《葬禮變奏曲》。
1956	66 歲	• 一月獲頒大英帝國爵級大十字勳章（GBE）。 • 十一月以「瑪麗．魏斯麥珂特」為筆名出版《愛的重量》，是這個筆名的最後一部作品。
1958	68 歲	• 成為「偵探作家俱樂部」主席。
1960	70 歲	• 馬龍獲頒大英帝國爵級大十字勳章。
1961	71 歲	• 獲得艾克塞特大學頒發榮譽文學博士學位。
1968	78 歲	• 馬龍獲封為爵士，克莉絲蒂亦被稱為馬龍爵士夫人。
1971	81 歲	• 獲頒大英帝國爵級司令勳章（DBE），獲封為女爵士。
1973	83 歲	• 出版最後一部創作《死亡暗道》，亦為湯米和陶品絲最後一次辦案。
1974	84 歲	• 最後一次公開露面，出席電影《東方快車謀殺案》首映會。
1975	85 歲	• 八月六日，白羅成為有史以來第一次在《紐約時報》頭版刊出訃聞的小說主角，宣傳九月即將出版的《謝幕》，這也是白羅最後一次辦案。
1976	86 歲	• 一月十二日去世。 • 十月出版《死亡不長眠》，瑪波小姐的最後一次辦案。

克莉絲蒂推理原著出版年表

1920　史岱爾莊謀殺案 The Mysterious Affair at Styles（神探白羅系列）
1922　隱身魔鬼 The Secret Adversary（神探湯米＆陶品絲系列）
1923　高爾夫球場命案 The Murder on the Links（神探白羅系列）
1924　白羅出擊 Poirot Investigates（神探白羅系列）
1924　褐衣男子 The Man in the Brown Suit（神探雷斯上校系列）
1925　煙囪的祕密 The Secret of Chimneys（神探巴鬥主任系列）
1926　羅傑艾克洛命案 The Murder of Roger Ackroyd（神探白羅系列）
1927　四大天王 The Big Four（神探白羅系列）
1928　藍色列車之謎 The Mystery of the Blue Train（神探白羅系列）
1929　七鐘面 The Seven Dials Mystery（神探巴鬥主任系列）
1929　鴛鴦神探 Partners in Crime（神探湯米＆陶品絲系列）
1930　牧師公館謀殺案 The Murder at the Vicarage（神探瑪波系列）
1930　謎樣的鬼豔先生 The Mysterious Mr. Quin（神探鬼豔先生系列）
1931　西塔佛祕案 The Sittaford Mystery
1932　十三個難題 The Thirteen Problems（神探瑪波系列）
1932　危機四伏 Peril at End House（神探白羅系列）
1933　十三人的晚宴 Lord Edgware Dies（神探白羅系列）
1933　死亡之犬 The Hound of Death
1934　三幕悲劇 Three Act Tragedy（神探白羅系列）
1934　李斯特岱奇案 The Listerdale Mystery
1934　帕克潘調查簿 Parker Pyne Investigates（神探帕克潘系列）
1934　東方快車謀殺案 Murder on the Orient Express（神探白羅系列）
1934　為什麼不找伊文斯？ Why Didn't They Ask Evans?
1935　謀殺在雲端 Death in the Clouds（神探白羅系列）
1936　ABC 謀殺案 The A.B.C. Murders（神探白羅系列）
1936　底牌 Cards on the Table（神探白羅系列）
1936　美索不達米亞驚魂 Murder in Mesopotamia（神探白羅系列）

1937　巴石立花園街謀殺案 Murder in the Mews（神探白羅系列）
1937　尼羅河謀殺案 Death on the Nile（神探白羅系列）
1937　死無對證 Dumb Witness（神探白羅系列）
1938　白羅的聖誕假期 Hercule Poirot's Christmas（神探白羅系列）
1938　死亡約會 Appointment with Death（神探白羅系列）
1939　一個都不留 And Then There Were None
1939　殺人不難 Murder Is Easy/Easy to Kill（神探巴鬥主任系列）
1940　一，二，縫好鞋釦 One, Two, Buckle My Shoe（神探白羅系列）
1940　絲柏的哀歌 Sad Cypress（神探白羅系列）
1941　密碼 N Or M?（神探湯米＆陶品絲系列）
1941　豔陽下的謀殺案 Evil Under the Sun（神探白羅系列）
1942　五隻小豬之歌 Five Little Pigs（神探白羅系列）
1942　藏書室的陌生人 The Body in the Library（神探瑪波系列）
1943　幕後黑手 The Moving Finger（神探瑪波系列）
1944　本末倒置 Towards Zero（神探巴鬥主任系列）
1945　死亡終有時 Death Comes as the End
1945　魂縈舊恨 Remembered Death（神探雷斯上校系列）
1946　池邊的幻影 The Hollow（神探白羅系列）
1947　赫丘勒的十二道任務 The Labours of Hercules（神探白羅系列）
1948　順水推舟 Taken at the Flood（神探白羅系列）
1949　畸屋 Crooked House
1950　謀殺啟事 A Murder Is Announced（神探瑪波系列）
1951　巴格達風雲 They Came to Baghdad
1952　殺手魔術 They Do It with Mirrors（神探瑪波系列）
1952　麥金堤太太之死 Mrs. McGinty's Dead（神探白羅系列）
1953　黑麥滿口袋 A Pocket Full of Rye（神探瑪波系列）
1953　葬禮變奏曲 After the Funeral（神探白羅系列）

1954　未知的旅途 Destination Unknown
1955　國際學舍謀殺案 Hickory, Dickory, Dock（神探白羅系列）
1956　弄假成真 Dead Man's Folly（神探白羅系列）
1957　殺人一瞬間 4:50 from Paddington（神探瑪波系列）
1958　無辜者的試煉 Ordeal by Innocence
1959　鴿群裡的貓 Cat Among the Pigeons（神探白羅系列）
1960　哪個聖誕布丁？ The Adventure of the Christmas Pudding（神探白羅系列）
1961　白馬酒館 The Pale Horse
1962　破鏡謀殺案 The Mirror Crack'd from Side to Side（神探瑪波系列）
1963　怪鐘 The Clocks（神探白羅系列）
1964　加勒比海疑雲 A Caribbean Mystery（神探瑪波系列）
1965　柏翠門旅館 At Bertram's Hotel（神探瑪波系列）
1966　第三個單身女郎 Third Girl（神探白羅系列）
1967　無盡的夜 Endless Night
1968　顫刺的預兆 By the Pricking of My Thumbs（神探湯米＆陶品絲系列）
1969　萬聖節派對 Hallowe'en Party（神探白羅系列）
1970　法蘭克福機場怪客 Passengers to Frankfurt
1971　復仇女神 Nemesis（神探瑪波系列）
1972　問大象去吧 Elephants Can Remember（神探白羅系列）
1973　死亡暗道 Postern of Fate（神探湯米＆陶品絲系列）
1974　白羅的初期探案 Poirot's Early Cases（神探白羅系列）
1975　謝幕 Curtain: Hercule Poirot's Last Case（神探白羅系列）
1976　死亡不長眠 Sleeping Murder（神探瑪波系列）
1979　瑪波小姐的完結篇 Miss Marple's Final Cases（神探瑪波系列）
1991　情牽波倫沙 Problem at Pollensa Bay
1997　殘光夜影 While the Light Lasts

國家圖書館出版品預行編目（CIP）資料

鴿群裡的貓 / 阿嘉莎・克莉絲蒂（Agatha Christie）著；伍緌譯. -- 二版. -- 臺北市：遠流出版事業股份有限公司, 2023.04
面；　公分. -- (克莉絲蒂繁體中文版20週年紀念珍藏；37)
譯自：Cat Among the Pigeons
ISBN 978-626-361-016-3(平裝)

873.57　　112002221

克莉絲蒂繁體中文版 20 週年紀念珍藏 37

鴿群裡的貓

作者 / 阿嘉莎・克莉絲蒂
譯者 / 伍緌

主編 / 陳懿文、余式恕　校對 / 呂佳真
封面、內頁設計 / 謝佳穎　排版 / 連紫吟、曹任華
行銷企劃 / 舒意雯　出版一部總編輯暨總監 / 王明雪

發行人 / 王榮文
出版發行 / 遠流出版事業股份有限公司
地址 / 104005臺北市中山北路一段11號13樓
電話 / (02)2571-0297　傳真 / (02)2571-0197　郵撥 / 0189456-1
著作權顧問 / 蕭雄淋律師

2003年2月1日 初版一刷
2023年4月1日 二版一刷
定價 / 新臺幣380元 (缺頁或破損的書，請寄回更換)

ISBN 978-626-361-016-3

遠流博識網 http://www.ylib.com　E-mail: ylib@ylib.com
遠流粉絲團 https://www.facebook.com/ylibfans